AF132040

Réparer l'affront

Anaïs Ripoll

Réparer l'affront

Roman

Édition : BoD – Books on Demand,
12/14 rond-point des Champs-Élysées, 75008 Paris
Impression : BoD - Books on Demand, Norderstedt, Allemagne

ISBN : 9782322379569
Dépôt légal : Août 2021

Couverture : Plage de Rondinara, Corse, image libre de droit

À Lisa

Et toutes les amies qui m'ont inspiré Elodie

Figée, je tends l'oreille. Le bruit terrifiant de la chute s'est tu. Il n'y a plus un son. Seules les cigales tapissent la scène en arrière-plan, régulières et imperturbables. Mais l'affreux rouler-bouler, le cri emplissant le vide, le son de quelque chose qui se déchire, les branches qui cassent, tout cela a cessé.

Je me penche mais j'ai le vertige, le cœur qui bat tellement fort que je n'arrive pas à respirer, ma gorge est serrée, je respire fort, mes épaules se relèvent en cadence, j'essaie de retrouver le contrôle de mon pouls. Je m'approche du rebord, mon pied projette quelques cailloux qui dévalent la pente et se perdent dans des touffes d'herbe sèche.

C'est arrivé tellement vite… C'était un accident…

Le soleil décline, je lève les yeux, cherche du regard un point de repère mais les derniers rayons de lumière m'aveuglent, me contraignent à mettre ma main en visière. Au loin, à Santa Giulia, les touristes photographient les effets oniriques de la « golden hour » sur cette plage de rêve. Je vois le ciel se marbrer de rouge au-dessus des pics rocheux teintés de nuances roses et la mer qui continue son lent va-et-vient, indifférente au sort qui se joue sous mes pieds.

Est-ce que quelqu'un nous a vus ?

Il faut que je parte d'ici, le plus vite possible.

Mon corps est en état de choc et refuse de s'extirper de cette scène de drame. Je dois savoir. Je dois m'approcher du précipice et regarder en face la vérité.

Je peux peut-être encore appeler les secours.

Ce n'est pas extrêmement prétentieux de vouloir devenir une sorte de Dieu ? Décider du sort des gens ?

Je rends ma sentence. Coup de marteau. Je rétablis la peine capitale.

I

Août 2009

Encore une journée d'été qui commence sous un torrent de pluie. Je me demande comment ma mère a pu avoir une si mauvaise idée : acheter cette maison de vacances dans le Bassin d'Arcachon et nous imposer le climat capricieux de l'océan Atlantique alors que l'on vit toute l'année à Paris. Niveau pluviométrie, je pense que j'ai mon compte. À croire que je n'ai pas droit, moi, à un été caniculaire, au doux chant des cigales que je ne connais qu'en rêve, ni à flâner au bord d'une piscine dans un petit short en jean.

- Crois-moi Jeanne ici le temps est très changeant, chantonne ma mère depuis le couloir devant ma chambre. Il tombe une rincée et la minute d'après c'est plein soleil ! Rien à voir avec la pluie monotone incessante de la capitale.

Ça ne fait que trois jours que nous sommes là, je lui laisse le bénéfice du doute. Nonchalamment, je continue de vider ma valise, attrape un pull et l'enfile au passage. Je dispose mes livres de droit sur mon bureau, bien empilés. On se gèle vraiment dans cette bicoque en bois grinçante. Enfin. Il paraît que l'Atlantique a un charme authentique qui vous prend aux tripes au moins autant que ses odeurs d'algues sèches à marée basse. Heureusement Elodie débarque ce soir de la capitale, plus déterminée que jamais à s'amuser comme une folle. J'espère qu'elle ne déchantera pas trop en découvrant le petit port perdu dans lequel ma mère a choisi de nous isoler.

- Tu n'as encore rien vu, claironne ma mère. Les longues plages d'Arcachon, les glaces à l'italienne, les touristes, la grande roue ! Et puis, Cap Ferret tout près Chérie ! Les pinèdes à perte de vue, le sable dans les chaussures, les pistes cyclables ! Si je retrouvais mes vingt ans cet été, crois-moi j'en profiterais !

Ma mère est une éternelle optimiste. C'est une espèce d'artiste à tendance hippie. L'encens qu'elle fait brûler dans toutes les pièces me soulève l'estomac. Enfin, je ne voudrais pas jouer les rabat-joie. Je lui adresse un sourire de façade et augmente le thermostat du radiateur. Je la regarde continuer ses allers-venues, installer nos affaires pour les vacances, zen dans sa tunique large et bariolée de traces de peinture. Quand même, je me demande bien ce que mes parents se sont trouvés à l'époque. Ils sont tellement différents. Tout au moins d'après l'image assez floue que je me fais de mon père et selon les récits brefs et critiques que m'en fait ma mère. Mon père est avocat à Londres. Ils ont divorcé lorsque j'étais toute petite, et la pension alimentaire généreuse qu'il verse à son ex-épouse suffit à l'entretenir pour qu'elle se consacre à ses rêveries d'artiste. Moi, je suis beaucoup plus pragmatique qu'elle. J'étudie le droit et je me destine à une carrière juridique comme ce père que je connais peu mais qui m'inspire autant de rancœur que d'admiration.

Ma mère avait vu juste, la journée nous a réservé des éclaircies inespérées. Nous en avons profité pour randonner dans la réserve naturelle qui entoure la maison. Sur les chemins boueux, parfois sableux, nous nous sommes enfoncées dans la forêt, avons respiré à pleins poumons l'air marin et avons surpris plusieurs espèces d'oiseaux. Je dois reconnaître que cette échappée nature est régénérante. L'année scolaire a été éprouvante. Comme à mon habitude, je me suis investie à corps perdu dans mes études et j'ai validé brillamment cette première année de Master. Au prix du sacrifice de ma vie sociale, certes. Mais je sais ce que je veux.

De retour à la maison je dîne sur le pouce, excitée par l'arrivée imminente d'Elodie. J'enfile un jean bleu, des espadrilles, une marinière et prévois un caraco bleu foncé pour la fin de soirée quand la fraîcheur sera tombée. Je dois récupérer mon amie à la gare d'Arcachon, nous filons participer à une grande soirée organisée sur la plage.

« Tiens, capitaine ! » Ma mère enfonce sur mes longs cheveux ondulés une casquette de marin. C'est le « dress code » de la soirée. La marine. J'avais anticipé l'organisation de cette soirée à thème et acheté une seconde de ces casquettes pour Elodie. J'espère qu'elle est prête ! Ce ne sera certainement pas une de ces soirées parisiennes stupéfiantes dans un endroit branché où les cocktails sont hors de prix, mais toutes les deux réunies on s'amuserait même dans un PMU glauque ou sur une aire d'autoroute.

- Amusez-vous bien ! Conduis prudemment, tu ne connais pas encore les routes ici et…

J'ai déjà claqué la porte d'entrée et je cours vers la Clio rouge. J'actionne les essuie-glaces, quelques gouttes de pluie tombent. Oh non ! S'il vous plaît, faites que le temps fasse une trêve pour une fois que je prévois de décompresser un peu. Je démarre et quitte le jardin, dans le rétroviseur la charmante maison en bois peinte en blanc et aux volets bleus s'éloigne. La gare d'Arcachon est presque à une demi-heure de route, on est décidément vraiment isolées. Je me gare à l'arrêt-minute et fonce dans le hall d'entrée. Le TER vomit une foule de Parisiens, je me hausse sur la pointe des pieds du haut de mon mètre cinquante-huit, on me dépasse et me dévisage avec ma casquette de capitaine de navire sur la tête mais je ne prête attention à personne, trop excitée de repérer Elodie. Une splendide brune perce la foule en courant, non freinée par son décimètre de talons, son gros sac virevoltant sur son dos. Elodie, moulée dans une robe rayée bleu marine et blanc me fonce dessus en poussant des cris hystériques : c'est elle ! Attention, poussez-vous !

- Oh mon Dieu, mais il gèle dans ce pays ! s'écrie Elodie avec effroi en remontant sa veste sur son bustier renversant. Et c'est une Parisienne qui le dit !

Elle éclate de rire et je l'embarque dans la Clio, tout en tentant de la rassurer et de positiver, répétant les paroles de ma mère :

- T'inquiète, c'est hyper changeant le temps ici ! Demain on crèvera de chaud, tu pourrais même attraper un coup de soleil !

Sans transition, Elodie commence à fredonner la chanson de Richard Cocciante, puis s'égosille carrément « J'ai attrapé un coup d'soleil, un coup d'amour, un coup d'je t'aime ! » Je tente de rester concentrée pour trouver une place de parking pas loin du lieu de la fête.

- Bon, ils sont comment les mecs ici ? Demande Elodie en remettant du rouge-à-lèvres sur sa bouche pulpeuse.
- Les quoi ? Je n'ai pas croisé âme qui vive en trois jours ma pauvre.
- Tu veux dire que je ne vivrai pas de passion torride ce week-end ?
- À moins d'un coup de foudre pour le garde-forestier de la réserve naturelle, je crains que non.

On rit. Elle allume une de ces longues cigarettes fines de fumeuse sophistiquée.

- Ce ne seront pas les vacances de l'amour pour toi alors ?
- Les vacances de l'ennui plutôt, dis-je. Mais tu sais, je m'en fiche. J'ai amené mes bouquins de droit, je vais en profiter pour bosser.

Je chasse la fumée par la fenêtre tandis qu'elle embraye :

- Chérie sérieux, sors de ta grotte : ça fait combien de temps que tu n'as pas eu de mec ? Six mois ? Un an ? Fais gaffe, tu vas redevenir vierge ! J'ai lu ça dans un magazine.
- Grotesque !

- Fais comme tu veux, je t'aurais prévenue. Tu t'es épilée le maillot pour l'été au moins ?

Elodie a l'obsession de la pilosité parfaite. À chaque fois qu'elle me voit, elle ne peut pas s'empêcher de me torturer les sourcils à coup de pince à épiler, c'est plus fort qu'elle, le moindre poil qui sort du rang la fait dégainer son arme de torture.

- J'ai vu qu'il y avait cette soirée sur une page Facebook, dis-je. J'espère que ce ne sera pas une fête de ploucs avec trois pelés et un tondu.

J'ouvre la portière, on rassemble nos affaires, elle chausse sa casquette de marin sur sa chevelure lissée impeccable, remonte son bustier sur sa poitrine sensationnelle et nous rejoignons un bar très animé d'où la musique retentit dans tout le quartier. Autour, l'immense plage d'Arcachon se déploie, la grande roue lumineuse tourne au ralenti dans les airs, les couples s'enlacent sur la jetée. La foule s'amasse devant le bar, bière à la main. Une forêt de casquettes de marins s'agite au gré du rythme des baffles et les manches rayées de bleu et blanc s'agitent au-dessus des têtes.

« C'est pas l'homme qui prend la mer, c'est la mer qui prend l'homme... »

On se fraye un chemin entre les marinières, jouant des coudes pour accéder au bar. Je lève les yeux sur la décoration. Pour cette soirée thématique, cordages, tableaux de tempêtes en mer, ancres marines et même un gros brochet plantent le cadre de cette première soirée au bord de l'océan Atlantique. Elodie et moi nous penchons pour être entendues du barman et commandons des cocktails rebaptisés pour l'occasion.

- Une « marée noire » et un « mille sabords » !

Je remarque vite que les regards s'attardent sur notre duo complémentaire. Elodie est une brune pulpeuse, complexée par ses quelques kilos en trop qui pourtant ont leur public de connaisseurs. Mais c'est surtout son visage qui attire l'œil : avec ses grands yeux verts aux longs cils, sa bouche superbement dessinée elle ne laisse pas indifférent. D'autant qu'elle passe un certain temps devant la glace pour sublimer ses atouts. Professionnelle du battement de cils, je connais son numéro de biche effarouchée par cœur. En comparaison mon charme est plus discret et ne saute pas aux yeux du tout-un-chacun. Mais mon naturel opère sans besoin d'un petit numéro de démonstration et je suis toujours stupéfaire de constater que j'ai au moins autant de succès, sinon plus, que ma sulfureuse complice.

Rapidement les verres s'enchaînent et l'effet de l'alcool se fait sentir. Euphoriques, nous nous déhanchons dans le bar, au coude-à-coude avec d'autres danseurs. Les bras se lèvent et les bouches chantent en cœur.

« *Ô sombres héros de la mer qui ont su traverser les océans du vide… »*

L'ambiance change, un rock retentit et sans que je n'aie le temps de réagir, de larges mains entourent ma taille fine. On me fait opérer un demi-tour parfait sur moi-même tandis que je pousse un cri de surprise. Je me retrouve dans les bras d'un garçon en nage dans son t-shirt rayé de marin. Je ne peux détailler son visage qu'il me fait tourner encore et encore, passer sous ses bras, m'enroule contre lui dans un rythme infernal et une osmose incroyable. Nos casquettes tombent. Je pousse de petits cris de surprise et d'épuisement à chaque nouvelle figure, la musique me masque son rire mais je vois à ses yeux et à son grand sourire qu'il s'amuse autant que moi. Il a l'air plutôt bien alcoolisé, joyeux à l'excès. La musique change, on enchaîne sur un zouk, de la pop, tout y passe. Mon incroyable cavalier maîtrise tous les styles et bouge divinement bien, mon corps n'a qu'à épouser le sien et se laisser entraîner par son mouvement. On se rapproche, il pose ses mains sur mes hanches et j'enlace son cou. On se balance doucement, dans notre bulle, nos corps frémissants font connaissance, se découvrent. Il me relève le menton avec sa main, mon cœur s'emballe, il se penche vers moi et crie « Viens on sort respirer ! ».

Nous rejoignons la terrasse qui s'étend sur la plage et l'air frais me surprend agréablement. Je suis écarlate, la sueur et l'air marin font friser et coller mes cheveux sur mon front, je prends conscience que je dois avoir une mine affreuse mais mon cavalier ne semble pas le remarquer.

« Cargo de nuit, trente-cinq jours sans voir la terre, pull rayé, mal rasé, on vient de débarquer… »

Je cherche des yeux Elodie, soudain inquiète, me rappelant que je l'ai abandonnée sur la piste.

- Tu cherches ta copine ?

J'acquiesce, un peu distante, comme si le charme était rompu par cette intimité soudaine, à la lumière des réverbères, la musique en sourdine.

- Elle fume là-bas, regarde. Elle est avec mes potes Pierre et Justin.

Je regarde dans la direction qu'il m'indique et soulagée j'enchaîne un peu brusquement :

- Tu t'appelles comment ?
- Robin.
- Oh ! Et tu voles aux riches pour donner aux pauvres ?
- Très drôle, on ne me l'avait jamais faite. Ne me dis pas que tu t'appelles Marianne ou je t'épouse sur le champ !
- Eh non, moi c'est Jeanne.
- Comme ma grand-mère.
- La mienne m'a toujours dit de me méfier des hommes qui savent danser.
- Je le prends quand même pour un compliment si tu permets.

Il joint ses mains autour de sa cigarette pour l'allumer à l'abri des courants d'air. Je le détaille rapidement, amusée et intriguée, le cœur battant. Mon Dieu qu'il est beau… Dans l'obscurité et les néons de la piste de danse, je n'avais pas pris la mesure de ses traits. D'allure sportive, deux fossettes se creusent quand il rit, un nez très droit, un nez de profil de sculpture grecque. Un regard vif, bien qu'un peu vitrés ce soir par l'alcool, d'épais sourcils, ses cheveux bruns reviennent sur le devant de son front en formant de discrètes boucles. Sa lèvre supérieure est légèrement ourlée et dessine la forme d'un cœur. Il se tourne vers moi et je détourne les yeux immédiatement, me demandant quelle position adopter, sans cigarette ni verre pour me donner une contenance. Il me tend son paquet de cigarettes, j'en prends une pour avoir l'air de garder le contrôle. Il se penche vers moi pour l'allumer, je m'étouffe aussitôt, asphyxiée.

- Pourquoi tu fumes si tu n'aimes pas ça ?
- Si si, j'aime ça, dis-je en me tapant sur la poitrine pour retrouver mon souffle.
- Qu'est-ce que tu fais dans la vie Jeanne ? À part te déguiser en moussaillon et crapoter pour avoir l'air d'une femme fatale.
- J'ai vingt-deux ans et je suis étudiante en droit, dis-je en essayant de rester digne.

À Paris. Je me garde de le préciser. Un instinct bête qui me fait rougir. Je m'empresse de lui renvoyer la question afin d'éviter les précisions géographiques.

- Je suis dresseur de dauphins en milieu sauvage.
- Non, ça c'est ta réponse pour draguer les filles.
- Absolument. Le côté « proche des animaux », ça inspire confiance. Plus sérieusement, j'ai vingt-quatre ans et je travaille avec mon père au parc ostréicole à Gujan-Mestras.
- Tu es ostréiculteur ? Dis-je, surprise.

Il acquiesce et jette son mégot.

- De père en fils. Une malédiction générationnelle. Tu vois que je suis proche des animaux. Mais plus des huîtres que des dauphins.

J'oscille entre le rire et le sérieux :

- Mais l'huître est un produit noble. Un produit gastronomique. Sans parler de la précieuse perle qu'elle peut renfermer !
- Je compte pas plonger mes bras dans les parcs à huîtres toute ma vie, dit-il soudain avec un regain de fierté. Pas envie de sentir le poisson jusqu'à la fin de mes jours.

J'éclate de rire spontanément, touchée par cette confession naïve. Il me dévisage, surpris, et éclate de rire aussi. Soudain il se braque et lève un doigt, tendant l'oreille.

- Le DJ passe « Sous l'océan » de la Petite Sirène ?
- J'ai bien peur que ce soit la chanson du crabe Sébastien, oui.

On rit. Je me fais attaquer par les moustiques, décidément le bord de mer et ce climat ne sont pas faits pour moi. Je claque mon bras pour éviter la piqûre et constate que j'ai déjà la main qui me démange.

- Attends, dit Robin en prenant ma main dans les siennes, j'ai vécu chez des chamanes en Afrique, je sais guérir les piqûres de moustique.

Je souris, charmée par ce grotesque baratin. Il frictionne doucement ma main entre les siennes et y dépose un baiser délicat sans me quitter des yeux. Je soutiens son regard, joueuse.

- Je dois pouvoir faire quelque chose pour celle sur ta bouche…

Il s'approche doucement de moi sans lâcher ma main, mais je détourne lentement le visage juste avant qu'il ne pose ses lèvres sur les miennes. J'éclate d'un rire enfantin, surprise de me voir embarquée avec légèreté dans un petit jeu futile et innocent. Il renonce à son baiser, visiblement excité par ma résistance. Il baisse ma casquette sur mes yeux pour me taquiner, place un bras derrière mes épaules, m'entraîne à l'intérieur pour m'offrir un verre. Il serre la main du serveur, Robin est un local et à l'évidence un habitué du bar. Je constate qu'il a une bonne descente, il continue à commander plusieurs verres. L'heure avance et si je suis pompette, lui est de plus en plus nettement alcoolisé. Nous recommençons à danser, complices et en symbiose totale, étonnés de cette compatibilité qui saute aux yeux. Un petit cercle se forme autour de nous et nous nous retrouvons à faire le show sur *My Mind set on you*, de George Harrison. Voilà notre heure de gloire arrivée, on s'enlace, on tourne, il me fait sauter, me rattrape dans une énergie folle sous les yeux amusés et envieux de la foule. Quelques-uns applaudissent une fois la chanson finie et je croise le regard d'Elodie, totalement abasourdie. Elle s'approche de nous et me crie à l'oreille :

- Je crois que je ne t'ai jamais vue te lâcher comme ça ! Je savais pas que tu dansais si bien !
- Moi non plus !
- C'est qui ce canon ?

Gênée, je les présente rapidement, Elodie nous quitte avec un clin d'œil, rejoint un garçon qu'elle embrasse à pleine bouche sous mes yeux ahuris. Puis mon regard se pose sur l'horloge vintage du bar : cinq heures du matin ! Il est temps que l'on rentre avant que ma mère ne découvre nos lits vides. Je commence à rassembler mes affaires, Robin me retient par le bras « Je peux te revoir demain ? ». Je sens que je ne peux plus échapper au moment de lui asséner le coup de grâce. Alors, je feins le plus parfait détachement :

- Peut-être. Je ne rentre à Paris que dans trois semaines.

Son visage lumineux et son sourire s'effacent. Un air triste passe dans son regard une seconde puis il enchaîne :

- Je te préviens Jeanne, tu vas me voir tous les jours pendant trois semaines. Je refuse de danser avec une autre partenaire que toi.

Je me réveille, vaseuse, sur les coups de midi. La lumière passe à travers la fenêtre, que caressent quelques branches d'arbres. Je souris, prends le temps de sortir du coma. Mais chaque mouvement me déclenche des maux de tête. Je crois que j'ai trop bu. Ce n'était vraiment pas prudent de prendre la route dans cet état. La soirée me revient en tête, je ne peux empêcher mon sourire de grandir, bien que j'aimerais en ignorer la cause. Mais ce regard ! À la fois profond, déstabilisant, avec une pointe de tristesse. Non, de fierté. Je ne sais pas. Mais qu'est-ce qu'il est beau…

Elodie passe une tête d'épouvantail par la porte de ma chambre. Elle frotte ses yeux collés, répand ses traces de maquillage sur ses joues. Sans rien dire on se dévisage puis on éclate de rire.

- J'ai vomi dans le lit de la chambre d'ami, ça craint ?
- Tu me fatigues déjà Elo, je vais te ramener à la gare.

Elle vient s'asseoir à côté de moi. Comme je lui demande comment s'appelait sa pêche du soir et si elle compte le revoir, elle ouvre des yeux grands comme des soucoupes car à l'évidence, elle l'avait déjà totalement oublié « Thomas ? Ou peut-être Thibaut ». Geste qui signifie qu'il est déjà aux oubliettes.

- Et toi alors ? Tu es sur ton nuage ? Sérieusement, il est canon ton ostréiculteur. Montre son profil Facebook !

Je m'assois en tailleur dans le lit, attrape mon ordinateur portable sur la table de chevet et trouve son profil facilement car il m'a donné son nom. Sa photo s'affiche : en soirée, une bière à la main, ses épaules et sa mâchoire carrées, son sourire franc, ses cheveux indomptés qui reviennent sur le front. Je me mords la lèvre. Elodie, hystérique, me presse de le demander en ami. Je refuse, je parlemente, prétextant une stratégie pour créer de la distance et me faire désirer.

- C'est très important de garder le pouvoir, Elodie. C'est à lui de courir.

Mais elle s'empare de l'ordinateur et clique sur le bouton « Ajouter ». Je pousse un cri d'effroi, l'accable de tous les noms d'oiseaux. Il accepte ma demande, un message s'affiche instantanément :

« Ça y est on est amis, tu vas pouvoir regarder des photos de moi nageant avec des dauphins ou me battant à mains nues avec un requin. Je suis prêt à surmonter le fait que tu t'appelles comme ma

Mamie, parce que j'adore ma grand-mère. Alors Jeanne, dis-moi où et à quelle heure on se retrouve ? »
Nous poussons des cris de louves surexcitées et nous roulons sur le lit comme des adolescentes.

Comme je m'impose toujours de garder le contrôle, je laisse Robin mariner encore deux jours, gratifié pour toute réponse d'un « Vu » faussement indifférent. Je profite de la présence d'Elodie, nous lézardons sur la plage, faisons du tourisme en explorant un peu le coin, arpentons les boutiques et passons de longues soirées dans le jardin à se raconter nos vies en buvant du rosé. Mais je dois avouer que durant ces deux jours, mes pensées me ramènent régulièrement à lui. À chaque fois qu'il me traverse l'esprit sans crier gare, mon ventre se noue et je sens monter de petits pics d'adrénaline. Puis je chasse son image. Interdiction de s'emballer. Même s'il est très séduisant, ce genre d'homme est très doué. Elodie, elle, ne cesse de me bassiner avec lui, encore plus excitée par cette rencontre que moi-même.
-    Je garde la tête froide, dis-je.
Mais intérieurement je signe un contrat avec moi-même. J'ai envie d'entrer dans la danse, adhérer à ce petit jeu, si bon et si tentant. Mon été s'annonçait tellement fade entre les révisions et les tête-à-tête avec ma mère. Je me laisserais bien aller à un peu de légèreté. Je suis si rarement frivole. Que peut-il m'arriver de grave ? Je me fais le serment de garder le contrôle comme je fais toujours. Ne pas dériver de ma ligne de conduite. Elle est le garant de ma sécurité émotionnelle et ma force. Je vais me distraire un peu et jouer avec lui et quand le temps sera venu, ou qu'il m'aura lassée, je le remercierai sans préavis.
-    J'ai un pressentiment Chérie, tu vas vivre un été de rêve. Profite !

Elodie m'enlace et monte dans son train. Seule sur le quai, je sens mon cœur qui accélère, parce que je sais que je ne peux plus reculer, d'ailleurs je ne veux plus repousser le moment de le revoir.

Une heure plus tard, nous sommes à la terrasse d'un bar. Robin a bonne mine, dans sa chemise retroussée aux coudes, ses cheveux bien coiffés, ses yeux vifs et rieurs. Il n'est pas en nage et n'a pas le regard vitré comme le soir de notre rencontre. Je suis soufflée par sa beauté et vraiment, j'essaie de garder mon assurance, ma main enserre mon verre pour ne pas trembler. Je retrouve sa luminosité, sa bonne humeur enchanteresse, ses fossettes à tomber, sa bouche parfaitement dessinée. Il ne cesse de me dévisager, cherche mon regard, se rapproche quand il me parle.

- Ça te plait le coin ?
- Oui, dis-je. C'est joli. Je commence à apprivoiser la météo, aussi. Mais bon, mes cheveux ne sont pas faits pour le climat atlantique. Impossible de les dompter. L'air est tout le temps humide.
- Cette obsession du contrôle, c'est de naissance ?

Je lui jette un petit regard réprobateur et enchaîne, d'un air un peu snob :

- Ça manque un peu de musées, en revanche.
- Attends, ne me dis pas que tu n'as pas encore visité le Musée de l'huître à Gujan-Mestras ?

Je ris. Il ajoute :

- Moi non plus, un comble pour un ostréiculteur.
- J'habite à Paris et je ne suis jamais montée en haut de la Tour Eiffel, dis-je.
- Et alors, tu vis avec tes parents ?
- Ma mère uniquement. Mon père est avocat à Londres.

J'annonce toujours ce que fait mon père avec fierté pour me faire valoir. Bien qu'en réalité, l'envers du décor est moins reluisant. Sans savoir pourquoi, je complète cet aveu :

- En fait je n'ai presque aucun contact avec lui. Seulement quelques virements sur mon compte deux ou trois fois par an.
- Tes études de droit, c'est pour lui faire plaisir ?

Je le dévisage, décontenancée. Je bredouille puis me défends :

- Non... Je compte passer le concours de la magistrature.
- Tu te destines à devenir juge ? Demande-t-il, épaté. Eh bien Jeanne, pour un petit bout de femme de... un mètre cinquante-huit, quarante-huit kilos toute mouillée... Tu es stupéfiante. Jamais vu un tel condensé de caractère dans un si petit gabarit.

Je souris, gênée.

- Mais, reprend-il, intrigué par mon parcours, ce n'est pas extrêmement prétentieux de vouloir devenir une sorte de Dieu ? Décider du sort des gens ? J'imagine pas la responsabilité que ça doit être.

Je me pique :

- Tu as un problème avec les responsabilités ? Pas moi. Je me sens assez mature pour assumer un rôle aussi sérieux.

Il fait un geste qui signifie « D'accord, d'accord ».

- À l'évidence tu sais où tu vas, Jeanne.
- Je ne suis pas psychorigide pour autant. Je sais m'amuser ! dis-je pour reprendre l'avantage.
- Vraiment ?
- Bon en revanche, tu dois savoir que j'attends le mariage.

Il me dévisage avec des yeux écarquillés, incertain de la plaisanterie, et devant sa mine déconfite j'éclate d'un grand rire. Il décrète :

- Bon, si c'est que ça, on se marie tout de suite.

Sous mes yeux pétillants de malice, il prend la paille dans mon verre, l'enroule deux fois et la coince de manière à en faire une bague. Il me la passe au doigt avec délicatesse, je me mords la lèvre et admire ma bague de fiançailles en plastique rose.

- Problème réglé, dit-il en buvant une gorgée de bière, plus joueur que jamais.
- Bon, et toi alors ? dis-je une fois que nous sommes redevenus sérieux.
- Moi je vis et je travaille avec mon père, répond-il avec lassitude. Mais bon… C'est compliqué.
- Pourquoi ?

Il grille une cigarette, cherche à gagner du temps, inhale longuement.

- Ma mère est morte il y a dix ans et mon père se retrouve tout seul. Je me sens un peu obligé de rester et de reprendre son affaire. Pour lui, c'est tout tracé. Mais en fait je rêve que d'une chose, me barrer d'ici.

Il commence à s'agiter, regarde l'heure, secoue sa cigarette au-dessus du cendrier. Je n'ose pas pousser davantage le sujet. Il se lève et me signifie « Viens, on bouge ».

Nous changeons d'adresse et nous retrouvons dans le bar de l'autre soir. L'ambiance est bonne, la musique résonne à fond. Sans se préoccuper des autres, nous nous accoudons au bar et commandons des verres. Très vite, la discussion s'oriente vers des sujets beaucoup plus légers, on se taquine, Robin est tactile, ne cesse de se pencher à mon oreille, de me faire rire. On se retrouve sur la piste déserte, l'essentiel des clients étant assis en terrasse. Comme si on était seuls au monde, on se met à danser, confirmant la symbiose parfaite qui nous avait frappés lors de notre rencontre. Les tubes de l'été s'enchaînent et je vais demander au serveur de passer « *My mind set on you* » de George Harrison. C'est officiellement en train de devenir *notre* chanson.

La soirée s'étire et Robin propose de me raccompagner. Même s'il a encore anormalement bu, j'accepte, trop contente de prolonger le moment avec lui. Je grimpe dans son pick-up. Il démarre en vrombissant et je me laisse embarquer. Dans la voiture on ne parle pas, mais on sourit tous les deux. Je passe mon pouce sur mon alliance en plastique et je savoure ce moment partagé avec lui, dans le silence et l'intimité de l'habitacle. Une espèce de flottement règne, le moment gênant de l'aurevoir arrive. Est-ce qu'il va le faire ? Avant que je descende, il pose sa main sur mon bras, se penche et m'embrasse. Ce baiser est bon. Et long. Je m'abandonne totalement à ce délice. Nos langues se découvrent et se caressent doucement, je passe ma main derrière sa tête et dans ses cheveux. Je ne sais pas combien de temps on reste là car je n'arrive pas à descendre de la voiture. Je finis par le laisser à regret.

- Je ne travaille pas demain, lance-t-il avant que je ne ferme la portière. Tu as le pied marin, ou tu n'en as que la casquette ?

Nous embarquons sur la pinasse, puisque c'est ainsi que les petits bateaux à moteur se nomment ici, dans le Bassin d'Arcachon. Le soleil est éclatant et quand j'arrive au port, je ne manque pas d'apercevoir Robin qui prépare notre départ, debout sur son bateau, vêtu d'un short et d'un t-shirt, une casquette vissée sur les cheveux. Il me repère et m'adresse un grand sourire, me tend la main pour que je monte à bord, l'embarcation bouge un peu, il me retient, m'embrasse et m'indique où m'asseoir. Ça y est on quitte le port et je me sens vraiment en vacances. Je ne vois pas ses yeux derrière ses lunettes de soleil, mais sa bonne humeur est communicatrice et son sourire ne diminue pas au long de la traversée.

Robin me montre plusieurs ports du Bassin, m'explique des choses sur leur histoire, sur la culture locale. Je l'écoute, enchantée, tout en enregistrant au maximum les paysages et les sensations. « Cap sur l'île aux Oiseaux ». Il vire de bord. L'île est enchanteresse, très sauvage. À marée haute, elle ne fait que trois kilomètres carré. Sa nature préservée est un havre de paix et de conservation de nombreuses espèces d'oiseaux. Nous la contournons et je prends en photo les fameuses « cabanes tchanquées » typiques de cette île, que j'avais vues sur un prospectus chez ma mère. Robin coupe le moteur.

- Ce sont les ostréiculteurs à la fin du dix-neuvième siècle qui ont construit ces maisons perchées sur pilotis. Ça leur servait à surveiller leurs parcs à huîtres sans être tributaires des marées.

J'acquiesce silencieusement, perdue dans la contemplation de ce site exceptionnel. La mer scintille comme un miroir, aveuglante de lumière. Je m'affaisse un peu plus dans la pinasse, cherchant une position confortable pour profiter pleinement du moment. Des oiseaux superbes volent au-dessus de nous, je les observe une main en visière sur le front. J'entends le bruit festif d'un bouchon que l'on fait sauter. Robin me sert un verre de rosé. Il se décapsule une bière et vient se poser à côté de moi. « Santé ».

Nous changeons de spot un peu plus tard pour échapper aux bateaux touristiques. Robin navigue un moment et coupe le moteur cette fois face aux dunes du Pilat. Je reste ensorcelée par la beauté de ce site naturel. Le soleil commence à décliner et nous savourons notre apéritif, assis côte à côte. L'heure qui s'écoule fait onduler les variations de couleur et de lumière sur les vallons de sable. Robin passe un bras autour de mes épaules et m'embrasse. Nous ne sommes pas des mieux installés dans cette pinasse malgré son charme indéniable, j'ai mal au dos, mais rien ne nous distrait de notre moment de délice. Il fait des pauses, me regarde, scrute le moindre détail de mon visage, passe sa main dans mes cheveux, recommence à m'embrasser, me serre dans ses bras. Je suis au paradis. Je commence à ressentir les premières gouttes de pluie, qui me tombent sur le front. Le ciel se voile d'un coup, chargé de nuages menaçants. La chair de poule parcourt mes jambes nues sous mon short. Le capitaine se redresse : « Ça se gâte, ça va péter ». Et voilà, l'océan nous joue encore la comédie de la météo imprévisible. C'est la canicule et l'instant d'après la rincée. Parfois, l'averse ne dure que quelques minutes, le temps de vous tremper jusqu'à la moelle épinière et le soleil réapparaît dans toute sa force, content de sa plaisanterie. Mais là, le vent se lève, mes cheveux me fouettent le visage.

- C'est venté par là, m'explique Robin. C'est ce qui fait se déplacer la dune de plusieurs mètres par an. Avec le banc d'Anguin juste en face, c'est grâce au vent que la dune du Pilat s'est formée.

Je me cramponne au rebord du bateau, pas très rassurée. « Allez, on rentre ». Robin n'est pas inquiet, il a l'habitude. Nous traçons à travers la mer de plus en plus agitée et au fur et à mesure que l'on s'éloigne de la dune, le vent cale mais la pluie redouble d'intensité. À tel point que lorsque nous atteignons le port le ciel est si noir qu'il fait presque nuit. J'ai enfilé le pull qu'il m'a prêté mais suis trempée jusqu'aux os. Mon maquillage a coulé, mes cheveux sont plaqués sur mon cou et mes épaules. Robin attache en vitesse la pinasse, attrape ma main pour m'aider à sortir et nous courons jusqu'à son pick-up. Il démarre en s'excusant de l'issue de la promenade mais je souris, aux anges. J'aimerais le remercier, lui dire que c'était magique. Mais les mots ne viennent pas. Ce serait comme un aveu de faiblesse, montrer une faille et donner la possibilité à l'autre de s'y engouffrer.

Je le regarde conduire, concentré sur la route. Je n'ai pas du tout envie de le quitter. Sans se concerter on roule en silence jusque chez lui pour s'abriter le temps que l'orage soit passé. Car le ciel est à présent déchaîné, les cimes des arbres de la pinède en bord de route dansent frénétiquement, les essuie-glaces balaient de toutes leurs forces et les éclairs illuminent l'obscurité tombante. Je suis un peu stressée et ne parle pas jusqu'à ce qu'il se gare devant la maison de son père, une jolie maison aux murs bleu ciel et aux volets bleu vif. Il m'indique du doigt une annexe en bois construite dans le grand arbre à côté de la maison. Nous sortons du véhicule et courons jusqu'à la cabane. Quand j'entre, je trouve la chambre simplement mais intelligemment aménagée, avec un charme fou. Je suis dans la chambre de Robin. Me voilà dans son petit univers. Il m'indique la salle de bain pour que je puisse me sécher. Sur la table de nuit, je remarque un magazine masculin. Je le prends, amusée :

- « Dix astuces pour séduire cet été ? » Non vraiment, je me suis fait avoir grâce à un magazine à trois euros ?
- Un bon investissement, reconnaît-il.
- « Test : Quelle bête de sexe êtes-vous ? »

Je le dévisage, joueuse :

- Et donc ?

Il rougit et passe sa main dans ses cheveux :

- Je suis un poulpe. Ouais, un désastre. Mais c'est des conneries ces trucs.

Je retiens un rire dévorant, trop attendrie par son malaise évident. La tension est à son comble. Nous sommes là, face à face, nos t-shirts mouillés collés à la peau.

- Je peux te prêter des vêtements secs, dit-il en passant une main sur sa nuque en signe de réflexion. Enfin, un t-shirt dans lequel tu rentreras trois fois et un caleçon qui te fera un short ?

Je rougis à l'idée de me retrouver ridiculement attifée, pas à mon avantage du tout. Mais après tout quelle importance ? Je suis en train d'attraper froid, grelottante dans des vêtements trempés. Je prends une douche chaude et relaxante et enfile les vêtements de secours déposés par Robin. Je sors de la salle de bains, un peu honteuse, mais il a la politesse de réprimer un sourire et me tends une tasse d'eau fumante.

- Un thé pour te réchauffer, par cette belle soirée de novembre.

Je la prends avec gratitude et souffle doucement dessus. Les branches du grand arbre fouettent les fenêtres de notre petit nid de planches de bois. Le vent siffle et l'eau s'écrase sur les vitres. On s'assoit sur le lit, on se prend dans les bras et reste un moment comme ça, à se réconforter. Le cœur battant, émue par cette intimité, je le laisse prendre mon visage et le tourner vers lui. On recommence à s'embrasser, jusqu'à glisser et s'allonger enlacés.

Les mains de Robin caressent mes hanches sous mon t-shirt, remontent dans mon dos puis viennent chercher mes seins, les découvrent, les pétrissent, puis il descend sa tête pour les embrasser, les admirer, presque les remercier. Tremblante, je lui enlève son t-shirt et découvre son torse bien dessiné à la peau douce et ferme, que j'accueille en lui ouvrant les bras, embrasse sa bouche, ses lèvres charnues et douces, notre respiration s'accélère, émus on se découvre, frémissants de se voir si compatibles, si parfaitement faits l'un pour l'autre. La nuit est délicieuse, Robin infatigable, inspiré, reconnaissant, il me parle à voix basse, me répète que je suis belle, que je suis douce, que c'est trop bon.

La lumière du jour perce les fenêtres, se faufilant un passage lumineux à travers les branches qui caressent les carreaux. J'ouvre doucement les yeux, tends une main à côté de moi, mais le lit est vide. Je me redresse, les genoux repliés vers moi, le drap pudiquement remonté jusqu'au cou. Est-ce qu'il est dans la salle de bains ? Non, pas de bruit, hormis le doux sifflement de la cafetière. Je détaille son petit univers, heureuse d'avoir atterri au milieu de son monde familier. Je remarque une guitare posée contre un mur. Je m'imprègne de l'ambiance matinale, écoute le pépiement des oiseaux qui me parvient depuis l'arbre. Imprégnée de son odeur, je repense à cette nuit de douceur. Robin a dormi blotti contre moi. Dans mes bras, il me demandait de lui caresser la tête pour qu'il s'endorme.

Je me lève, enfile mon short et mon débardeur de la veille. Ils sont secs. J'ouvre la fenêtre et regarde le jardin. J'entends une sonnette de vélo et vois arriver Robin. Il cale son vélo contre un arbre et brandit un sachet de viennoiseries, fier comme s'il avait pêché un poisson à mains nues. Je ris silencieusement. Il est tellement solaire, entier, joyeux. Difficile de rester imperméable à son énergie. Je vois surgir un homme d'un certain âge, très sec et aux cheveux blancs, qui l'interpelle au passage. Je tords le cou pour entrevoir la scène, je comprends que son père lui demande de se presser et le rejoindre à l'heure, tapotant sur sa montre. Robin lui propose un croissant d'un air mauvais, son père lui fait un petit geste de refus, Robin retrouve son sourire en levant la tête à nouveau vers la fenêtre. Il monte les quelques marches deux par deux et nous apprête la table basse. Nous partageons le petit-déjeuner dans un silence de communion tout en savourant nos croissants et notre tasse de café. Robin ne me quitte pas des yeux, les miens se dérobent, pudiques. Nous ne pouvons tout simplement pas cesser de sourire. Soudain, je tourne les yeux vers le lit :

- Robin, est-ce qu'on peut parler de tes draps ?

Surpris, il interrompt sa mastication, les yeux interrogateurs. Je précise :

- Des draps d'enfant avec des girafes, c'est sérieux ?

J'éclate de rire, la tasse de café tremblante dans la main. Gêné, il rit finalement à son tour :

- C'est mon côté sentimental, je les ai depuis que je suis gamin... tu as quelque chose contre les girafes ?

Je secoue la tête négativement, riant toujours. Puis je soupire :

- Tu es un drôle d'oiseau, Robin Carpentier.

Je comprends que garder les draps de son enfance doit le réconforter, peut-être lui rappeler sa mère. Il regarde sa montre et siffle :

- Le patron va pas être content.

En deux temps trois mouvements, il retourne la chambre, enfile un jean et un t-shirt et nous sortons. Il me dépose sur le port où je récupère ma voiture et prends le chemin de la maison. Heureusement j'avais envoyé un message à ma mère pour la prévenir que je ne rentrais pas. Je n'ai pas particulièrement envie de me soumettre à son interrogatoire mais pas le choix, en vivant avec ses parents, j'imagine qu'il est difficile d'échapper aux questionnaires malaisants sur sa vie privée. Enfin, rien ne peut me faire redescendre de mon nuage. Mais tout en pensant cela, quelque chose d'insidieux se noue en moi, me serre le ventre.

Il pleut toute la journée. Je suis recroquevillée sur mon lit. Submergée par une angoisse anonyme, une boule dans la gorge et le ventre noué. Je n'arrive pas à surmonter ce sentiment d'anxiété qui anesthésie mes pensées, me torture l'esprit. Je suis gelée. J'augmente le chauffage et enfile un pull en laine avant de me repositionner en boule sur le lit. Impossible de fixer mon esprit sur quelque chose de positif. Mes bouquins de droit me narguent, posés sur le bureau devant la fenêtre. Je devrais travailler. Je devrais bûcher, prendre de l'avance sur cette dernière année de Master qui s'annonce la plus dure. Avoir toujours un coup d'avance, être la meilleure, exceller dans ma matière. Voilà un objectif qui occupe l'esprit et les journées. Rien ne m'a jamais détournée de ce but, être la meilleure, réussir mon concours. Mais depuis que je suis ici, l'envie m'a quitté. La culpabilité, au lieu d'être un moteur, m'anéantit et m'enfonce.

Le téléphone sonne.

- Tu es morte ? Fanfaronne Elodie. Ça y est, tu vis ta meilleure vie, tu oublies ta super pote ?

Elodie, après un parcours scolaire hésitant, s'est reconvertie dans les assurances. Elle commencera un stage à la rentrée. Cet été, elle bosse dans un magasin de bijoux et accessoires fantaisie. Elle a du courage. Je bégaie :

- Salut Elo. Désolée, je suis pas mal occupée.
- Avec Robin ?

Elle glousse d'excitation, mais sa bonne humeur ne parvient pas à me gagner. Je reste bloquée et muette comme une carpe.

- Chérie, qu'est-ce qui se passe ? T'as pas l'air bien.

Je cherche mes mots, je cherche à comprendre ce que j'ai mais ça ne prend pas forme. Ou plutôt si, je sais ce qui me mine, mais le formuler m'écorche.

- J'ai passé la nuit avec lui. C'était… magique.
- Oh la la, la chance ! Profite à fond !

Les larmes m'enserrent la gorge, je commence à sangloter, Elodie le pressent tout de suite et me force à parler.

- J'ai peur…
- Oooh… ça s'appelle lâcher prise, Jeanne. Bienvenue dans le monde merveilleux des gens qui ressentent des choses. Tu passes des vacances de rêve et tu vibres, tu te sens vivante. Qu'est-ce qu'il y a de mal à ça ?
- Je perds le contrôle. Je bascule, c'est… terrifiant. Je peux pas laisser un inconnu me mettre dans cet état.
- Je ne vois pas ce qu'il y a de mal à profiter de l'instant présent.
- Bientôt les douze coups de minuit sonneront et le carrosse redeviendra citrouille.
- Qu'est-ce que tu racontes ?

Je suis en panique, mes pensées sont désorganisées :

- Dans deux semaines je serai rentrée à Paris. Tout sera fini. Faut pas que je me laisse aller, j'ai pas envie de mettre des mois à m'en remettre.
- Mais tu brûles les étapes là. Chaque chose en son temps. Je comprends que tu veuilles te protéger, mais c'est trop tard de toutes façons. T'es mordue.

La sentence est tombée. Je suis foutue. Pourquoi est-ce qu'on *tombe* amoureux ? Parce que c'est une chute. Au bord du précipice, qui n'a pas le vertige ? Je sens que je tombe, voilà, au ralenti, qu'il n'y a rien pour me raccrocher, que je n'ai plus la maîtrise. Je l'ai laissé rentrer. Comme une piqûre dont le poison se répand lentement et inexorablement.

- Je t'ai jamais vue dans cet état pour un garçon, constate Elodie, désemparée. Je sais pas, prends ça comme une expérience. Laisse-toi porter pour changer un peu. Bon, la bonne nouvelle dans tout ça, c'est qu'on a enfin la preuve formelle que Jeanne Aubry possède un cœur.

Je me sens piégée.

- Je peux pas me laisser déconcentrer cette année quand je serai de retour à Paris. C'est l'année la plus décisive pour mon avenir. Il y a le concours…
- Je suis sûre que tu concilieras le tout et que tu ménageras la chèvre et le chou. Tu réussis toujours tout.
- Non Elodie, c'est pas si simple… Il est paumé, il veut changer de vie, il veut partir… Enfin, il ne sait pas ce qu'il veut. Il faut que je me protège.

J'entends mon amie soupirer puis reprendre un ton optimiste :

- C'est la folie à Paris, le tourbillon t'emportera t'inquiète pas. J'ai découvert un nouveau rooftop incroyable avec vue sur les Champs-Elysées. Il y a tellement de soirées dingues, de gens à rencontrer… On mettra nos robes les plus canons et tu l'oublieras vite ton pêcheur de moules.
- D'huîtres.
- Crois-moi dans l'océan, il y a plein de poissons ! Et les poissons parisiens sont particulièrement savoureux.

Je ne veux plus partir. Tout ce qu'elle me décrit me donne envie de m'enfoncer dans le sol. Elle ne comprend pas. Je fais en sorte d'abréger la conversation et éteins mon téléphone.

Pendant deux jours.

Lorsque je le rallume, je n'ai presque rien avalé, je me suis tellement torturé l'esprit que je n'arrive plus à réfléchir. Je reçois une avalanche de messages de Robin. Un message vocal dans lequel il se dit inquiet que je sois malade. Je me sens coupable de lui infliger cette situation. Quand j'entends sa voix sur mon répondeur mon cœur se serre et je me maudis de l'entendre palpiter si fort, de s'emballer si vite, d'avoir si vite abandonné la raison. Je ne sais pas quoi écrire, je ne sais pas quoi dire. Quelle excuse acceptable sortir du chapeau après quarante-huit heures de lâcheté totale ?

Je suis assise sur mon lit, les jambes repliées, en train d'essayer de formuler un message à écrire, quand j'entends le bruit d'un moteur entrer dans le jardin, puis quelques instants après, la sonnerie de l'entrée. Je perçois ma mère saluer quelqu'un « Des huîtres ! Comme c'est gentil à vous ! Enchantée, ne restez pas sur le palier ! ».

Je crois mourir quand j'entends la voix de Robin répondre :

- Avec plaisir, vous aimez ça au moins ? Est-ce que Jeanne est là ?

Oh mon Dieu, j'ai une tête d'épouvantail, les cheveux sales ramassés en chignon sur le crâne, des cernes jusqu'au menton. Qu'est-ce que je vais dire ? Qu'est-ce que… « Jeanne ! »

C'est ma mère qui frappe à ma porte, me fait sursauter comme si j'étais prise en flagrant délit.

- Il y a quelqu'un pour toi à l'entrée.

Je regarde autour de moi comme pour trouver un allié, je quitte mon bas de jogging et enfile un jean. Pas le temps de me ravaler la façade, tant pis. J'approche de la porte d'entrée, le cœur battant d'appréhension mêlée de reconnaissance. Quand je l'aperçois, mon visage s'illumine, je ne peux pas lutter, je les ai, ces fichus papillons dans le ventre. Lui habituellement solaire est là, penaud, devant ma porte, la mine fermée. Je le rejoins, nous nous faisons face sur la terrasse, je regarde mes pieds nus.

- J'étais inquiet de ne pas réussir à te joindre, bredouille-t-il. J'espère que tu ne prends pas mal ma démarche.

- Bien sûr que non ! Au contraire…

Il cherche un peu ses mots, hésitant, d'un air si vulnérable que ça me fend le cœur :

- En fait, je voulais être sûr d'avoir bien compris que tu m'avais largué…Le silence, moi, ça me suffit pas.

Je me sens tellement minable que je suis envahie de honte. Comment lui expliquer ma crise de panique sans l'effrayer à son tour ?

- Non, je ne veux surtout pas…

Te perdre. C'est tout le problème. Bon sang, si les mots sortaient !

- J'ai chopé un virus je crois. L'autre soir, quand on est rentrés trempés… j'ai pris froid.

Il me détaille du regard, méfiant. Puis, plus bas :

- Je me suis dit que peut-être, la nuit n'avait pas été aussi bien pour toi que pour moi…

Je fonds littéralement. Au contraire, mon Dieu, Robin, tu me fais perdre les pédales. Si seulement tu savais, si je pouvais te le dire sans te faire peur.

J'avance vers lui et passe mes bras autour de son cou, je voudrais qu'il lise dans mes yeux. *J'ai peur que tu me blesses.*

- Je te demande pardon, je sais pas ce qui m'a pris… c'est trop bien de te voir…

- Tu baisses pas la garde facilement toi… T'es pas facile d'accès.

Il attrape mon menton, relève mon visage, je refuse qu'il me voie si vulnérable, si offerte. Il me sonde longuement du regard, le mien est désolé et suppliant. Il m'embrasse doucement. Je l'invite à rentrer, nous allons dans ma chambre. Ça me prend soudain comme une urgence. Je vérifie par la fenêtre que ma mère est installée dans le jardin à l'autre bout de la maison. Et je le déshabille, sans rien dire. Nous faisons l'amour silencieusement pour ne pas être entendus, rapidement comme si c'était vital, une question de survie, c'est tellement bon de l'avoir contre moi. Nous restons dans les bras l'un de l'autre un certain temps, sereins. Puis il rompt le silence :

- Elle a l'air cool ta mère.

Je lève les yeux au ciel :

- Oui, elle l'est. Un peu trop même.

- Comment ça ?

- Elle est un peu fantasque. Un peu imprévisible. C'est une artiste, tu vois.
- Tu as du mal avec l'imprévisible, n'est-ce pas ?

Percée à jour, je baisse les yeux, un peu vexée.

- Tu es fille unique ?
- Oui Dieu merci, quand mes parents ont compris que leur rencontre n'était que le fruit d'un malheureux hasard, un quiproquo sans aucun avenir, ils ont arrêté les frais après moi.
- Tu es dure, dis-donc.
- Ils n'ont rien en commun je t'assure.
- Est-ce que c'est forcément voué à l'échec, deux personnes diamétralement opposées ?

Je préfère ne pas répondre, laissant un froid tendu régner quelques instants.

- Ce soir je vais boire des coups avec des collègues. Tu m'accompagnes ?

Je suis fière et heureuse que Robin me présente ses amis. J'ai l'impression d'intégrer un peu plus la sphère de son intimité, me greffer à sa vie quotidienne, commencer à en faire partie. Comme s'il n'y avait pas de date butoir à cette idylle, comme si je ne rentrais pas à Paris dans quelques jours. L'illusion d'entrer dans son monde, lui devenir familière, obtenir un statut d'évidence au quotidien est un sentiment très grisant.

Ses copains sont sympas, ils sont étudiants à Bordeaux et passent l'été ici chez leurs parents. Ils se connaissent de longue date même si Robin a une telle facilité de contact qu'il a de nombreux amis de différents cercles. Entouré de ses amis de toujours, Robin dégage tellement de sympathie, de chaleur qu'il est le pilier de son groupe. Nous sommes au bord de la plage, un « spot secret » connu d'eux seuls. L'ambiance est bonne, quelqu'un a amené de quoi mettre de la musique, un feu nous réchauffe des embruns glacés de la mer le soir. Les bouteilles de bière s'entrechoquent dans un joyeux tintement.

- Elle est repartie à Paris ta jolie copine ?

Robin pose une main sur l'épaule de son pote :

- Je te présente Justin. L'heureux élu auquel ta copine éméchée a roulé des pelles l'autre soir.
- Vraiment ? Dis-je, amusée. Est-ce que tu te rappelles au moins de son nom ?

Bien embêté, le collègue réfléchit et tente :

- Laura ?

J'éclate de rire.

- Je vois que ça a franchement bien matché entre vous. Elle non plus n'avait pas la moindre idée de comment tu t'appelles.
- Vous par contre… dit Justin en nous désignant avec sa bière. Ça y est, on va le marier le Robin !

Techniquement, on s'est déjà mariés avec une paille en guise de bague. Je le regarde du coin de l'œil, amusée, mais Robin se défend :

- Tu sais moi le mariage… ça me tente pas des masses.

Je lui demande pourquoi, il hausse les épaules :

- J'ai un peu de mal avec cette notion de possession. « Ma » maison, « ma » femme, « mon » chien, « mon » barbecue…
- Je vois, dis-je. Moi, je trouve que l'engagement a quelque chose de noble. Et de sécurisant, aussi. Le mariage est une institution. On rejoint une communauté, quelque part on se met sur des rails.
- Voilà, dit Robin en pointant sa bière sur moi. Sécurisant. Et notre précieuse liberté alors ? Ce n'est pas plus important que la sécurité ?

Je m'agace :

- C'est le discours un peu immature de quelqu'un qui a des envies de faire le tour du monde et de vivre pleinement sa jeunesse. Ça peut changer plus tard.

Il secoue les épaules pour changer de sujet. Je sens que je viens de passer pour une fille étriquée à l'esprit étroit dont la vie a déjà été programmée étape par étape, justement parce que ça la rassure. Et c'est vrai. C'est ce genre de discours qui pourrait l'effrayer, le convaincre que nous sommes trop différents, que nous n'avons pas la même vision de la vie. Je hasarde :

- Enfin, la vie est pleine de surprises, je ne me marierai peut-être jamais.

Cette déclaration semble peu convaincante à leurs yeux, je sens que je m'enfonce autant que mes pieds nus dans le sable froid.

- Pour l'instant, reprend Justin en décapsulant une nouvelle bière, on en est à faire la fête tous les week-end à Bordeaux, hein Robin ?

Justin m'explique qu'à partir de la rentrée de septembre, quand les touristes ont déserté le Bassin, le coin redevient totalement mort. Comme tous les bords de mer hors saison. Alors, les jeunes sortent à Bordeaux, qui n'est qu'à quarante-cinq minutes de route d'ici.

- On y retrouve toutes les soirées étudiantes. C'est la folie. On aime particulièrement les petites étrangères qui font ERASMUS, hein Robin ? reprend Justin en lui faisant du coude grossièrement. Avec une préférence pour les filles du Nord.

Je sens que je commence à perdre patience, la gorge nouée et le pouls qui s'accélère.

- C'est-à-dire ? dis-je, avide de détails bien que la moutarde me monte au nez. Les blondes décolorées qui parlent scandinave ?
- Ou allemand ou hollandais, plaisante Justin, on est large d'esprit, on accepte tout le monde !

Et comme Robin a quelques bières d'avance sur nous et que l'alcool commence à faire effet, il le rejoint dans son fou rire, malgré lui et malgré ma face qui se décompose.

- Plus sérieusement, reprend Justin à mon attention. Tu savais que Robin est un génie des mathématiques ?
- Allez ferme-la un peu, dit Robin en le poussant en arrière.
- Ce mec est trop modeste, reprend Justin. Il avait commencé une classe prépa après le bac, il avait de super résultats mais ce con a préféré arrêter pour aider son père. Mec, on aurait été étudiants ensemble à Bordeaux, ça aurait été la folie !

Je regarde Robin avec distance et méfiance. Il paraît soudain triste, regarde vers le sable, muet. J'ai bien fait de venir à cette maudite soirée, j'en apprends davantage sur lui. Mais aussi des choses qui ne me font pas plaisir et qui ne me mettent vraiment pas en confiance. Enfin, qu'est-ce que j'ai cru ? Qu'un jeune de vingt-quatre ans, beau, sociable, intelligent, vivait enterré là toute l'année sans faire la fête ni rencontrer de filles ? Je suis à deux doigts de prétexter un coup de fatigue pour rentrer, je me sens mal, agacée, mon instinct me souffle de fuir le plus loin possible. Mais quelqu'un vient nous rejoindre « Robin, tu nous joues un truc ? Pierrot a apporté sa guitare ».

Robin a beau essayer de se défendre, le groupe insiste et il se retrouve assis face au feu de camp. Je m'assoie un peu plus loin, enlève la veste de mes épaules, réchauffée par le crépitement des flammes. Robin commence à chanter une mélodie mélancolique en s'accompagnant à la guitare, je suis stupéfaite par la douceur et la justesse de sa voix, grave et suave. J'avais remarqué qu'il avait une belle voix mais quand il chante, il envoûte son monde. Ses copains font cercle autour du feu et leur joyeux remue-ménage a cessé. L'aura de Robin n'échappe à personne. À la fin on applaudit mais Justin lance :

- Tu plombes l'ambiance mec !

Alors Robin se ressaisit et dit :

- OK, vous voulez du rock ? C'est ça que vous voulez ?

Tout le monde crie à l'unisson, singeant un public en folie.

- Alors celle-là, je la dédicace à Jeanne, dit Robin en me pointant du doigt tout en esquissant un clin d'œil.

Ses amis sifflent et applaudissent à mon attention. Je souris de toutes mes dents, émue et fière, attendant ce qu'il va bien pouvoir jouer pour moi. Je constate qu'il a appris à jouer « My mind set on you ». On reprend tous en chœur sur le refrain. Notre chanson. *J'ai l'esprit rivé sur toi.* À la fin j'applaudis, me lève et esquisse une révérence de remerciement. Chacun reprend le cours de ses conversations animées, je rejoins Robin qui gratte toujours tranquillement, je m'assois à côté de lui, il me murmure « Don't worry, be happy… » La note va être salée, quand je serai seule dans ma chambre de bonne à Paris en compagnie de mes souvenirs. Après cette ultime chanson, durant laquelle j'ai posé ma tête sur son épaule, bercée par le timbre de sa voix, il pose sa guitare et m'invite à faire quelques pas sur la plage. Il prend ma main et nous marchons enlacés pour nous tenir chaud. Seule la lune éclaire d'un halo gris et froid le clapotis des vagues. Robin soupire « J'ai pas envie que l'été se termine… »
Cet aveu me réchauffe et m'anéantit à la fois. Il ressent sans doute le même défaitisme, la même certitude que nous n'irons pas plus loin ensemble que le trente-et-un août.

Le vent n'en finit plus de trancher l'été et de lui couper la parole. Une feuille morte est tombée sur la table du bar hier soir alors que Robin et moi buvions un verre en tête-à-tête, comme une menace, un rappel. L'été se termine. Nous aussi. Je redoute de plus en plus de me séparer de son rayonnement solaire. Robin a quelque chose qui me touche, il est fort comme un homme, a la fougue de la jeunesse et ses yeux lancent des éclats d'enfance. Il a ce feu sacré en lui, cette ambition de devenir quelqu'un, de partir, faire ses preuves, cette énergie qui rend toute chose possible.
On danse dans les bars même quand on est seuls sur la piste. Il n'existe plus que nous. Quand on marche dans la rue, il me serre

jusqu'à me faire trébucher. Il m'enlace aussi pour dormir, réclame ma main derrière sa tête quand il conduit. Le contact est permanent, besoin de se toucher, nécessité urgente de se retrouver le soir. Et toujours ces fichus papillons dès que je l'aperçois. Impossible de m'habituer à lui. Impossible de minimiser, diminuer l'effet physique que sa présence provoque en moi. Que faire maintenant ? Continuer à vivre au jour le jour, faire semblant de ne pas les avoir compté, les jours, de ne pas avoir réalisé qu'il en restait assez pour les comptabiliser sur une main ? Ou rompre le charme en parlant, en exposant clairement la situation, en posant la question fatidique : et après ?

Moi-même je ne suis même pas sûre de ce que je veux. Une relation à distance ? Elle me fait horreur. Perdre mon libre-arbitre, dépendre de quelqu'un, compter les jours, souffrir de l'absence, attendre un coup de fil promis mais oublié, se disputer sans pouvoir se réconcilier, redouter qu'il s'éloigne, qu'il rencontre quelqu'un, que les souvenirs s'estompent, qu'ils s'affadissent, que je tombe de mon piédestal jusqu'à être tout à fait remplaçable… Mieux vaudrait arrêter en pleine gloire. Exploser en plein vol. Laisser un souvenir impérissable, imprégner la mémoire pour longtemps, être regrettée. Ne pas laisser la possibilité au temps, à la routine, à la distance, de salir notre mémoire, affaiblir notre passion. Dès que je suis loin de lui, dès que l'on se quitte le matin et qu'il part travailler, j'angoisse, j'anticipe la fin inévitable. Dès que l'on se retrouve, l'insouciance me gagne à nouveau. Comment ne pas être imprégnée de son optimisme ?
Le quotidien auprès de lui a un goût de délicieuse illusion : si toute la vie pouvait s'écouler sur cette même langueur, cette osmose parfaite sans accro ni ennui. Robin s'endort, épuisé de ses journées de travail, devant le générique d'un film que nous ne regardons pas, occupés à faire l'amour sous la couette. Je le prends en photo alors qu'il fait du kitesurf, il m'initie à son sport. Nous nous promenons en haut du jardin mauresque qui surplombe les toits orangés

d'Arcachon, nous nous reposons des heures à l'ombre d'une de ces espèces d'arbre tropicales. Un jour Robin me fait visiter le quartier de la Ville d'Hiver qui regroupe les plus splendides villas. « Tu vois, nous les pêcheurs, nos cabanes ont des numéros. Les riches, ici, donnent des noms à leur maison. Un jour peut-être je troquerai un chiffre pour un nom ». Je lui suggère de reprendre ses études, le pousse à réaliser ses rêves, à chaque fois il devient sombre, mélange de manque de confiance en ses capacités et de culpabilité vis-à-vis de son père.

Cap Ferret, nous roulons à perdre haleine. Robin a réparé pour moi le vieux vélo de sa mère qui moisissait dans la remise du jardin. C'est un honneur de chevaucher ce destrier, de pédaler à perdre haleine. Cap Ferret est un faux plat. Nous poussons avec force dans les montées, crions de joie en dégringolant les descentes, cernés par les pinèdes majestueuses. On pose nos vélos contre une barrière en bois, les chaussures à la main, les pieds qui s'enfoncent avec délectation dans le sable. Des dunes à perte de vue, l'océan immense, plein de promesses. Deux belles glaces italiennes. Nous sommes assis sur des rochers, moi en robe, Robin le pantalon retroussé.
- Vous n'avez pas ça à Paris, hein ? Lance Robin en montrant l'océan et la Dune du Pilat qui scintille au loin.
Une tentative pour amener le sujet qui me torture ? Je l'ignore prudemment, gagnée par la panique.
- Non, en effet.
- Tu sais Jeanne ça me ferait plaisir que tu t'ouvres un peu plus.
Je sursaute :
- Tu me trouves coincée ?
- Non… Juste sur la retenue… Tu ne parles pas trop de ce que tu ressens… Tu ne te lâches pas facilement… En fait le seul moment où j'ai l'impression d'avoir la vraie Jeanne dans

mes bras c'est quand on fait l'amour, dit-il avec gêne. Je dirais que tu manques parfois... de spontanéité.

Sans réfléchir, je donne un coup dans la main qui tient son cornet et la fraise fondante de la glace vient s'écraser sur son nez. J'éclate d'un rire franc. « Oh la garce... »

- Tu vois, je ne suis pas si prévisible que tu ne le penses, dis-je avec un clin d'œil.
- Je ne sais pas quand Jeanne mais je te promets que j'aurai ma revanche, répond-il tout en s'essuyant avec sa serviette en papier.

Je m'approche avec douceur et l'embrasse tout autour de la bouche, un baiser sucré et froid, le bout de ma langue donnant de petits coups pour attraper la fraise qui coule, mes lèvres s'écrasant sur les siennes, pulpeuses et douces comme un fruit.

J'hésite à annuler notre dernière soirée. Feindre d'avoir oublié que l'on avait prévu de se retrouver à tel bar, réaliser seulement demain matin que c'est le jour du retour à Paris, désolée, j'avais complètement oublié, je suis dans le train. Elodie me briefe presque deux heures au téléphone « Parle lui ! Dévoile-toi pour une fois ! Mets ta fierté mal placée de côté sinon tu t'en mordras les doigts ». Mais pour lui dire quoi ? Que j'ai des sentiments pour lui après seulement trois semaines passées ensemble, paraître mièvre, faible, faire du sentimentalisme à la Bovary ? Dans quel but ? Galérer à distance alors que je vais devoir m'investir dans une dernière année d'études décisive ? Et puis j'ai peur de l'effrayer. Les sentiments, ça fait peur. Il ne m'a jamais rien promis. C'était l'été, on a bien profité, on s'est bien amusés, bonne continuation rentre bien. Il n'a jamais été question d'avenir. Les histoires de vacances, c'est une douce illusion, une fenêtre ouverte sur un champ des possibles mais qui ne montre que l'idéal : une histoire brève, intense, où il n'y a pas de place pour les disputes, la médiocrité du quotidien, l'insidieuse routine, le prosaïsme de la vie à deux. Que pourrait bien m'offrir Robin au-delà du trente-et-un août lui qui ne sait pas ce qu'il veut faire de sa peau, qui toute la semaine n'attend que le week-end pour faire la fête et boire, encore boire.

Je suis physiquement incommodée, je ne peux rien avaler, je pleure plusieurs fois par jour comme ces averses de pluie improbables entre deux éclaircies. Ma mère est perplexe, ne m'a jamais vue ainsi, nous sommes pudiques, nous ne parlons jamais de tout ça, je ne la laisse jamais pénétrer mon intimité. À elle non plus je ne montre jamais mes failles. Mais là, on peut difficilement passer à côté. Elle tente une approche « Parle-lui, Paris-Arcachon ce n'est pas si loin, les jeunes de nos jours vous renoncez si facilement, à notre époque les hommes partaient deux ans au service militaire on ne faisait pas tant d'histoire ! Allons Jeanne, il en vaut la peine oui ou non ? ».

Lorsque je les rejoins en terrasse de notre bar attitré, Robin et ses copains sont déjà attablés à leur quartier général. Il y en a certains que je ne connais pas « Ce sont des amis de longue date, on ne s'était pas vus depuis trois ans, ils resteront dormir chez moi ce soir, je suis désolé ». Et il en a l'air. Sa mine reste fermée. Robin ne prononce pas un mot ce qui n'est clairement pas son habitude. Il ne parle même pas avec les copains qu'il retrouve après plusieurs années. Il m'écoute silencieusement discuter avec Justin ou Pierre, me regarde parler, sourire, boire à ma paille, il m'observe sans entendre ce que je dis. Il ne lâche pas ma main une seule minute. Je le prends parfois à parti, essaie de le faire rire, mais au mieux il esquisse un sourire triste. « Viens danser », il susurre à mon oreille, je le suis. L'été tire à sa fin, les températures ont chuté, l'air marin me fait frissonner sous ma robe. Il n'y a pas un seul danseur sur la piste. Sauf nous. Enlacés, on se berce doucement, se regarde longuement dans les yeux, je passe ma main dans ses cheveux. Il faut parler. Je dois dire quelque chose. Mais je suis paralysée, aucun mot ne vient. « On s'est mariés ici », je ris, il a raison, il m'a passé la bague au doigt. Puis tristement : « T'es une fille bien Jeanne, sérieux. Je veux pas que tu sois triste à cause de moi. » Je baisse les yeux, il relève mon menton, me chantonne « Don't worry, be happy… », caresse longuement ma nuque et mes cheveux. « Tu vas rencontrer plein de gens à la rentrée… Des mecs aussi… » « C'est ce que tu veux ? » Il déglutit. « Robin, est-ce qu'on va se revoir ? ». On ne danse plus, immobiles au milieu de la piste désertée des vacanciers, mais on se tient toujours dans les bras. « Si tu descends à Arcachon, tu m'appelles ? On boira un verre… en amis. » Je lâche son étreinte « Je suis incapable d'être ton amie Robin, désolée ». Il a un demi-sourire. « Je me sens pas d'avoir une relation à distance, et puis c'est nul de mettre des mots sur tout ». Je pose ma tête sur sa poitrine. Merci Robin d'avoir mis des mots là où je n'ai pas pu, de le faire avec ta gentillesse et ta douceur innées, merci de m'avoir fait vibrer, merci de me respecter. Merci pour ta lumière, ton énergie solaire, ton aura, tu as illuminé mon été. Je suis bien incapable de le dire avec des mots, j'espère que tu sais à quel point je le pense. « Je m'attendais pas à toi Jeanne, t'étais pas prévue au programme ». Je sais, toi non plus.

Ça ne sert plus à rien de repousser l'échéance, un œil jeté à la pendule m'indique qu'on approche minuit, je dois rentrer terminer ma valise, mon train demain est à huit heures. Il insiste pour m'accompagner jusqu'au parking. Bien entendu, je n'arrive pas à marcher droit tellement il me serre, je le repousse en plaisantant « Il va falloir te déshabituer à moi », je fais la fière, la distante, celle qui maîtrise la situation, il enfouit sa tête dans ma nuque. Je monte dans ma voiture, je veux expédier les formalités, bâcler les au revoir, faire l'indifférente, lui faire mal, mais il s'invite sur le siège passager, m'embrasse longuement, tendrement, puis fougueusement, si bien que je ne sais pas comment on en arrive à ce que je m'assois sur lui, ses doigts cherchent mes seins sous mon décolleté, je le sens qui me transperce, on fait l'amour comme ça, d'un coup, sans préavis, c'est court et intense, comme notre histoire. Je ne sais pas comment nos peaux vont se passer l'une de l'autre, comment je vais tirer un trait sur son odeur, sur ses mains. Je jette des regards autour de nous, inquiète que l'on nous voie, mais il n'y a aucun témoin de ce dérapage. Sous le choc, on reste encore comme ça enlacés un certain temps, moi tentant de refaire surface « Je pensais être quelqu'un de plutôt sage… », lui « Je suis content de t'avoir rencontrée… J'ai aimé tous les moments qu'on a passés ensemble ». Je me mords la lèvre. Il sort. Je reprends mes esprits, reprends le contrôle, démarre la voiture avec le maximum de dignité dont je suis capable. Il me regarde toujours, bras ballants, statue de sel, refuse de s'écarter. Je lui fais un signe et fais demi-tour, je commence à m'éloigner, soudain dans le rétroviseur il bouge, il court dans ma direction, je freine trop brusquement, il tape d'un poing à ma vitre :

- Jeanne ! Ouvre ! Je t'ai menti !

Je descends la vitre, le cœur au bord des yeux.

- Ma grand-mère s'appelle Paulette. J'aurais inventé n'importe quoi pour te parler.

Il colle sa bouche à la mienne, je m'en arrache.

Je suis partie.

II

Propulsée sans ménagement au cœur de la jungle urbaine. L'été m'a bel et bien échappé comme le sable entre mes doigts. Quand je sors du métro Châtelet en direction de mon studio rue de Rivoli les klaxons m'agressent, je suis happée par la foule, les groupes de jeunes, la musique sur leur portable, les cris des filles, les vitrines des magasins devant lesquelles on se presse en fourmilières compulsives. J'arrive à peine à atteindre la porte d'entrée de mon immeuble, trois types sont assis sur la marche et font tourner un pétard. Sixième et dernier étage, je pose ma valise, fais l'inventaire de ce qu'il me reste : quelques souvenirs, vite évaporés par la réalité de la vie dans la capitale. J'ai dû rêver. Livrée à moi-même, je ne vais pouvoir compter que sur mon mental et ma détermination pour tourner la page et me concentrer sur mes objectifs. Ce retour est violent. Tout ce monde, tout ce bruit. Je n'entends plus le clapotis des vagues, de la coque de la pinasse qui vogue doucement. Ma mère reste un mois de plus à Arcachon pour peindre, le paysage et le calme l'inspirent. Elle n'est pas pressée de regagner son appartement en banlieue parisienne. Je l'envie de prolonger un peu le rêve.

L'été indien est de courte durée à Paris, à peine une semaine de sursis puis la pluie m'assomme, le gris m'empoisonne. Grève générale, transports perturbés. Rien ne m'excite, pas même la rentrée des classes, découvrir les nouveaux professeurs, retrouver mes collègues de galère pour la dernière ligne droite avant le concours. Chacun raconte avec énergie son été, y va de son anecdote. Je reste évasive « J'étais à l'océan, oui c'était pas mal, dépaysant ». Moi qui adore l'atmosphère studieuse et rassurante de l'amphithéâtre de la fac je pique du nez, lutte pour me concentrer. On boit un verre à la sortie des cours, échange sur la qualité de ceux-ci, je suis un peu absente, on ne me trouve pas particulièrement sympathique. Le soir quand je relis mes notes, je découvre qu'elles sont décousues, qu'il manque des phrases, je retourne mes feuilles comme si elles ne m'appartenaient pas ou que les mots étaient codés. Une fois dans mon lit, je peine à m'endormir, je me tords sous ma couette, et depuis une semaine que je suis ici, inexorablement les larmes me gagnent, je ne cède au sommeil qu'une fois que mon corps épuisé rend les armes.

Il y en a une qui est folle de joie que je sois rentrée. Elodie débarque systématiquement chez moi sans frapper, ouragan en terrain conquis, elle commence rarement par un « bonjour », non, direct dans l'action « Chérie tu ne devineras jamais quoi », non mais je sens que tu vas me le dire. Tout y passe, la collection automne-hiver de Zara qui vient de sortir « Comment tu fais pour vivre en face de leur boutique et ne pas craquer tous les jours ? À chaque fois que je viens chez toi j'achète un truc, c'est ta faute », la nouvelle cible du moment « J'ai rencontré un mec samedi mais j'ai oublié son nom, j'arrive pas à le retrouver sur Facebook… » et bien sûr le sempiternel sermon sur son nouveau régime « Objectif moins cinq kilos, je suis énorme, tu sais qui on dirait ? La sorcière des mers dans La Petite Sirène. Ursula la pieuvre géante, aussi sexy que monstrueuse ». Elle m'épuise mais c'est bon de la voir. Surtout parce qu'elle est le témoin vivant de ma rencontre à Arcachon cet été, quand j'ai des doutes elle me confirme que je n'ai pas rêvé, elle l'a même vu ce Robin « Il te dévorait des yeux, vous étiez beaux sur la piste tous les deux ». Mon sourire s'efface aussitôt, je lui demande de ne plus parler de lui, cinq minutes après au contraire j'ai besoin qu'on en parle, que le souvenir se ranime, qu'il existe à nouveau en prononçant son nom à voix haute, ça l'ancre dans le réel, l'inclue dans l'actualité du moment et on passe des heures à interpréter tel mot qu'il a employé plutôt qu'un autre. Je ne compte plus les théories qui commencent par la formule magique « Si ça se trouve… ».

- Je lui donne une semaine pour craquer et t'appeler. Le mec était dingue de toi ça crevait les yeux.
- Raté, ça fait déjà huit jours et je n'ai pas le moindre signe de sa part.

J'ai d'abord longtemps guetté mon téléphone, les premiers jours surtout, sursauté à la moindre vibration, maudit la personne qui m'avait écrit et qui n'était pas lui. Puis de rage, j'ai éteint mon téléphone pendant des heures, une fois pendant presque deux jours. Peut-être qu'en le rallumant, une avalanche de messages inonderait l'écran. Non. Silence constant et régulier. Un bug du réseau téléphonique ? Non non, juste la triste réalité. L'été est fini ma belle, *sayonara, hasta la vista*. Intérieurement je m'impose des dates limites, s'il ne m'a pas écrit avant mercredi minuit, je supprime son numéro. Le lendemain bien sûr, pas de nouvelles mais il figure toujours dans mon répertoire. Je me méprise de faire preuve de si peu de volonté, je hais la sensation nouvelle d'être pathétique, en situation d'attente, de faiblesse. Cette position est vraiment désagréable, je sens bien que je ne pourrai la souffrir trop longtemps. Il faudra tôt ou tard être ferme, prendre le problème à bras le corps, prendre une décision radicale ou bien se prêter à une expérience de laboratoire et accepter que l'on me reformate le disque dur, qu'on supprime ma mémoire courte, juste la séquence du mois d'août 2009 – cliquer, supprimer. Reconfigurer l'espace interne, faire de la place pour la suite sans se laisser polluer par de vieux fichiers inutiles. Oui franchement, si j'avais la possibilité de faire ouvrir ma boîte crânienne et de nettoyer mon cerveau je le ferais, je tenterais tout pour regagner la sérénité que j'avais avant cet été maudit, j'accepterais toute mesure drastique pour retrouver mon libre arbitre, pour que cessent de galoper toutes ces idées tristes et ces théories sans réponse.

« Bienvenue dans mon monde, celui des femmes que l'on ne rappelle pas » soupire Elodie, ce qui me révolte. Aucune envie de faire partie du camp des faibles, des femmes délaissées après l'amour.

Plus le temps passe, plus je m'agite. Je pensais que le silence prolongé combiné à la vie trépidante de Paris m'aiderait à me détacher progressivement. Mais je constate avec stupeur et inquiétude que c'est l'effet inverse. Je ne supporte pas cet abandon, même s'il est légitime, même s'il a été fait dans les règles de l'art, dans le respect des formes. Mon orgueil me ronge, ma solitude me pèse. Je me sens sombrer dans une sorte d'obsession frénétique, je visite dix fois par jour sa page Facebook, la seule fenêtre qu'il me reste sur sa vie. Je vérifie les amis qu'il ajoute, je me morfonds quand c'est une nouvelle étudiante ERASMUS, une Anglaise mais moche donc ça va, puis une Allemande, rondelette mais non sans charme, deux Hollandaises dont le profil est totalement fermé et dont je ne tire aucune information exploitable. Je le maudis quand il apparaît sur une photo en soirée, un verre à la main, le regard vague, le sourire bête, visiblement déjà fortement alcoolisé. Les commentaires de ses potes « Pilier de bar ! » « Le mec avait déjà de la bière dans le biberon » me désespèrent, je ferme l'ordinateur avec dédain, persuadée que je ne rate rien, qu'il est comme les autres, l'alcoolisme en plus. Je me méprise, me stigmate, quelle débutante j'ai été, aisément impressionnable face à ce Don Juan de compétition. Je l'imagine sortir son baratin à la première fille rencontrée en soirée, qu'il est dresseur de dauphin, que sa grand-mère porte le même prénom, ça me rend folle de rage, je le visualise et son image je la griffe, la raye, la brise comme un miroir. J'accepte toutes les propositions de sortie même si j'ai du travail, même si je n'ai aucune envie de me mêler aux autres et faire bonne figure, je bois comme je n'ai jamais bu, suis sur toutes les photos, accoudée au bar ou prise par la taille par un gars du groupe que je n'ai jamais vu et que je ne reverrai jamais. La guerre est déclarée. Ne crois pas que tu m'as atteinte à ce point Robin, moi aussi je vais très bien, je sors, je profite de la vie, je t'ai complètement oublié. Elodie est enchantée de mon empressement à accepter toutes ses invitations, elle m'incite à boire, à me lâcher, poste dans la minute une photo peu glorieuse de moi que je découvre le lendemain avec horreur mêlée de satisfaction.

Ce sentiment de haine est souvent de courte durée, lorsque l'adrénaline de la fête retombe le lendemain le désespoir reprend ses droits, encore plus étendu, doublé de la honte de ce comportement qui ne me ressemble pas et qui me dénature. Parce que je suis en gueule de bois ou que je ressasse les mêmes idées noires, la culpabilité de ne pas réussir à étudier m'enfonce. Alors je me répète que j'ai perdu une perle, qu'une autre va en profiter, présente, disponible et qu'il va la combler des attentions et des gentillesses dont j'ai bénéficié un temps, qu'ils feront du bateau ensemble, qu'ils feront l'amour dans sa chambre perchée dans l'arbre. Elle aura tellement de chance. Puis non, je me persuade que notre complicité était réelle, qu'une telle compatibilité est rare, que ça ne marche pas aussi bien à chaque rencontre, que peut-être tout lui fait penser à moi, une expression, une chanson, un lieu.

Je passe ensuite par un élan de courage, je dois lui parler, il n'est pas trop tard, je l'ai laissé partir, je n'ai rien fait pour le retenir, je dois le convaincre de nous laisser une chance. J'ai été lâche, orgueilleuse, je suis partie perdante, j'ai choisi ce que je pensais être la facilité. Je commence un message trop long avec des tournures pesantes, trop sentimentales, puis j'efface tout. Peur d'être collante, ridicule, qu'il se dise que je m'accroche vainement, que je me manque de respect, qu'il avait pourtant été clair. Je me ressaisis, je dois garder le pouvoir. Je ne dois pas me rabaisser à le contacter. Les hommes ont toujours accouru quand je les ignorais, cette tactique est infaillible, elle a largement fait ses preuves. Mais si au contraire il attendait que je le rassure, que je lui envoie un signe ?

Que je lui dise que non, Paris ne nous séparera pas, que je me fiche de faire des rencontres, que c'est lui que je veux, qu'on pourrait juste essayer pour voir ? Si j'avais une idée de son état d'esprit présentement, je pourrais mettre au point une stratégie, reprendre le contrôle de la situation.

J'aurais préféré qu'il se comporte en salaud, qu'il me facilite la tâche. Il me rendrait un si grand service en me bloquant sur Facebook.

Elodie pourrait être coach de vie, non pas parce que sa vie sentimentale est un exemple de succès et d'équilibre mais parce qu'elle a le don de marteler en boucle les mêmes conseils. Exaspérée de me voir dans cet état inédit, elle décrète qu'il faut agir et que l'anniversaire de Robin le vingt-et-un septembre nous en fournira le prétexte. Je dois l'appeler, dit-elle. Lui souhaiter un bon anniversaire et glisser dans la conversation que je rentre le week-end suivant à Arcachon chez ma mère. S'il saisit la perche et propose de me voir, j'achète des billets de train aussitôt le téléphone raccroché. S'il est évasif ou qu'il ne répond pas à mon appel, je tire un trait définitif.

Les dernières heures avant le grand saut sont aussi excitantes que terrifiantes, je répète plusieurs fois mon texte comme une actrice qui a le trac avant d'entrer en scène. Vingt-et-un septembre, midi quinze, Robin a vingt-cinq ans, je sors de l'amphi, je m'isole de la foule d'étudiants. Robin décroche à la première sonnerie « Allô ? » « Salut Robin c'est Jeanne, joyeux anniversaire ! » « Merci c'est trop cool que tu y aies pensé ! Ça va toi ? Ça a l'air d'être la folie à Paris, tu fais beaucoup la fête non ? » Le cœur qui palpite, du mal à organiser mes phrases, elles ne sont pas fluides « Pas tant que ça... » Le rassurer, lui faire comprendre que l'été n'est pas si loin et que la fête intensive peut être un leurre. « Et toi, ce n'est pas trop triste le bord de mer hors saison ? » « Un peu, mais je sors pas mal à Bordeaux, Pierre et Justin m'incrustent dans les soirées étudiantes », je le coupe avant de ne plus avoir le courage « Je rentre à Arcachon ce week-end, je vais voir ma mère » « Trop bien ! Tu m'appelles ? ». Aux anges, on échange encore quelques phrases, il me laisse il est encore au travail, son père le fusille du regard. « À ce week-end alors Jeanne, encore merci de ton appel ! ». Ça semble tellement facile une fois fait, sa joie de m'entendre était si sincère que je ris avec légèreté, je me suis pris la tête pour rien pendant des semaines. Il suffisait de l'appeler tout simplement. Application de la SNCF, aller-retour Paris-Arcachon, acheté au dernier moment le prix est exorbitant mais au bout de ces quelques clics, il y a le bonheur, comme une garantie ajoutée au panier.

Lorsque j'arrive samedi midi à Arcachon je suis gratifiée d'un soleil splendide, c'est bon d'être ici, la météo prolonge l'illusion de ce merveilleux été. C'est comme un bond dans le temps, comme si je n'étais jamais partie. Est-ce qu'en effet Robin et moi allons reprendre là où nous nous sommes arrêtés comme s'il n'y avait pas eu de pause ? Est-ce que ce sera évident, fluide comme si on s'était laissés la veille ? Je lui envoie un message lui disant que je suis bien arrivée et lui demandant de me tenir au courant du programme de la soirée. Aucune réponse. Il travaille sans doute. Est-ce qu'il a oublié que je rentrais ? J'imagine alors qu'il s'est laissé embarquer en soirée à Bordeaux, qu'il s'est dit tant pis pour Jeanne, il ne valait mieux pas se revoir. Le stress me gagne. Ma mère est toute guillerette de ma présence surprise ici « Je savais que tu aimerais cette maison ! », elle me couve d'attentions mais je suis si anxieuse que tout m'agace. Elle insiste pour que l'on aille faire des courses en ville, un peu de shopping et une longue promenade sur la jetée. J'accepte, le temps passera plus vite.

Vingt heures, aucun signe de lui. Je n'y tiens plus, je prends la Clio de ma mère et pars en ville sous son œil inquiet. Je me gare dans une ruelle et je décide de me rendre au bar où nous sortions tout le temps. Mais notre ancien quartier général est vide. La haute saison est terminée, il n'y a plus un chat à Arcachon, le barman essuie calmement un verre, quelques personnes tournent la tête vers moi, je n'en reconnais aucune. Ce lieu si convivial, bourré de chaleur humaine comme une cocotte minute prête à exploser me paraît soudain si trivial, si triste que je prends une claque. L'été est vraiment fini. Je commande un verre, Elodie m'envoie quelques textos bourrés d'optimisme et de recommandations. Robin va peut-être arriver. L'heure tourne. Vingt-deux heures. Humiliée, furieuse, j'appelle. Il décroche aussitôt « Désolé Jeanne, la pré-soirée chez moi est en train de s'éterniser, ça ne t'embête pas de nous rejoindre ? ». Derrière lui, musique, éclats de rire. Je jette presque l'argent au serveur et me rue vers la voiture. Quelques minutes après, j'entre dans le jardin de la maison de son père. Depuis la cabane dans l'arbre à droite des bruits de fête me parviennent. Je frappe à la porte de sa chambre. Robin ouvre.

C'est comme avant. Il est là, en face de moi, dans sa chemise, le cœur sur sa lèvre supérieure qui s'élargit en grand sourire, ses boucles sur le front. Il est comme sonné, ému « T'es là » Il me prend dans ses bras et me serre, je suis soulagée d'avoir échappé à une bise distante et polie. « Hey guys, this is Jeanne ! » Robin me présente en anglais, je comprends pourquoi en voyant deux filles très jeunes habillées en mini-jupes et talons qui boivent un verre assises sur un petit canapé et me fusillent littéralement du regard. Le ton est donné. Il y a aussi des copains de Robin dont certains que j'ai déjà vus et qui m'accueillent avec enthousiasme. Je suis déboussolée, notre nid d'amour est transformé en piste de danse. Dépossédée de ce cocon de tendresse dans lequel je me suis lovée toutes les nuits pendant des semaines. Il ne m'appartient plus, c'est devenu un lieu public, un hall de gare où les rencontres éphémères se font et se défont. Robin s'empresse de me servir à boire, de me faire parler, très vite nous sommes taquins, complices, clairement je suis au centre de son attention. Il n'a d'yeux que pour moi, n'accorde plus un seul mot à ses invités. On danse comme des fous, on rit d'un rien, on se retrouve.

- Si les yeux des deux Anglaises étaient des mitraillettes, je serais perforée comme une passoire.

Robin éclate de rire « Pas faux, je crois qu'elles m'aiment bien » « Non, tu crois ? » « Mais je m'en fous d'elles, moi. En plus, celle de droite s'appelle Jane ». J'observe mon homologue britannique d'un air mauvais. Elle me rend une moue encore plus hostile. J'ai l'impression d'être face à un chat qui fêle et montre ses canines. Jeanne vs Jane. Le duel n'en sera pas un. Elle ne me gâchera pas la soirée tant ma suprématie est évidente. Sans pitié pour elle, je jouis de cette victoire haut la main chaque seconde et profite de ce bonheur rétabli. Je suis à nouveau dans la course. J'ai repris mes droits dans la compétition.

Deux heures plus tard il est convenu que nous sortons en boîte. Nous ne sommes pas très loin à pied, on a tous trop bu pour conduire et on ne peut pas vraiment se garer sur place. Commence une procession agitée ponctuée de cris, de rires. Une bouteille de vin tourne de bouche en bouche, on ne gaspille pas, on s'ambiance avant d'enflammer le dancefloor. Robin marche collé à moi, me raconte des âneries, passe son bras autour de ma taille. Une fois dans la boîte de nuit, évidemment nous ne nous décollons plus, nos corps restent soudés sur la piste, mes bras enserrent sa nuque. Il m'embrasse finalement avec tendresse, me serre contre lui, m'entraîne dehors par la petite sortie à l'arrière. Il n'y a personne qui fume, nous sommes seuls, enlacés pour ne pas avoir froid. Il déboutonne mon pantalon, glisse une main dedans, je feins d'opposer une résistance « T'es toute mouillée, tu as envie, laisse-moi faire… » Je m'abandonne, conquise, alors il prend ma main et se met à courir comme si on était poursuivis. Je peine à reboutonner mon pantalon de ma main libre, je ris « Mais qu'est-ce qui te prend ? » « C'est un supplice, ça fait un mois que j'attends que tu reviennes », il court toujours, c'est comme une urgence, il est bien alcoolisé mais il est fou d'énergie, fou de joie, il me porte sur son dos pour aller plus vite et dans une ruelle endormie, il s'arrête, reprend sa respiration, me plaque au mur, descend mon pantalon, commence à me faire l'amour, j'ai peur que l'on nous voie mais je m'en fous au fond il n'y a que nous, notre bulle. Le voilà qui se remet à courir, il s'arrête d'un coup, sur un muret quelqu'un a abandonné une pile de livres, il les prend sans savoir pourquoi « Robin pose ça ! Sinon je te jure qu'en arrivant chez toi je lis », il les cale sous son bras, encore quelques mètres, voilà on est chez lui, maintenant on tombe tout, tous les vêtements, plus une seconde à perdre, je souris en retrouvant les draps girafes, attends, ralentis quand même, je veux profiter de chaque instant, j'ai trop attendu, j'en ai trop rêvé. On s'enchaîne comme si on pouvait fusionner, il est intarissable de mots, de coups de rein « Qu'est-ce que t'es belle, tu m'as manqué ma chérie, je suis content de t'avoir dans mes bras... ». Je profite de chaque centimètre de son corps, lui rends un culte, l'honore, lui répète à quel point il est beau, comme il m'a manqué. Les mots tendres alternent avec les mots crus, les ordres, l'alcool nous désinhibe totalement, fini de prétendre que l'on va bien, que l'on avait totalement tourné la page, finie la stratégie, on se dit tout « Tu sais pas à quel point j'ai besoin d'amour Jeanne, j'ai besoin de toi ma chérie, aucune fille me fait l'effet que tu me fais, tu me rends dur comme personne, reste, ne pars plus, tu me rends fou, si j'étais pas bourré j'aurais joui depuis quinze ans putain ». Il me prévient qu'il ne me laissera pas de répit, il me réveillera plus tard dans la nuit. En effet, une heure après, ça recommence, torride encore, puis il s'écroule de sommeil contre moi après m'avoir demandé de lui caresser les cheveux.

Quand le soleil perce les fenêtres et que l'on ouvre les yeux, il dit « C'était pas un rêve... ».

Robin a des obligations familiales mais il m'appelle dans la journée et me propose que l'on se retrouve ce soir avant mon train retour pour Paris. Il propose de me ramener à la gare à la place de ma mère. J'accepte avec joie. Nous nous retrouvons chez lui en début de soirée mais il est épuisé, trop de fête, trop d'alcool. Il n'est pas distant mais triste. Moi, c'est comme si j'avais réhabilité ma place en son royaume, repris mes droits dans cette petite chambre d'amour. Je suis joyeuse, légère, je le taquine, je ne pense plus à l'après. Cette nuit a révélé l'évidence : aucun de nous deux ne passe à autre chose, notre connexion est d'une intensité rare, je me sens enhardie par la preuve de l'attirance que j'exerce sur lui. Je sais le pouvoir que j'ai en tout cas physiquement et j'ai l'impression que l'on m'a donnée une arme redoutable, que j'aurais toujours un levier pour le faire flancher, pour le ramener à moi. Ce soir, nous faisons l'amour différemment de la veille, nous sommes sobres, notre étreinte est puissante, tendre, romantique, Robin m'appelle encore plusieurs fois « ma chérie », cette fois je sais que ce n'est pas l'alcool. Ces deux mots suffisent à m'emplir d'un bonheur infini, c'est un aveu, une caresse. Avant de quitter sa chambre, Robin m'offre l'un des livres qu'il a ramassés dans la rue en souvenir de cette nuit surréaliste. « Les Liaisons Dangereuses, pour avoir de la lecture dans le train. ». Robin insiste pour attendre vingt minutes avec moi sur le quai jusqu'à la dernière seconde, il reste près de moi mais il est absent, résigné, je ne sais pas comment le réconforter, je m'attends à un mouvement de repli dans les prochains jours, un instinct de protection face à ce lien dont il m'a répété qu'il ne voulait pas, pas de relation à distance. Nous voilà bien ennuyés. Son désespoir m'ébranle mais je ne m'en soucie pas réellement, je suis pleine d'une confiance infinie tant l'évidence est palpable. Je lui rappelle que trois jours plus tard, c'est mon anniversaire, c'est facile à retenir, je suis balance, le symbole de la justice. Il sourit. D'accord, je t'appellerai.

Vingt-neuf septembre, j'ai vingt-trois ans. Je les porte fièrement comme un gage de maturité et de réussite. Comme cadeau en ce jour qui célèbre ma naissance, je découvre sur Facebook une photo postée par Jane, la petite Anglaise explicitement amoureuse de Robin qui m'a fait tellement pitié le week-end dernier. Elle ne m'arrivait à la cheville sur aucun plan et Robin n'avait pas un regard pour elle. Pourtant sur cette photo, on la voit clairement aider Robin à se mettre au lit, torse nu, le regard dans le vide, complètement ivre. Je sens mon pouls pulser dans mon cou, je ferme les yeux pour maîtriser la colère que je sens monter de mes entrailles, j'essaie de rationaliser, il ne s'est certainement rien passé, de plus dans son état il aurait bien été incapable de quoi que ce soit. Je fais les cent pas, la jalousie et la rancœur me submergent, je prends mon ordinateur et le balance dans un élan de rage. La minute d'après je pleure en essayant de le rallumer, atterrée d'avoir peut-être perdu mes cours de droit. Si seulement il n'était pas si beau l'animal.

Ce soir Elodie m'embarque dans une soirée, poste des photos où j'apparais dans des groupes de garçons que je ne reverrai jamais et qui n'ont pas la moindre importance. Je dégage l'illusion d'une fille extrêmement fêtarde entourée de prétendants, frivole et légère. Ce leurre m'excède et pourtant j'en jouis intérieurement, je veux rendre Robin jaloux, l'inquiéter, attiser son désir de monopole, son envie de m'avoir que pour lui, je veux qu'il se ronge et qu'il ne puisse qu'admettre que c'est la réaction d'un homme amoureux qui doit rendre les armes et cesser de résister. Pourtant cette soirée est un fiasco car il n'y en a qu'un qui ne m'a pas souhaité mon anniversaire. Toute la journée j'ai sursauté à la sonnerie de mon téléphone et n'ai remercié personne, les maudissant de ne pas être Robin. Alors quand je rentre chez moi à vingt-trois heures cinquante-huit minutes, la haine au cœur, j'envoie un texto sec, du genre merci d'avoir pensé à moi ! Il m'appelle dans la seconde. Visiblement complètement bourré, il rentre de soirée aussi « Il n'est pas encore minuit, bon anniversaire, désolé j'avais zappé, tu sais combien de temps il faut pour faire cuire un œuf dur ? » « … » Je rassemble mes forces pour garder mon calme, ne pas l'envoyer paître ni lui raccrocher au nez, je l'entends renverser des casseroles dans un vacarme de cuivres, son père se lève et demande ce qu'il se passe, il chuchote « Je dois te laisser », pas de « ma chérie », rien que des rires bêtes d'homme alcoolisé qui aura du mal à trouver le chemin de son lit. Je le maudis, écœurée, j'ai un mauvais pressentiment, et qu'ai-je à espérer de cet enfant perdu, rien, cesse de t'accrocher.

C'est le contraire que je fais, guidée par un instinct de danger, je prends des billets pour Arcachon ce week-end même, pas de temps à perdre, ma mère s'étonne de me voir rentrer si vite. Le soir-même j'appelle Robin, il est calé chez lui avec deux copains, propose sans enthousiasme que je les rejoigne. Perchée sur des talons qui ne me ressemblent pas, dans une robe trop sexy que je porte sur l'insistance d'Elodie, je suis en décalage avec l'ambiance masculine décontractée. Robin ouvre la porte et me gratifie d'une bise rapide. Je reste choquée quelques secondes sur le palier. J'entre, il prend sa guitare et joue, ses copains boivent de la bière. Je suis encore furieuse de l'oubli de mon anniversaire, de son comportement en-dessous de tout, je viens rétablir l'ordre, assoir ma suprématie sur son empire. Cette chambre qui ne nous appartient plus, dans laquelle ses copains squattent et boivent m'insupportent, j'aimerais les chasser. Je n'arrive pas à me remettre de son accueil glacial. Deux inconnus. Je questionne Robin sur les deux verres de vin au pied de son lit, soupçonneuse. Ahuri, il me répond qu'il a bu un verre certains soirs seul dans son lit et qu'il ne les a pas ramenés à la cuisine. Je vois à sa mine assombrie qu'il n'apprécie pas du tout de se justifier. Un aperçu de ce qu'il redoute : la relation à distance, ses comptes à rendre et ses sous-entendus mesquins. Comme je me lève pour mettre de la musique, il me reproche de me pencher outrageusement devant ses copains, fait une allusion à mes soirées parisiennes arrosées, je suis surprise de le découvrir agressif. Ses amis détendent l'ambiance, insistent pour que l'on sorte en boîte.

Dans la rue, je peine à marcher avec mes talons, Robin me hisse sur son dos, je glisse, son copain Pierre propose de m'aider et me soulève, Robin est furieux « Tu vas le laisser te toucher comme ça ? ». Une fois sur la piste, Robin ne m'a toujours pas approchée, encore moins embrassée, Pierre m'invite à danser, j'hésite à envenimer la situation pour faire éclater une réelle discussion, Robin m'entraîne à part « Il te plaît ? T'as ma bénédiction ! Rentre avec lui si t'en as envie ». Je me dégage, furieuse. Puis l'enlace, mes bras autour de son cou, mais il les retire. Depuis quand me résiste-t-il ? Je suis en panique, déchue de mon trône, j'étais pourtant certaine que j'avais au moins une emprise physique et sexuelle sur lui, que je pourrais le faire craquer facilement par ce biais et toujours rétablir notre complicité et notre tendresse. J'insiste pour rentrer avec lui, je n'abandonne pas l'espoir d'une nuit de douceur qui rétablirait le dialogue. Il a encore trop bu. Dans la chambre, je me déshabille, il détourne la tête, acte de résistance. Il se glisse dans le lit à son tour mais reste près du bord, me tourne le dos, je suis paralysée, je n'ose pas le toucher. Le tableau est si pathétique qu'il ne manque plus qu'il se mette à ronfler et on est bon.

Cinq minutes plus tard on est bon.

Je ne ferme pas l'œil de la nuit, me tourne et me retourne, me questionne : que s'est-il passé en l'espace de cinq jours, entre l'adieu plein de tendresse sur le quai dimanche et son revirement d'attitude ce soir ? Cinq misérables jours, cinq courtes nuits durant lesquels il s'est dit quoi, s'est persuadé de quelle vérité ?

Le lendemain matin j'attends qu'il s'excuse de s'être mis dans cet état alors que je suis là, alors que l'on aurait pu passer une soirée bien meilleure, mais rien, frappé d'amnésie, je me colle à lui, on commence à faire l'amour, enfin, mon cœur bat très fort, mais il ne m'embrasse pas, ne me parle pas, ne me regarde même pas, au bout de quelques minutes il se retire s'excuse, s'habille et prétexte avoir des courses à faire. Je suis remerciée. Congédiée, priée de ramasser mes affaires et sortir de sa vie.

Le reste du week-end, aucun de nous ne contacte l'autre pour s'expliquer, proposer un café au calme, éclaircir la situation. J'espère une proposition qui n'arrive pas, reste prostrée sur mon lit à attendre de monter dans ce train, pressée que les centaines de kilomètres m'éloignent de ce fiasco, de son atroce indifférence, inédite.

Les jours qui suivent ont un goût de néant. Les yeux qui s'ouvrent sur le vide, je suis aspirée par le rien. L'automne est bien installé, Paris est triste à mourir. Je manque des cours, n'arrive pas à me lever. Je suis meurtrie dans ma chair, bafouée dans mon amour-propre, mon corps n'est rien qu'un poids mort, laid, indésirable, que tu as rejeté comme l'océan recrache les déchets à marée basse. Je passe des soirées entières sur mon lit en position fœtale. Un mois s'écoule dans une morne indifférence et bien entendu un silence de plomb. Je ne me connecte plus sur Facebook : voir ta photo en bas à droite avec le bouton vert qui indique que tu es en ligne mais que tu ne me parles pas est pire que de te savoir mort. Voir les photos de tes soirées et l'ajout quasi quotidien de nouvelles « amies » me font sombrer dans une jalousie qui me dévore. Je les imagine prendre ma place, te toucher, te plaire, te faire rire, danser avec toi dans ta chambre, ça me fait vomir tellement ça me fait mal. Un soir, je regarde le film sur Mark Zuckerberg, le fondateur de Facebook. Je veux connaître la vie de celui qui a pourri la mienne.

Elodie déploie des efforts considérables pour me changer les idées, s'impose chez moi quand je veux rester seule, reste dormir quand elle me trouve trop mal en point. Nos soirées film alternent entre Bridget Jones, Dirty Dancing et N'oublie Jamais. Parfois, elle propose que l'on regarde Titanic. « OK, mais on arrête avant que le bateau heurte l'iceberg. » Comme si je réclamais une histoire pour m'endormir, mais pas celle du loup, elle me fait peur. Comme avant de m'endormir je me repasse le film de notre histoire, que je coupe soigneusement juste après les adieux enlacés sur le quai de la gare. Besoin de happy end, d'amour éternel contre vents et marées.

Dans le lit, lumière éteinte, Elodie répète les mêmes litanies sensées me sevrer de Robin : c'est qu'un connard de première, un beau-parleur professionnel, un jour c'est « ma chérie » toute la nuit, une semaine après il te congédie, mais pour qui il se prend ce mec ? Tu vaux mille fois mieux que ce minable alcoolique, OK il est très beau, mais Paris regorge d'hommes encore plus beaux et qui en plus, eux, ont une bonne situation. « Sois femme fatale, pas fataliste ! ». Au fond, je sais qu'elle m'épargne un sermon que j'aurais mérité, les torts sont partagés, j'ai été autoritaire, j'ai eu des attentes illégitimes alors que nous n'étions pas ensemble et qu'il ne me devait rien, il avait pourtant été clair, je n'aurais jamais dû lui reprocher de ne me pas m'avoir appelé, ni encore l'inquisitionner sur les verres oubliés près de son lit. À quel titre pouvais-je lui faire des reproches ? Je l'ai tout simplement conforté dans son horripilation pour la relation et d'autant plus à distance.

Elodie alterne plusieurs stratégies de guérison à mon égard : parfois elle me rassure, notre complicité était réelle, Robin est entier, passionné, il a tout donné avec sincérité mais il est trop paumé, immature, il n'a rien à m'offrir, ce n'est pas ma faute, ça n'enlève rien à la beauté de ce qui s'est passé. Quand elle constate que ça me berce dans des souvenirs douloureux et que j'idéalise d'autant plus notre histoire, elle change de fusil d'épaule : un beau menteur, ne crois pas que ce que vous avez vécu était exceptionnel, ces mecs-là sont très forts pour te faire te sentir unique, ils donnent tout, te mettent sur un piédestal puis passent à la suivante. Qu'est-ce qui les oblige à nous faire miroiter tant de bonheur s'ils savent par avance qu'ils n'auront rien de plus à offrir ?
Pourquoi tout donner si c'est pour tout reprendre ?

Elodie maquille ses longs cils, se perche sur ses talons, met de la musique sur mon ordinateur « Motive-toi Chérie on sort, et y a intérêt que la pêche soit fructueuse ». Elle enchaîne les chansons d'amour sans se soucier qu'elles m'enfoncent d'autant plus. Tout me ramène à lui. C'est comme si j'entendais pour la première fois les paroles, comme si j'étais frappée d'extra-lucidité. Le coup de soleil de Cocciante y passe, bien sûr, La Déclaration de France Gall, Elodie s'égosille les yeux fermés, se projette véritablement sur une scène face à un public, elle donne tout au détriment de mes voisins. Puis Céline Dion enchaîne « Fallait pas commencer, m'attirer, me toucher… fallait pas tant donner, moi je sais pas jouer… ». « Coupe ça Elodie », les paroles me heurtent, je me sens pathétique, Elodie s'offusque « T'es folle on n'interrompt pas Céline ! Pour que tu m'aimes encooore… ». Sur l'écran, je vois la chanteuse québécoise convoquer les marabouts, tenter la sorcellerie et les rituels sataniques jusqu'à sacrifier sa raison pour qu'il revienne. Elodie me ressert un verre de la mauvaise sangria premier prix achetée au supermarché en bas de chez moi et m'exhorte à avaler cul sec. J'argumente que je ne me sens pas encore prête à sortir faire la fête mais il n'y a rien à faire, elle est convaincue de sa méthode :

- Le mal par le mal. Ce qu'il te faut, c'est une nuit torride avec un mec canon qui fait bien l'amour. Qu'il répare l'affront. Tu as besoin de reprendre confiance en toi, l'autre t'a brisée. Crois-moi Jeanne, tu es belle et désirable, même si tu tires la gueule et malgré tes cernes. Honnêtement ne le prends pas mal mais je ne m'explique même pas que tu aies autant de succès en faisant si peu d'effort. Tu as de la chance de dégager un charme naturel. Faut que je t'épile les sourcils d'ailleurs. Bon, qu'est-ce que t'en penses, c'est une robe pour choper, ça ?

Je soupire devant le carré de tissu qui compresse à grand peine sa poitrine spectaculaire :

- Une robe pour choper froid, oui.

J'ai beau protester, Elodie m'a assise de force sur une chaise et s'affaire à me maquiller, insistant bien sur les poches sous les yeux qu'elle recouvre d'anti-cerne. Je tente un autre angle de résistance :
- C'est pas raisonnable de sortir, j'ai plus un rond.
- Moi non plus mais on trouvera bien un pigeon qui nous offrira à boire.

Une heure plus tard nous sommes prêtes, déjà un peu titubantes, je suis mal à l'aise sur mes talons, je me gèle en débardeur sous ma veste. Le videur nous gratifie d'un hochement de tête et avant que l'on entre, Elodie pose sa main sur mon bras :
- Imagine que tu entres dans un grand buffet à volonté. Tu n'as qu'à sélectionner l'heureux élu. Y en a pas un qui refuserait de te raccompagner chez toi.

Buste en avant, menton levé, sois fière de ta féminité, fière de ta beauté. Forte de ce mantra, je pénètre dans le pub irlandais, on est beaucoup trop nombreux, le sol est collant de bière sous nos chaussures, ça sent la sueur, la musique est trop forte. Le DJ passe des hits du rock des années soixante-dix et quatre-vingt. Elodie irradie, sourire provocateur aux lèvres, lance des « eye-contact » à tout-va. Elle m'entraîne au bar, nous offre deux shooters « C'est le moins cher et ça fait de l'effet tout de suite », je ne sais pas de quel alcool fort il s'agit mais c'est dégueulasse. Deux hommes accoudés nous abordent immédiatement « Vous buvez quoi les filles ? » « J'en sais rien », dis-je en interrogeant le shooter que je viens de vider. Elodie me donne un coup de coude : « Il te demande ce que tu veux boire ». Ah ! Peu importe. Les garçons nous offrent des tequilas paf, c'est amusant, il faut d'abord lécher du sel sur son poignet, Elodie glousse, c'est dégoûtant, ensuite… paf, cul-sec. Et au bout de trois tequila, magique, c'est toi qui es complètement paf. J'essaie de faire comprendre à Elodie qu'il faut qu'on arrête d'accepter les verres que ces deux gars nous offrent, ils vont s'autoriser des passe-droits, or ils ne m'intéressent pas du tout, inutile de donner de faux espoirs on ne pourra plus s'en débarrasser.

Et ça ne loupe pas, l'un d'eux, un blond dont je ne détaille même pas les traits, m'entraîne sur la piste, se colle trop à moi, tente de descendre ses mains plus bas sur ma taille, je les remonte sèchement, il est trempé de sueur, il me répulse, il essaie de m'embrasser, dégoulinant, je tourne la tête, j'envoie des regards flous que je veux autoritaires à Elodie pour lui signifier on se tire mais elle discute toujours au bar avec l'autre type. Je pense à Robin, son rire éclaboussant, son énergie sur la piste, sa façon de m'attirer à lui, d'épouser mon corps quand il danse, personne ne lui arrive à la hauteur, non, il a tout gâché, tout est voué à la médiocrité depuis lui, il a souillé de déception tout ce qui arrivera désormais.

Pour me débarrasser du pot de colle gluant je retourne au bar, je bois encore, tout tourne autour de moi, on me parle toujours plus près du visage mais je n'entends rien, je me contente d'acquiescer pour agrémenter le monologue, je pose ma tête entre mes mains, ça tourne beaucoup trop, j'ai le vertige, il faut que ça s'arrête de tourner. Quand les premiers coups de batterie retentissent, dans mon semi-coma, je reconnais l'introduction de « My mind set on you » de George Harrison, j'ai l'esprit bloqué sur toi, c'est comme un coup de poignard, la foule s'agite, sautille, lève les bras, ma tête tourne toujours, quelqu'un m'agrippe par la taille pour me forcer à danser, m'écrase les pieds, il est maladroit, parodie misérable de toi et moi quand on dansait sur ce morceau, notre heure de gloire, on était beaux. Je ne tiens pas debout, à quoi bon avoir des bras s'ils ne t'étreignent plus, où sont tes yeux qui me rendaient belle, j'ai tellement envie de pleurer que je hurle mais la musique étouffe ma détresse, je tombe parterre, assise dos au bar, la tête révulsée en arrière. « Poussez-vous », c'est le videur, il me porte comme un sac de pommes de terre à l'extérieur, le froid ne me réanime pas, j'entends Elodie qui fend la foule et me rejoint « Jeanne ça va ? Jeanne ! » J'inonde ses chaussures de vomi en guise de réponse, elle me maudit « Putain mes Louboutin Jeanne, okay c'est des fausses mais tu fais chier sérieux, je suis vomiphobe je vais gerber aussi », on se presse autour de moi, ça rigole, les deux mecs de tout à l'heure nous retrouvent « Elle va bien ta copine ? » « Dégage » dit Elodie « Ouais c'est bon reste polie, je t'ai payé des verres » « Ouais tu m'as payé des verres et après ? Tu crois que ça t'autorise à me mettre la main aux fesses comme tout à l'heure au bar ? » « Ouais détends-toi, tu as ce que tu cherchais » « Va te faire foutre », je vomis toujours, pliée de mal au ventre. En deux temps trois mouvements, Elodie m'a jetée dans un taxi, je m'y affale, elle prend place à côté de moi, donne mon adresse au chauffeur « Elle va vomir votre amie ? » « Non c'est bon, c'est déjà fait » Mais je n'ai le temps que d'ouvrir la portière au prochain feu rouge que je vomis encore sur la chaussée. « Mais quel fiasco » soupire Elodie, dépitée.

Le lendemain matin je vomis de la bile, mon estomac est vide mais se contracte toujours de spasmes violents comme s'il cherchait à expulser autre chose de plus profond. Elodie a une tête d'épouvantail, je l'entends frotter ses talons dans la baignoire pour enlever le vomi séché. Elle consulte sa montre et décrète qu'il faut remplir mon ventre. « Allez, direction MacDo, c'est en bas de chez toi, c'est bon tu penses pouvoir l'atteindre ? ». Nauséeuse, l'odeur de la friture m'imprime une légère grimace sur le visage que cachent mes lunettes de soleil. En novembre et à l'intérieur d'un restaurant, cet accessoire est suspect. On peut diagnostiquer la gueule de bois à des kilomètres.
- Et ton régime Elodie ?
- Ah non ne me culpabilise pas, j'ai même pas pris la boisson.
Je trie le burger, dépiaute le steak du bout des doigts, l'avale, il faut éponger.
- C'est la dernière fois que tu me fais manger ici, c'est infâme.
- Jeanne, faut qu'on parle d'hier soir.
Je m'attends à des remontrances, j'ai gâché l'ambiance, j'aurais pu faire un effort, il faut que je me ressaisisse d'urgence. Mais non.

- Je suis désolée de t'avoir forcée à sortir. T'étais pas prête. J'aurais dû respecter le délai de deuil dont tu avais besoin.

Je porte le deuil de son désir. Bel et bien mort. Je suis épuisée, je manque de sommeil, je sanglote, je dis à Elodie que je l'aime comme ma sœur, merci d'être là, je dois être un poids pour toi. Si je n'avais pas ton rayon de soleil dans ma vie, il me resterait quoi ? Ma complice de galère, ma confidente des secrets inavouables au reste du monde, le lien que crée le désespoir est plus fort que les liens du sang.

- Allez ça va aller, tu vas te ressaisir, cette histoire prend des proportions alarmantes, c'était qu'une histoire de vacances, tu dois accepter que l'été soit fini, Chérie. L'été est *fini*. Tu es à Paris, brillante, tu termines tes études, avant c'était tout pour toi, c'est si loin que ça ? Tu vas te réinvestir corps et âme dans ton objectif, réussir avec brio ton concours, profiter de la chance que nous offre Paris pour sortir et s'épanouir. Ne fais pas dépendre ton bonheur d'un homme que tu connais finalement à peine, et alors quoi, c'est ça ton rêve ? Forcer la main d'un mec qui ne veut pas s'engager ? Ce serait ça ta satisfaction, le faire céder contre son gré ?

Je ne peux que hocher la tête et renifler, elle a tout juste. Je ne sais pas attendre, supporter ses silences, apprivoiser l'absence. À quoi rime tout ça ? Est-ce que je l'aime vraiment ou est-ce que je ne supporte pas la blessure narcissique, l'abandon, la solitude que je connaissais si bien et qui me convenait parfaitement avant lui ? Robin n'est-il pas seulement le révélateur d'une névrose profonde, le déclic d'une dépression qui dormait, sous-jacente, attendant qu'on la libère ? Je ne peux rien faire, je ne dois pas lui écrire, je vais lui faire peur, le faire fuir, je ne peux qu'attendre, soit qu'il revienne, soit que le temps fasse son œuvre et efface petit à petit son souvenir.

Je reçois une notification Facebook. Elodie m'a tagguée sur une photo de nous deux prise hier en début de soirée quand on était encore fraîches. Les commentaires ne tardent pas à affluer « En grande forme les filles ! » « Canons ! ». Au moins les illusions sont sauves.

Je me suis remise à travailler, je vais un peu mieux, je n'ai toujours goût à rien mais au moins je suis productive. Mes notes remontent. L'un de mes professeurs que j'avais l'an dernier est venu me voir après les cours. Je fonde de grands espoirs sur vous, Jeanne, s'il y a un élève dans cet amphithéâtre qui peut décrocher ce concours, c'est vous. Alors je bûche, je prends plaisir à apprendre, je jongle avec les articles du code de procédure civile, les applique aux commentaires d'arrêt, rythmée par l'adrénaline de la réussite.
« Salut ça va ? »
Une fenêtre qui clignote en bas à droite de mon écran interrompt mon travail. Je clique sur Messenger. Robin. Je suis presque ennuyée qu'il m'écrive. Je commençais à reprendre du poil de la bête, que veut-il ? Enfin, peut-être qu'il a des choses constructives à me dire, qu'il y voit plus clair. Je lui réponds que oui, la routine, je travaille beaucoup. Et toi ? Chaque phrase de Robin est longue à éclore, les trois petits points m'indiquent qu'il rédige un message, s'interrompt, hésite, supprime, puis finalement il n'envoie que des phrases très courtes, anodines. J'ai le sentiment qu'il prend la température. Est-ce qu'il a pitié de moi ? Est-ce qu'il se doute qu'il m'a réduite à néant ? Je sauve la face, reste vague moi aussi. Il ne demande jamais quand est-ce que je redescends. On s'envoie quelques liens vers des musiques puis d'un coup, il ne répond plus. À nouveau le silence.

Simplement vexé de constater que je tiens la distance ? Elan d'orgueil d'avoir été si vite balayé ? Tentative maladroite pour revenir ? « Un gros égoïste oui ! » Elodie est folle de rage, tu commençais à aller mieux, qu'est-ce qu'il te veut à la fin ? Faudrait savoir. Oui et bien sûr, un espoir extrêmement mince renaît en moi, j'ai beau essayer de le faire taire, je m'endors avec le sourire, peut-être qu'il pense à moi, qu'il regrette, qu'il a des moments de blues. Ma mère insiste pour que je rentre ce week-end à Arcachon, elle y passe le plus clair de son temps, rentre de moins en moins souvent à Paris. « Tu as besoin de repos, ça te ferait du bien ». Elle ne sait pas que rien que d'y penser, j'en suis malade. Revenir sur les traces de notre histoire pour mieux en constater la mort irréversible m'est insupportable. Tout là-bas me rappellera notre été, à quoi bon s'infliger ça ? Ma mère ne me laisse pas le choix et m'achète un billet aller-retour. Elodie me briefe « Mets un statut sur Facebook comme quoi tu es à Arcachon, et attends de voir s'il réagit ». Je déglutis. S'il ne le voit pas, ou s'il ne propose rien, ce sera dur. Je préfère ne jamais le revoir que revivre la dernière soirée passée avec lui.

Samedi matin la bulle de discussion s'affiche sur mon téléphone « Alors comme ça tu es à Arcachon ? » Je reste prudente, j'ai tellement peur, je ne supporterai pas un autre désastre. Il tourne autour du pot, me demande combien de temps je reste, commence des phrases qu'il supprime, et finalement ne propose pas que l'on se rejoigne. Je passe la journée en deuil, j'essaie de travailler sur un devoir à rendre lundi, assise en tailleur sur le fauteuil club du salon, en pyjama et les pieds dans de grosses chaussettes, ma mère me jette des regards inquiets comme si j'étais atteinte d'une maladie incurable, me sert des tisanes réconfortantes. Le soir je n'y tiens plus, je lui écris que je serai à notre bar habituel, il me répond « Cool, on s'y retrouvera sûrement ». Première erreur que je m'étais promis de ne faire sous aucun prétexte : le relancer et proposer de se voir. S'il ne le fait pas de lui-même, c'est qu'il n'en a pas envie ou pas le courage. En tout cas, je me prépare, peu enthousiaste, gagnée d'un mauvais pressentiment. Je prends la voiture, il pleut comme vache qui pisse, je me retrouve dans ce bar quasiment désert, je bois une pinte seule sous le porche d'entrée, cerclée d'un rideau de pluie. L'heure tourne. Pas de Robin. Mon téléphone est silencieux. Je ne vais quand même pas le relancer *encore*. Un peu de fierté. Bon, peut-être que sa pré-soirée s'éternise, qu'il se fait entraîner par ses copains, ne voit pas l'heure tourner. Je me sens de plus en plus pathétique, seule sous ce porche qui goutte, glacée, avec ma bière vide. Quelques types m'abordent, me demandent si j'ai une cigarette ou simplement si tout va bien. Je dois avoir une mine déconfite. Minuit, ça suffit, je rentre. La rage au cœur, humiliée, je conduis comme une forcenée, les essuie-glaces battent la mesure de ma colère, semblent l'amplifier. L'orage tonne. Jamais je ne suis tombée aussi bas. Jamais je ne me suis autant manquée de respect. Pour quoi, pour qui ? Une fois dans mon lit, je ne trouve pas le sommeil, mon cœur pulse trop fort, j'ai un trop-plein qui déborde, je vérifie encore mon téléphone, pas même un message d'excuse, n'y tenant plus j'en rédige un, je commets l'erreur fatale, le fameux pavé qui fait basculer de manière irréversible toute possibilité de retour. Je le traite de tous les noms, de minable, de bon à rien, d'alcoolique, qu'il doit être en train de se bourrer la gueule avec ses copains, et pourquoi revenir vers moi, pourquoi m'écrire s'il n'a rien à m'offrir ? Qu'il ait la décence de disparaître de ma vie, il m'a assez humiliée, je n'ai pas besoin de lui, je n'attends plus rien, disparais.

Le lendemain je n'ose même pas ouvrir les yeux tellement j'ai honte. Une boule m'enserre la gorge, je ne veux surtout pas regarder mon téléphone, faites qu'il y ait eu un miracle, que mon message n'ait pas été envoyé à cause de l'orage. Et puis au fond, je suis soulagée, c'est définitivement terminé, puisqu'il n'a jamais eu le courage de me le dire en face, d'anéantir mes espoirs une bonne fois pour toutes, je l'ai mis, moi, le point final. J'ai tout détruit, notre tendresse, nos politesses, sa gentillesse je n'en veux plus, je la vomis. Maintenant c'est gâché, jamais il ne voudra se mettre en couple avec une hystérique odieuse qui le rabaisse. J'ai tout anéanti avec ce message mais j'ai gagné ma liberté. Quelques heures plus tard, alors que ma mère marche sur des œufs et n'ose pas demander si j'ai passé une agréable soirée, la sonnerie retentit « Wahou, pas très sympa ton message. Désolé pour hier soir, je me suis démotivé avec l'orage. Flemme de sortir, je me suis endormi. » Sur quel pied danser ? Il aurait pu ne jamais répondre à cette ignominie ou m'envoyer paître, de quel droit je l'insulte, il ne me doit rien, mais il calme le jeu, peut-être par pitié ou parce qu'il déteste le conflit. Je transfère le message à Elodie. Réponse « Ok, donc le mec a eu la flemme de te voir. Pourris-le, achève-le. Non, ne réponds même plus. Tu as ta réponse, il s'en fout. » Je ne peux pas m'en empêcher, je réponds quand même, je m'excuse, je mens, j'avais trop bu, je ne pense rien de ce que j'ai écrit. Il répond tranquillement : « Pas de souci » avec un smiley qui sourit. Un putain de smiley qui sourit. Et il enfonce : « On est potes, t'inquiète ». Dans ce cas, si on est potes, pourquoi est-ce que tu te défiles quand il s'agit de me voir ? Tu as peur de craquer ? Tu veux me respecter, ne pas recoucher avec moi, tu veux aussi te protéger, te défaire de l'emprise de notre complicité. Je déteste l'image de moi que tu m'imposes. Tu as fait ressortir quelque chose d'ignoble : mon venin, ma colère, par ta faute je me manque de respect, j'ai perdu tout amour-propre, tu m'as réduite à bien peu de chose.

Ma mère insiste pour que l'on aille marcher sur la jetée, emmitouflée dans un gros pull, le visage fouetté par la brise je regarde l'horizon, chacune de mes portes intérieures bat au vent, comment je vais me débrouiller avec ma vie après ce qui s'est passé, je n'en ai aucune idée.

Me draper dans le peu de fierté qu'il me reste s'avère salvateur. Malgré la culpabilité d'avoir envoyé le message qui a sonné le glas de notre histoire, je fais face. Comme je n'attends plus rien, je vais mieux. Je travaille studieusement la semaine, bois trop le week-end. Elodie m'a interdit de parler à nouveau de lui, Robin est rebaptisé Celui-dont-on-ne-doit-plus-prononcer-le-nom. Ainsi je n'en parle plus. J'y pense, parfois, le ventre noué, j'essaie d'imaginer ce qu'il fait, il est sans doute à Bordeaux en train de descendre des bières et draguer des Allemandes ou des Anglaises. Le mépris me gagne, il m'aide, secours nécessaire. Je me persuade peu à peu que je n'ai rien manqué, je vaux beaucoup mieux que ça. Presque deux mois passent de la sorte. Durant les vacances de Noël que je passe dans notre maison à Arcachon je reste discrète, j'étudie, prépare mes partiels. Je ne cours pas en ville, ne tente pas de provoquer une rencontre fortuite, ne passe pas de soirée seule au bar à espérer qu'il franchisse la porte. Je ne publie aucun indice sur Facebook laissant penser que je suis ici. J'hiberne, je guéris, je me soigne, je me noie dans le travail. Ma mère croit que je vais beaucoup mieux. Elle ne me demande plus si « je ne vois plus ce très beau garçon, si bien élevé, qui m'avait apporté un plateau d'huîtres ». Je lui ai fait comprendre qu'elle n'avait plus intérêt à évoquer son existence. Elle a paru déçue.

Je passe un réveillon de l'an très sage seule avec ma mère, nous regardons un film, buvons une flûte de champagne à minuit une, le sapin de Noël illumine doucement la maison aux poutres qui grincent dans un craquement chaleureux. Je me sens dans un cocon sécurisé, mais j'ai hâte aussi de fuir à Paris, je ne veux pas trop m'attarder parmi les fantômes qui rodent par ici. Aussi, je suis soulagée de boucler ma valise ce dimanche soir, prête à repartir à la gare.

« Bonne année Jeanne ».

Le message s'est affiché sans prévenir, comme une gifle en pleine figure que l'on n'a pas anticipée. Je reste immobile, la poignée de la valise dans la main, le manteau sur les épaules. Je ne réponds pas. « Je te souhaite vraiment le meilleur », reprend-il. Il commence, supprime sa phrase, puis ça clignote à nouveau « Tu es à Arcachon ? » Mon cœur s'emballe. « Oui, mais je repars. Bonne année Robin. »

Je suis remontée à bloc pour cette nouvelle année qui débute, 2010 doit m'apporter je l'espère la consécration du concours de l'Ecole Nationale de la Magistrature. Rien ne pourra me détourner de ce but. Je travaille sans relâche, avec détermination. Elodie me reproche de m'enfermer. Mais moi j'ai l'impression de reprendre le contrôle sur ma vie. Je ne veux plus jamais être dans une telle situation de vulnérabilité, aussi perméable aux évènements extérieurs, impuissante et réceptive aux aléas de la vie. Non, je ne laisserai plus personne attaquer la carapace que je reconstruis doucement sur des fondations plus solides. C'est vrai, peut-être qu'Elodie a raison, je me renferme, je me protège, je me forge un cœur de pierre, forteresse imprenable. Je sors beaucoup moins, j'ai aussi repris le contrôle sur cette déchéance qui m'a échappée. J'ai détesté être la spectatrice horrifiée de ma décadence. Je bois raisonnablement, sans jamais totalement me livrer à l'insouciance de l'heure qui passe, je surveille ma montre, je ne veux pas rentrer trop tard, je veux être dans des conditions optimales pour réviser demain.

Un soir de mars qu'Elodie passe chez moi nous prenons l'apéritif, décontractées, la musique en arrière-fond de nos éclats de rires. Je lui demande de me teindre les cheveux, envie de nouveauté, j'ai choisi un tube couleur « blond vacances ». Elodie me regarde d'un air mécontent :

- Blond vacances ? C'est ton inconscient qui s'exprime ? Et explique-moi pourquoi une blonde voudrait faire une teinture blonde, ça m'intrigue.
- Je suis blond foncé, j'aimerais être encore plus blonde.
- Genre blonde scandinave ?

Bon c'est vrai, inconsciemment il y a peut-être l'envie de coller à l'idéal féminin d'un certain Celui-dont-on-ne-doit-plus-prononcer-le-nom, mais franchement je le fais par pure envie de changement. Je n'ai aucun plan en tête. Elodie se dédouane par avance de toute erreur de manipulation, si elle abandonne les assurances pour se reconvertir ce serait pour devenir esthéticienne, pas coiffeuse. Je la rassure, si elle suit le mode d'emploi, il ne devrait pas y avoir de problème. Elle penche ma tête en avant dans la baignoire, je suis agenouillée sur le carrelage de la salle de bains, elle humidifie bien mes cheveux puis m'installe sur une chaise dans le salon, pose une serviette sur mes épaules et place sur ma tête le monstrueux bonnet type filet de pêche qui était fourni avec le tube. Déjà elle se fiche de moi, se marre de son rire de sorcière des mers, un rire aussi tonitruant que familier et réconfortant. Elle se met à enduire mèche par mèche le mélange qui pue l'acide. Je souris, sereine, ferme les yeux, heureuse que l'on prenne soin de moi. « Bon, faut pas qu'on oublie l'heure, on laisse poser vingt-cinq minutes ». Elle fait des photos hideuses de moi avec le filet sur la tête, change la musique, chante à tue-tête, au bout d'un moment je demande l'heure, je vois qu'elle change de couleur, catastrophée elle m'embarque dans la salle de bain, penche ma tête sans ménagement et me rince. « Alors c'est comment ? Putain Elo réponds, tu me fais flipper », je regarde l'eau teintée s'échapper dans l'évacuation, le silence persistant de mon amie m'inquiète de plus en plus. « Ça va, ça va… » finit-elle par bégayer, mais ses gestes sont toujours rapides, elle m'interdit de me regarder dans la glace avant qu'elle ne m'ait séché. Elle me peigne, je m'assois face à elle, elle entreprend de passer le sèche-cheveux sur mon cuir chevelu, au fur et à mesure je vois sa figure se décomposer, je panique, la somme de me dire ce qu'il se passe. Elle me brosse, me fait un brushing qui me semble injustifié, je sens qu'elle veut réparer une énorme connerie. Enfin elle déclare que ça va s'estomper après plusieurs shampoings, t'inquiète pas… Je me place devant la glace et pousse un cri d'horreur. Je suis carotte ! Orange pâle, avec des mèches foncées, brunes et par endroit, en-dessous, des trous blonds. Je place mes deux mains sur ma bouche, les larmes me viennent, je m'écroule parterre, le dos contre la baignoire, mes larmes se transforment en fou rire, je ne sais plus si je pleure ou si je ris, les deux. Elodie s'écroule aussi parterre et s'effondre, hilare, les larmes inondent ses joues. On reste longtemps comme ça à tenter de reprendre notre souffle mais le fou rire nous coupe les jambes. Je me ressaisis, prends mon téléphone et poste sur Facebook « Catastrophe ! Je suis rousse ! ». Les commentaires affluent et parmi eux, l'un d'eux me fait ouvrir grand les yeux.

Robin : « Mets une photo ! »

Je hurle, saute sur mes pieds, je suis en panique, à la fois trop heureuse, il se manifeste pour la première fois depuis trois mois, attends mais pourquoi je réagis comme ça, c'est quoi ce bordel, j'avais atteint un point d'indifférence qui m'allait très bien, il ne peut pas me foutre la paix celui-là ? Il m'a humiliée par deux fois, il ne peut pas accepter que je le raye ?

- On va faire des photos canons t'inquiète pas, me rassure Elodie. Je vais te maquiller comme une bombe.
- Hors de question, ça va pas ou quoi, t'as vu ma tête ? C'est irrattrapable.

Le fou rire nous reprend, le mien est nerveux cette fois. Je réponds au commentaire de Robin « Ok mais en noir et blanc ». Il surenchérit : « Non, en couleurs ! »

- Il veut te voir Chérie… Tu lui manques.

Ah non, pas question de recommencer les interprétations chargées d'espoir inutile. Il s'ennuie chez lui, dans son lit devant son ordinateur. Tiens, qu'est-ce qu'elle devient l'hystérique de Paris, elle a changé de coiffure ? Voyons un peu pour voir ?

J'insulte Elodie, lui reproche de m'avoir massacrée, elle se braque, vexée « T'as vraiment du culot, grâce à moi le mec de tes rêves vient de t'écrire, c'est comme ça que tu me remercies ». L'histoire n'a pas de suite. Elodie m'exhorte à lui écrire en privé, lui envoyer des photos canons mais je renonce, bien incapable d'un tel exploit. L'urgence, demain, c'est d'aller chez le coiffeur.

Je décide de m'exiler à Londres tout l'été. Sous prétexte d'un stage dans un cabinet de juristes pour améliorer mon anglais, plus précisément le lexique juridique, j'étouffe la petite voix qui me souffle que je fuis. Oui et alors ? Je n'ai pas la moindre envie d'aller à Arcachon, vivre une pâle copie de l'été dernier, redouter de le croiser à chaque coin de rue, me confronter à son indifférence totale. Pas envie que chaque port, chaque plage me rappelle notre histoire, que chaque orage me ramène au soir où on s'est réfugiés chez lui la première fois. Non, je suis forte, je suis au-dessus de ça, je ne reniflerai pas ses traces tout l'été comme un chien. Qu'il fasse son été, le mien s'annonce inspirant, stimulant. Je sais que je vais progresser. Le week-end je profiterai un peu de la vie londonienne, des musées et je bosserai en vue du concours à la rentrée. Tout est dans les clous, je maîtrise la situation. Pas de place au désastre. Aucun tsunami en vue.

Mon père m'a aidé à trouver un appartement dans un bon quartier et me le finance pour la durée totale de mon stage. Bien sûr cela m'arrange mais j'aurais autant aimé qu'il me propose de m'installer chez lui, que l'on passe enfin du temps ensemble. Il s'en est bien gardé. À force d'insistance, j'ai obtenu de lui que l'on déjeune ensemble, ce qui est déjà miraculeux. Mon père me demande de prendre une table dans une adresse chic de la City, en haut d'un rooftop qui domine la capitale britannique à trois cent soixante degrés. Il est en retard. Il finit par arriver. Je ne l'ai pas vu depuis des années mais il ne change pas. Fin, élancé, légèrement dégarni sur le dessus, il a toujours son pas pressé, l'air d'être là mais de ne faire que passer, les yeux rivés sur sa Rolex, il mange en mastiquant rapidement, sans savourer les aliments.

- Comment s'annonce le concours ?
- Bien, dis-je. Je suis major de mon Master à la Sorbonne.
- Parfait.

Je me sens ragaillardie par sa fierté, même si elle n'est pas débordante d'expressivité. On se parle si peu, il me connait si mal. Je voudrais tant qu'il me trouve extraordinaire, qu'il s'intéresse à moi, se gargarise de mes succès.

- Attention aux épreuves orales, cependant. Ce sont les plus dures, dit-il en coupant sa viande d'un geste net.

- Pourquoi ?
- Si tu passes les écrits, le jury sait que tu as les connaissances. Tu n'es pas arrivée jusque-là par hasard. Mais les oraux, c'est différent. C'est ta personnalité qu'ils jugeront. Ta force mentale, ta capacité de résistance. Être juge, c'est trancher des affaires parfois complexes, prendre des décisions. Ce qu'ils décideront à l'oral, c'est s'ils t'admettent ou non dans leur cercle ultra restreint.

Je mange lentement, j'intègre ces conseils inédits, c'est bien la première fois qu'il fait son rôle de père. À croire qu'en fait, en tant qu'éminent avocat, ça lui plairait de dire à tout le monde qu'il a une fille en France qui est magistrate. À part pour cette raison, je ne crois pas qu'il s'intéresse réellement au tour que va prendre ma destinée. Il me regarde à peine, le visage fermé, mange d'un air distrait, enchaîne les coups de fourchettes rapides. Ne me demande rien sur ma vie, mes amours, mes amis, pas une allusion à Maman non plus. Alors qu'il demande l'addition je m'apprête à le quitter, un peu sonnée, déçue par son manque de chaleur, quand une jeune femme qui doit avoir la trentaine, au visage doux et souriant, s'approche de notre table. Je me demande si elle travaille ici ou si elle cherche les toilettes.

- Ah, Jeanne, je te présente ma nouvelle compagne. Je lui ai demandé de nous rejoindre pour le café.

Oh, vraiment, merci, il ne fallait pas se donner tant de mal, tu as dû comptabiliser tellement de conquêtes, pourquoi prendre la peine de me présenter celle-ci ? Pour une fois que nous partagions un moment seul à seul, il fallait que tu rompes cette soudaine et lointaine intimité.

- Kate est Anglaise.
- Nice to meet you, me dit-elle mielleusement.

Je la dévisage, le cœur qui bat la chamade, elle n'a même pas dix ans de plus que moi, elle porte une robe élégante qui doit coûter un bras et tient une pochette devant son ventre. C'est dégoûtant, ils me dégoûtent tous les deux, comment mon père peut-il être aussi bête pour penser qu'elle est avec lui pour autre chose que son compte en banque ? Je respire avec difficulté, le visage fermé, les yeux dans mon assiette. Je suis maintenant pressée que cette entrevue prenne fin.

- Tu vas avoir une petite sœur, ajoute mon père.

Kate soulève sa pochette, elle est tellement fine qu'avec l'émotion et la surprise je n'avais pas vu l'arrondi de son ventre, obscène, provocateur. Je ne me contrôle plus, je les regarde alternativement, la respiration coupée, je jette ma serviette sur la table :

- Impossible, pour ça il faudrait déjà que j'ai un père.

Le fait que j'ai échoué à reconquérir l'amour de mon père me renvoie à l'échec de ma vie sentimentale. Double peine. Je semble vouée à être abandonnée par les figures masculines qui gravitent autour de moi. Non, je ne le digère pas. Il ne s'est jamais occupé de moi, il nous a abandonnées Maman et moi et il se permet de refaire sa vie ailleurs, indifférent à notre sort ? Mais pourquoi est-ce qu'il ne m'aime pas ? Pourquoi ? Je pleure, enfouis ma tête dans l'oreiller, lui donne des coups de poing. Mais tous mes pourquoi restent sans réponse. Il ne m'aime pas, c'est tout. C'est aussi radical qu'inexpliqué.

Le mois de juillet est gâché par cette douleur qui m'assaille quotidiennement, j'ai un goût amer permanent dans la bouche, je rumine ma haine, l'injustice me ronge. Impossible de me faire à l'idée, encore moins me réjouir pour lui et lui souhaiter le meilleur. Mon stage se déroule sans encombre, je fais mes heures, note tout ce que je découvre, enregistre, mais je reste en surface sur le plan humain, je ne m'épanche pas sur mon parcours de vie, je refuse tous les verres à la sortie du bureau. Envie de me mêler à personne, la déception semble permanente, telle une loi universelle, il n'y a rien à espérer de quiconque.

Un week-end, je récupère Elodie à la gare Saint Pancras. Hystérique, elle se jette dans mes bras. Son insouciance est une lance à mon cœur. Sa présence me fait du bien, me sort de ma torpeur taciturne. Elodie a ce côté femme-enfant qui s'extasie de tout, elle prend en photos les bus rouges, les cabines téléphoniques, les taxis, me supplie d'aller à Buckingham Palace « Imagine Prince Harry me repère dans la foule et tombe fou amoureux de moi », oui, je reconnais que ça se tente. Elle rêvasse à la vie de princesse et m'exhorte à accepter une virée shopping. Nous nous rendons donc sur la plus grosse artère commerçante, Oxford Street, et écumons les magasins. Elodie décroche un cintre sur lequel un micro tee-shirt est suspendu :

- Ça me dégoûte cette mode pour les anorexiques, c'est inacceptable ce diktat de la minceur, et pour nous les filles pulpeuses alors, on se rabat sur les grandes tailles, c'est ça ?
- Elodie, tu es au rayon enfants.

Elle glousse « ah, mince ». Elle critique tout, les Anglaises n'ont décidément aucune classe, nous les Françaises sommes tellement plus élégantes. Enhardies par ce discours égocentrique réconfortant, nous nous octroyons un goûter et dégustons un scone assorti d'un thé glacé. Elle me demande où nous sortirons ce soir. « Je n'en ai aucune idée » « Tu n'as toujours pas repéré les bonnes adresses ? » Je secoue la tête. Elle se lance alors dans un discours moralisateur, je travaille trop, je ne sais pas profiter, je ne suis pas tous les jours à Londres ! Je réponds que je n'ai pas le cœur à ça, je lui raconte pour mon père, en le prononçant à voix haute je me rends compte que ce n'est toujours pas digéré, les mots sortent à peine, bloqués dans mon estomac. Elle se désole, puis se révolte, vraiment les hommes sont décevants. Mais ce soir, on va s'amuser, on va prendre du bon temps, c'est nécessaire.

La soirée commence dans le quartier rock de Camden, nous testons la street food, parcourons les stands plus alléchants les uns que les autres, les odeurs de grillades nous titillent les papilles. Je teste plusieurs choses, Elodie opte pour un hot dog. Les fumées nous envahissent et nous suivent longtemps. Nous bougeons ensuite dans le quartier de Shoreditch, d'après ce que nous repérons sur internet il concentre les meilleures discothèques underground et alternatives de la ville. Nous sommes happées par la foule incommensurable, démesurée. On peine à ne pas se perdre mutuellement, je stresse, il faut rester prudentes. « Lâche-toi Chérie ! » m'exhorte Elodie, surexcitée. Déjà elle lève les bras et s'échappe sur la piste, elle disparaît longtemps entre les corps qui font masse, je la retrouve après un temps infini, inquiète. On se dirige vers le bar et commandons deux bières.

- Two more beers please.

C'est un grand blond qui a dit ça en se penchant au-dessus de mon épaule, s'invitant délibérément dans notre duo.

- Vous êtes Françaises ?

C'est son copain, un grand brun au sourire franc et aux yeux rieurs, qui nous interpelle. Elodie et moi échangeons un regard joueur, et je dis :

- No, Spanish.
- Ha ha, bien tenté, mais vous avez vraiment des têtes de Françaises, sans parler de l'accent. Moi c'est Armand, lui c'est Théo. Vous venez d'où en France ? Nous on est de Lille.
- Paris, dit Elodie qui déploie déjà ses battements de cils de papillon.

Le coup du regard de biche fonctionne comme toujours parfaitement, les garçons nous offrent les bières, nous discutons malgré la musique assourdissante penchés les uns vers les autres. Il s'avère que ce tandem est vraiment sympathique, les garçons sont intéressants, drôles, ils sont venus pour le week-end seulement, ils louent un appartement Airbnb pas loin d'ici. Armand bosse dans la com, Théo étudie la finance. Je parle surtout avec Armand mais j'intercepte des coups d'œil incessants de Théo dans ma direction. Je ne veux pas d'histoire, si Elodie jette son dévolu sur un gars qui en pince pour moi ce sera le drame. Mais non, ça n'a pas l'air de se nouer dans cette direction, Armand discute ensuite avec Elodie, la fait rire aux éclats, son rire tonitruant me parvient par-dessus la musique. Théo est un peu plus coincé, j'ai l'air de l'impressionner, il me pose plein de questions sur mes études. Je ne peux pas m'empêcher de regarder l'heure. Je ne veux pas qu'on rentre trop tard. J'attrape mon amie par le bras « Il est tard » « Ah non Jeanne tu commences pas, je te préviens » « Ecoute, on prend leur numéro de téléphone et on les recontactera une fois en France, OK ? » « Pas question », elle se dégage de mon emprise, je l'entends s'excuser auprès d'Armand « Elle est un peu relou, très stressée, excusez-la… Elle sort d'une histoire compliquée, ça la rend méfiante ». Je lui en veux un peu de synthétiser les choses de cette manière auprès d'inconnus, mais je capitule et me recommande un verre. Théo ne me fait pas chavirer, je décroche un peu quand il me parle de choses trop sérieuses, mais il est séduisant, un visage régulier, des yeux bleus, un air calme. Je me surprends à penser qu'il y a un an, je vibrais comme jamais je n'avais vibré, et surtout comme je n'ai jamais vibré depuis. Robin me passait une bague en plastique autour du doigt, essayait de m'embrasser en prétextant guérir les piqûres de moustique, m'embarquait à bord de son bateau, me faisait l'amour dans sa cabane dans l'arbre. Que fait-il cet été ? Avec qui sort-il ? Est-ce que parfois je lui traverse l'esprit ? La réponse doit être non puisque je n'ai pas la moindre nouvelle.

Elodie me sort de mes rêveries : « On va chez eux ! » « Comment ça ? » « Ils nous proposent d'aller boire des coups et jouer aux cartes, je t'en supplie Jeanne pour UNE FOIS dans ta vie, lâche prise », je dégage mon bras qu'elle serre entre ses doigts « Je te rappelle que j'ai lâché prise l'été dernier, on voit où ça m'a menée » Elle roule les yeux au ciel « Aucun rapport. Allez, de toutes façons j'ai déjà dit oui ». Me voilà embarquée contre mon gré, je ne proteste pas longtemps, ils sont sympas ces garçons, un peu de fantaisie ne me fera pas de mal.

Une fois chez eux l'ambiance change de ton, l'atmosphère se fait plus chaleureuse, plus ouvertement dans la séduction. Nous jouons au poker, rapidement les règles se précisent, à chaque manche perdue il faut ôter un vêtement. Heureusement j'en porte plusieurs, mais Elodie n'a revêtu qu'une robe minuscule. Ravie d'avoir perdu elle fait glisser sa robe au sol sous mes yeux perplexes. Elle ne s'est pas longtemps fait prier. Les garçons se retrouvent assez vite en caleçon, ils sont clairement plutôt beaux, bien dessinés et les jeux de regard dépassent de loin l'intention de deviner qui bluffe. Quelques verres et défaites plus tard nous sommes tous en sous-vêtements, Elodie doit quitter son soutien-gorge, elle cache sa belle poitrine d'un bras maladroit qui laisse déborder ou deviner un mamelon, la température grimpe, les esprits s'échauffent, l'alcool aidant nous sommes désormais tous complètement nus, qui a gagné on ne le saura jamais, l'heure n'est plus au jeu, ou plutôt si, mais plus au poker. Théo m'embrasse sur le canapé, Elodie chevauche Armand cloué à sa chaise. La situation m'échappe totalement, je m'extirpe de l'étreinte du blond et entraîne de force Elodie dans la salle de bains. Celle-ci jubile de satisfaction « Elo, qu'est-ce qu'on est en train de foutre ? » « Ça s'appelle s'amuser, tu te rappelles, on a vingt-trois ans, c'est l'été, on est à Londres » « Je veux pas de ça » « Mais si tu veux, assume, personne ne te jugera, je serai la seule détentrice de ton secret. Merde, Jeanne ! Fais pas chier ! Il te plaît Théo ? » « Oui, oui, il est pas mal, mais bon… » « Je suis un peu jalouse, j'aimais bien Théo aussi », déplore Elodie, puis elle ajoute d'un œil plein de vice « Il te plaît aussi Armand ? » « Oui, Armand est bien aussi » « Alors viens, on se les prête ! On s'en fout ! On a qu'une vie ! » Elodie m'a échappé sur cette déclaration épicurienne, déjà elle se rue dans le salon et se pend au cou d'Armand, je me sens obligée de rejoindre Théo qui recommence à me fouiller partout comme si je passais le contrôle de sécurité à l'aéroport. Quelques instants plus tard on a migré tel un attroupement d'oiseaux dans la chambre et on se roule tous les quatre sur le lit, emmêlés comme une poignée de cheveux sur une brosse. Je ne suis pas très à l'aise, je me demande bien ce qui est en train de se passer, je regarde ahurie ma meilleure amie chevaucher un type, plus sensuelle et assumée qu'une Amazone frénétique, si on m'avait dit que je la verrais un jour en pleine action, vraiment rien ne nous prédisposait à franchir cette limite. Théo n'est pas particulièrement performant, moi qui n'ai rien fait depuis octobre dernier c'est un peu décevant, il est maladroit, intimidé, me répète que je suis très belle, oui oui, bon, merci mais ça n'excuse pas tout… Son faible exploit me remplit de malaise, ne fait que rendre plus extraordinaire la connexion que j'avais avec Robin, la comparaison est criante et me désole. Armand prend le relai, beaucoup plus assuré, il me dit que je suis très différente de ma copine mais que je suis vraiment canon aussi. Enfin libre, je vais me coucher sur le canapé, Elodie a jeté Théo et récupéré Armand, ils s'enferment dans la chambre et nous les entendons crier encore plusieurs heures. La gêne est maximale. Couchés tous les deux sur un espace très étroit et inadapté, sans couverture, on se sent obligé de parler de banalités, pourvu qu'il ne veuille pas recommencer, qu'il me fiche la paix, je veux juste dormir le plus vite possible et oublier cet épisode, si seulement Elodie ne gueulait pas si fort. Celle-là, je la retiens, on va avoir une sérieuse discussion.

Le lendemain matin les garçons partent en quête d'une boulangerie française, pas question de manger des croissants ignobles. Elodie, sourire niais, shootée d'une satisfaction maximale, sort de la chambre en tenue d'Eve, me salue d'un geste lointain et s'enferme dans la salle-de-bains. Elle en sort la tête et me lance, mutine :
- Il m'a fait chanter la Traviata !
- Je sais oui, j'étais là.

Elle éclate d'un rire insouciant et disparaît à nouveau. Elle ne perd rien pour attendre. Nous partageons le petit-déjeuner tous ensemble, décidément nous partageons beaucoup de choses, l'humeur est joyeuse, les garçons très sympathiques, aussi respectueux qu'ils peuvent l'être envers deux filles de notre espèce. Moi je ne prononce pas un mot. Je les ignore purement et simplement, le nez dans mon café. Ils nous ajoutent sur Facebook, disent qu'on garde contact, bien sûr oui, si vous avez le moindre espoir qu'un dérapage pareil puisse se reproduire une deuxième fois dans nos vies vous vous fourrerez le doigt dans l'œil. Théo me prend à part, je le redoutais, il me dit qu'il a eu un coup de cœur, il veut absolument me revoir, Paris-Lille ce n'est vraiment pas loin, il veut me connaître davantage, est-ce que j'accepte ? Je ne parviens pas à masquer une moue peu favorable, franchement je ne suis pas emballée, il m'ennuie, il n'est même pas doué au lit et je crois qu'il sera éternellement relié au souvenir de ce pétage de câble qui me couvre de honte. Je lui dis que je n'ai pas le temps pour une relation, que je me concentre sur mon concours. Il est déçu mais il persistera, il m'écrira souvent. Je ferme la porte derrière nous, atterrée. Mais pourquoi est-ce que c'est ce type dont je n'ai absolument rien à cirer qui est prêt à tenter une relation à distance avec moi alors qu'on ne se connaît pas ? Pourquoi est-ce que lui ne recule devant aucun obstacle ? Quelle ironie, vraiment. J'intercepte Elodie au vol alors qu'elle se dirige vers la sortie de l'immeuble :

- C'est la dernière fois que tu m'entraînes dans tes conneries !
- Eh oh, je t'ai pas forcée hein, t'es majeure, tu es responsable de tes actes. Assume, tu as fait ta salope, il n'y a pas de honte à ça, personne ne le saura jamais.
- Moi je le sais ! Moi je le sais Elodie !
- C'était les mecs parfaits pour vivre une expérience comme ça, ils sont gentils, respectueux, il n'y a rien à regretter. Merde Jeanne détends-toi, c'est quoi ton problème à la fin ?

- Mon problème c'est que tu me pourris l'existence, tu m'entraînes dans ta chute, j'allais bien moi, je gagnais un équilibre, tu sais au prix de quels sacrifices ?
- Oui je le sais, je t'ai supportée pendant des mois quand tu étais invivable, au fond du trou, à ressasser en boucle ton été merveilleux et ce mec qui n'en a rien à foutre de toi ! Ton problème Jeanne, c'est que tu es psychorigide. Parfaitement oui, psychorigide, encastrée dans tes schémas et tes principes, tu ne supportes pas que ça déborde, que ça échappe à ton contrôle ! Si les choses ne se passent pas EXACTEMENT comme tu les prévois tu pètes un plomb ! T'es incapable de profiter de l'instant présent ! Va voir un psy !
- Je veux que tu rentres à Paris immédiatement. Sors de ma vie. Je n'ai pas besoin d'êtres nuisibles comme toi pour me faire faire n'importe quoi. J'ai un concours, moi. J'ai un objectif, un projet.
- Et moi je suis une merde, c'est ça ? Allez je m'en vais, tu finiras seule Jeanne, ton cœur est en train de sécher, n'oublie pas ce que je suis en train de te dire.

Hagardes, sans savoir dans quelle direction nous partons, on se sépare, le cœur chargé. Cet été ne se passe vraiment pas comme je l'avais prévu. Aussi incroyable que cela puisse paraître, je suis encore plus seule qu'avant.

III

Le sprint final est une épreuve mentale. De ce long marathon qu'est la préparation d'un concours qui a le pouvoir de tourner le gouvernail de votre destinée, les derniers kilomètres sont les plus durs. Le doute, vicieux et piquant comme des pointes de couteau, aiguise ses lames, nous tourmente jour et nuit. Je sais que je peux réussir cet examen. J'en ai le POUVOIR. J'ai travaillé sans relâche pendant toutes ces années, ai été une étudiante exemplaire, l'espoir de mes professeurs, l'étoile de l'amphithéâtre. Ce concours est fait pour moi. Il m'ouvre grand ses portes. Je n'ai rien laissé au hasard, j'ai tout prévu, tout est sous contrôle. Les murs de mon studio sont tapissés de notes, de dates, de rappels. J'ai envisagé tous les sujets possibles, préparé les plans des dissertations à l'avance. Aucune place n'est laissée à l'imprévu, je ne peux pas trébucher, c'est tout bonnement impossible. Le travail va payer, il DOIT payer.

C'est le grand jour. Tout se joue aujourd'hui. Comment réussir à ne pas penser au poids de l'enjeu ? Comment gérer la pression quand on est conscient que notre vie dépend de certaines journées comme celle-ci où notre histoire s'écrit ? Il faut l'avoir vécu pour le comprendre. Mesurer à quel point c'est dur sur le plan mental. Les épreuves écrites se passent bien, j'avais anticipé les sujets, je ne suis pas surprise, je gagne donc un temps précieux à rédiger problématique et plan sur mon brouillon. Je peux consacrer la majeure partie du temps restant à la rédaction, que je soigne particulièrement. Je sais que mon devoir tient debout. Après des heures d'intense concentration l'échine courbée sur ma copie, je sors, éreintée et rentre m'écrouler chez moi. Je refuse le traditionnel verre post examen, pas envie de parler aux autres, leur travail ne m'intéresse pas, la victoire n'est pas collective, je ne pense qu'à mon succès, vital. Les prochains jours sont légers. Débarrassée de mon fardeau, mes journées sont soudain comme des carnets à remplir, j'ai tellement de temps libre que je suis désœuvrée. Elodie est sortie de ma vie, je n'ai plus aucune nouvelle d'elle. J'imagine qu'elle fait la fête et rencontre des gens. Je ne me connecte pas une seule fois sur Facebook durant mes révisions, l'enjeu est trop important, rien ne peut m'en détourner.

Deux semaines plus tard les résultats tombent : Admise. Direction les épreuves orales. Satisfaite de ce retour sur investissement qui n'est que justice, je savoure mon succès quelques heures seulement. Je décide immédiatement de me remettre au travail pour la dernière ligne droite. Mais très vite le stress me gagne, la panique m'envahit. Je dois longuement m'allonger, m'efforcer de contrôler ma respiration. Devant mes cahiers ma vue se brouille, je relis dix fois les mêmes phrases. Plus rien ne rentre, ma mémoire sature.

Un jour que je suis plongée dans mes fiches de révision, ma mère m'appelle. Emue aux larmes, elle me félicite, me répète qu'elle est fière de moi.

- Tu es si intelligente ! Et si déterminée ! Ton acharnement a payé.

Je me surprends à penser que s'il en allait de même dans ma vie sentimentale ce serait formidable, appliquer ce mantra « travail égale récompense ». Acharnement égale retour de l'être désiré.

Je soupire, très lasse :

- Merci Maman, mais il ne faut pas crier victoire trop vite.
- Reste toi-même, ils ne peuvent que voir à quel point tu es formidable. Au fait ma chérie, je voulais te prévenir, j'ai décidé de rendre l'appartement de Suresnes. Je ne veux plus habiter en région parisienne.
- Comment ça ?! Mais tu vas vivre où ?

- Je resterai à plein temps dans la maison à Arcachon, la vie est si douce ici.

Je panique, mon cœur s'emballe, mes sourcils se froncent de colère. Je suis tellement fatiguée que je peine à ordonner mes pensées, à intégrer l'information. Ma mère continue :

- Tu as des affaires à récupérer à Suresnes ? Je veux le rendre rapidement. Le loyer est trop cher en plus du crédit de la maison.

J'explose, hors de contrôle, comme si toute la frustration accumulée durant ces mois enfermée à réviser avaient trouvé un exutoire :

- Mais tu ne peux pas me faire ça ! Tu n'y penses même pas !
- Enfin qu'est-ce qui te prend Jeanne ? Je ne comprends pas ta réaction. Ce doit être la pression qui lâche. Je m'inquiète, tu veux que je vienne prendre soin de toi jusqu'aux oraux ? Tu manges équilibré ?
- Ecoute-moi bien Maman, il est hors de question que je remette les pieds à Arcachon tu as compris ? C'est fini, tu sais pas l'effort que ça m'a coûté de tourner la page, tu sais pas ce que ça représente pour moi. Tu ne peux pas m'imposer de venir te voir. C'est simple, si tu rends l'appartement à côté de Paris, on ne se verra plus.

Ma mère reste perplexe à l'autre bout du fil :

- Tu ne me dis pas tout, tu es dans quel état mental ? Tu craques juste avant la ligne d'arrivée ?
- Papa va avoir un enfant !

J'ai lâché ça comme on cracherait du venin, pour la blesser. Mais elle répond d'une voix très douce :

- Tant mieux s'il est heureux. On est séparés depuis vingt ans Jeanne, je n'ai plus de rancœur, mon cœur est libre. Je sens bien que tu lui en veux. Mais on ne peut pas entretenir des sentiments aussi douloureux toute sa vie. Ne pollue pas ton cœur avec de la haine, de la colère, de la jalousie. Apprends à tourner les pages, avance, sois en paix.

Je donne un grand coup de poing dans le mur, la douleur se répand dans mon avant-bras.

- Tais-toi, c'est ta faute si Papa nous a abandonnées. Non mais regarde-toi, une espèce de hippie qui passe ses journées à méditer et à peindre, complètement perchée. T'as pas su le garder ! T'en avais pas les moyens ! Sauf que moi je ne suis pas comme toi, moi il doit m'aimer, moi je vais réussir, il sera fier de moi !

Ma mère bredouille, insiste pour me rejoindre immédiatement à Paris pour me mettre dans les conditions optimales pour les oraux, je le lui interdis formellement et lui raccroche au nez. Je crois que je craque. Le plancher cède sous mes pieds. Tout s'écroule, je suis moralement épuisée.

Plusieurs jours après l'épreuve terrible de me retrouver physiquement face à mon jury, je ne suis toujours pas en état d'y repenser de manière nette tant c'est douloureux. Je m'enfonce dans une solitude nauséeuse, j'ai le mal de mer en permanence, je tangue entre la réalité et un demi-coma. Toutes mes réserves, toutes mes ressources nerveuses et morales ont été sollicitées pour ce grand final. Je n'ai plus de jus, plus rien à donner. Je dors des journées entières. Un jour, les résultats du concours d'admission à l'Ecole Nationale de la Magistrature sont en ligne. Je télécharge la liste des admis. Je pense instantanément que cette liste est affreusement courte. Je déglutis, cherche mon nom. Je devrais être en tête de liste, A pour Aubry. Non, je ne le vois pas. Il n'y a pas mon nom. Il doit y avoir une erreur, c'est sans doute la liste des lauréats de l'année précédente. J'actualise la page, télécharge à nouveau la liste.
Mon nom n'y est pas.
Je lis les noms des candidats retenus, je m'étrangle, ma vue se brouille, je les maudis, les jalouse atrocement, c'est impossible, il y a une fille de ma classe clairement médiocre, c'est une erreur de casting. Je dois appeler l'Ecole, je dois parler au secrétariat,

demander que l'on révise mes notes, passer en commission, que l'on répare l'outrage. Je fais des pieds et des mains, incendie la secrétaire, fonds en larme, m'arrache les cheveux, profère des menaces mais rien n'y fait.

Il faut l'accepter, ce petit monde clos ne veut pas de moi.

La période qui suit est la plus dure à surmonter de toute ma vie. Je me retrouve échouée sur le rivage, sans horizon, sans projet. Ma place est nulle part. Je ne m'inscris à aucun cursus, ne rebondis vers aucun nouveau projet. Je ne suis pas en état de me questionner sur ce que je veux faire maintenant, qui suis-je, pour quoi suis-je faite. Il y avait dans mon esprit une seule possibilité, un seul avenir qui apparaissait clair net et précis dans ma boule de cristal. Tout est radié, rayé, remis à zéro. C'est le grand vide.

Ma mère vient régulièrement contre mon gré et séjourne chez moi plusieurs jours. Terrifiée de me trouver dans cet état de zombie elle monologue longuement, philosophe sur les hasards et les belles surprises que me réserve la vie. « C'est merveilleux de ne pas tout contrôler ma chérie, c'est ça la vie, les aléas, les imprévus, les coups durs révèlent notre capacité à nous réinventer, l'échec est un espoir, un nouveau départ ». Je n'ai même pas le cœur à lui demander de cesser ses palabres, je l'entends à peine. Mon dos est traumatisé, tellement noué qu'aucune position ne le soulage. Ma mère me masse longuement, brûle de l'encens, me parle de l'alignement des planètes, de la chance qui va tourner, je soupire, ses élucubrations de bohémienne m'ennuient. Elle parle trop, sa gaieté m'insupporte, elle en fait trop, je voudrais du silence, des moments de recueillement avec moi-même. Parfois je pleure longuement la tête contre son épaule, elle m'encourage à me laisser aller, ne pas retenir, elle caresse mes cheveux comme quand j'étais petite et ça, ça me fait du bien.

C'est ainsi que 2011 arrive, j'ai l'impression que janvier se moque, ricane en dressant le bilan de ce que 2010 m'a apporté, ou plutôt enlevé. J'ai le sentiment d'avoir fait table rase de tout, d'être face à une page blanche sans la moindre inspiration. Je me demande bien ce que cette année me réserve puisque rien ne se passe comme prévu et que j'échoue dans tout ce que j'entreprends. En tout cas mon estime de moi si grande encore dans des temps pas si lointains est proche de zéro, ma confiance en moi détruite. Je ne vois plus les quelques amis que j'ai rencontrés durant mes études : je hais ceux qui ont réussi, je méprise ceux qui ont échoué, ils me renvoient à ma médiocrité.

Un soir que je suis seule chez moi à broyer du noir mes idées m'enfoncent, j'ai des pensées morbides, des images obsessionnelles tournent en boucle, comme ce couteau posé sur la table, j'ai beau essayer de ne plus penser à lui, je ne vois que lui, j'ai peur qu'il me blesse, j'ai peur de tomber sur lui, me trancher la carotide accidentellement ; j'ai du mal à rester claire, je pose ma main sur mon cou et m'alerte, mon pouls est très rapide. Mon cœur palpite, mes mains s'engourdissent de fourmis, ma vue se brouille. Ma gorge est tellement nouée que j'ai du mal à respirer, j'enserre mon cou, le masse mais l'air passe difficilement, j'ai la sensation de m'étrangler. Je ne sais pas quoi faire, qui appeler, ma mère est à Arcachon elle va paniquer inutilement, mais là j'ai vraiment très peur, peut-être que je fais un AVC, je ne sais pas quels sont les symptômes d'un accident cardiovasculaire, je sanglote, mes yeux brouillés parcourent mon répertoire, j'appelle Elodie. Elle répond à la cinquième sonnerie. « Allô ? » Je ne peux pas répondre, les mots ne sortent pas, je ne peux pas parler tant ma gorge est nouée, j'ai peur de m'étouffer, je respire très péniblement « Jeanne ça va ? » Mes respirations saccadées sont ma seule réponse. « Bouge pas, j'arrive ». Elle a raccroché. Vingt minutes plus tard elle est chez moi, je suis assise sur mon lit, en larmes, je me berce d'avant en arrière, les yeux dans le vide. Elle compose le 15, décris la situation, explique ce que j'ai, le médecin veut me parler, il me pose des questions auxquelles je n'arrive pas à répondre, seulement des grommellements étouffés, alors il parle à nouveau à Elodie. « Jeanne écoute-moi, le docteur dit que tu fais une crise de spasmophilie, tu tétanises, c'est pour ça que tu as du mal à respirer, détends-toi tout va bien se passer, je suis là maintenant », elle m'allonge sur le lit, je n'oppose aucune résistance. Elodie ne lâche pas ma main, elle la masse, la caresse, répète de longs « Chuuuut… » apaisants, mes paupières s'affaissent, mes muscles se détendent, l'air circule à nouveau. Mon ventre se secoue encore de quelques sanglots, des larmes coulent sans que je m'en aperçoive, je finis par céder à l'épuisement.

Le lien qui m'unit à Elodie s'est naturellement et presque instantanément reformé. J'ai tellement besoin d'elle durant cette période vide de sens et de projet. Je ne m'imagine plus séparée d'elle. Je m'y accroche désespérément comme à une bouée de sauvetage. Jamais de ma vie je ne me suis sentie aussi vulnérable et perdue. Elle est le phare, constant, fidèle, familier, le seul repère inébranlable dans cette tempête que je traverse depuis des mois. Je lui demande de rester plusieurs jours d'affilée chez moi, de ne pas me laisser seule avec mes angoisses. Elle a recommencé à m'entraîner dans ses soirées, petit à petit je reprends des forces mais je sens que quelque chose en moi durcit, je suis méprisante, difficile d'accès, me lie difficilement aux personnes qu'elle me présente. Tout m'ennuie, je suis désœuvrée, je fais la fête sans rien en attendre. J'ai des aventures sans lendemain avec des hommes auxquels je ne trouve aucun attrait, tout est trop facile et décevant. Je trouve Elodie fuyante, un peu mystérieuse, elle s'absente certains week-ends. Je lui fais des scènes de jalousie, lui reproche de m'abandonner, lui rappelle que j'ai besoin d'elle. Et surtout, nous qui nous sommes toujours tout confié, je souffre de la découvrir secrète. Un soir que nous sommes à la terrasse d'un bar, alors que le printemps tarde à s'installer dans la capitale et que nous nous tenons serrées pour nous tenir chaud, je la force à me parler. Je la trouve agitée, soucieuse. Elle grille une cigarette puis l'écrase aussitôt. Elle finit par lâcher « Je suis enceinte ». La bouche m'en tombe. La première réaction qui me vient à l'esprit est « comment peux-tu me faire ça ? » mais je tourne sept fois la langue dans ma bouche. Il conviendrait plutôt de demander « De qui ? ».

- Mais de qui ?

Agitation sur sa chaise.

- Tu me jures que tu ne vas pas me juger ?

J'acquiesce, la presse.

- Armand.
- Le mec de Londres ?!

Elodie hoche la tête, crame une nouvelle cigarette, se rappelle que fumer lui est désormais interdit, la jette de rage au sol et la piétine.

- On a recommencé à se voir tout de suite après Londres. Lille-Paris, c'était pas loin. C'est un mec génial, il a trouvé du travail dans le marketing, il est très drôle, on s'adore.
- Mais c'est génial ça, dis-je en bredouillant, encore choquée. Mais… le bébé ?! Pourquoi si vite ?
- Accident.

Elle lisse une longue mèche de cheveux bruns entre ses doigts impeccables, m'explique qu'elle a décidé de le garder, lui n'était pas trop pour, ils ne se connaissent pas depuis longtemps, n'ont jamais vécu ensemble, et puis il y a la distance…

- Je le rejoindrai à Lille quand le bébé sera né. Ça nous laisse quelques mois pour nous organiser.

C'est un coup de poing dans l'estomac. Moi ici, seule à Paris sans mon binôme, mon pilier ? Je dois puiser dans mes ressources pour respirer un grand coup et la féliciter, alors que j'ai envie de l'insulter, pleurer, la serrer dans mes bras, tout ça à la fois. J'ai le sentiment très net que ce bébé me vole ma place, ce bébé qui n'a pas de sens, ce bébé qui ne devrait même pas être en projet, pas même une idée saugrenue et qui pourtant se loge un peu plus chaque jour dans le ventre de mon amie.

-   Tu veux bien être la marraine ?

Les larmes m'échappent, je prends pleinement conscience que le monde entier avance, continue de tourner dans l'indifférence totale de mon immobilisme, la paralysie de mon système émotionnel, mon handicap à toute chose de la vie. Qui va me sauver ? Qui va me sortir de la léthargie dans laquelle je me suis embourbée ?

-   Alors c'est vraiment fini, nos quatre cents coups, nos soirées fiasco, nos galères de célibattantes ?

Elodie lâche sa larme à son tour, « Tu vas t'en sortir sans moi, mais ouvre ton cœur par pitié ».

Il y a ce mec qu'Elodie m'a présenté, il s'appelle Yohan, un grand brun athlétique, il n'a pas inventé l'eau chaude mais il est disponible et surmotivé. J'ai l'impression de lui faire passer un entretien d'embauche le soir où Elodie me le présente. À leurs regards de connivence je comprends qu'elle l'a briefé à mort, qu'il est arrivé chaud comme la braise, prêt à relever le défi de dompter l'indomptable. Nous n'avons rien à nous dire, il comble la conversation par un flot de paroles inutiles et bateau avec des sujets fleuve, la météo, les grèves des transports, qu'est-ce que tu fais dans la vie. Si bien qu'à la fin de la soirée, fatiguée de cette foire, cette comédie vieille comme la nuit des temps, cette parade amoureuse médiocre, je l'attire dans un coin et lui dicte les règles du jeu : « C'est simple, si tu veux que l'on rentre ensemble, tu devras ensuite partir immédiatement de chez moi. La nuit et le petit-déjeuner ne sont pas inclus dans la formule. » Au lieu de s'offusquer, répliquer qu'il n'est pas un jouet sexuel, ses yeux brillent d'excitation « Hey, t'es une coquine toi, ça m'plaît. Tes règles seront les miennes. » « Dans ce cas, c'est moi qui choisirai quand. Ce sera toujours chez moi. Je n'ai aucune envie de découvrir ta chambre d'adolescent attardé avec tes posters de foot au mur et tes chaussettes sales sous le lit. Jamais plus d'une fois par semaine. Aucune question personnelle. Pas de texto durant la semaine, je ne te répondrai pas. »

« T'es une dominatrice en fait, tu veux tout contrôler. » Il a intérêt d'assurer au lit, c'est la seule mission qui lui incombe. Je ne lui demande rien d'autre. Yohan s'avère un bon amant, sur le plan technique il a de l'expérience et il est endurant. Mais le prosaïsme d'une braguette qui s'ouvre, d'un râle dans l'oreille, les détails terre-à-terre des chaussettes qu'on oublie d'enlever, le manque absolu de romance me rappellent toujours ensuite à quel point je suis seule. Rien ne comble le vide. Parfois il insiste pour rester un peu, grille sa cigarette en ma présence, tente une question à la dérobée, insinue que je suis mystérieuse, que l'on pourrait aller boire un café. Je n'ai alors qu'une hâte, qu'il dégage au plus vite. Je le raccompagne à la porte, il la bloque d'un bras « Je te préviens Jeanne, je m'accrocherai à ce challenge qui m'a mis le feu, même si tu me repousses à grands coups de baffes ! ».
Finalement, je bloque son numéro de téléphone, ce qui s'avère plus radical que les baffes.

Août 2011, je rentre un mois à Arcachon. J'ai cédé à l'insistance de ma mère. Et à dire vrai, je n'avais aucun autre plan. Je suis partie en vacances seule en Italie une semaine au mois de juillet, ai flâné dans les musées en Toscane, me suis reposée, peut-être même partiellement retrouvée. J'ai décidé de rebondir. Avec mes études de droit en poche, je peux prétendre à présenter plusieurs concours. J'ai éliminé d'office le barreau : aucune envie d'être avocate comme mon père. Je ne veux plus m'infliger de comparaison ni courir après sa fierté ni sa reconnaissance. J'ai hésité à passer le concours de notariat mais me suis imaginée ronfler toute la journée sur une pile de dossiers soporifiques. Alors je me suis fixée comme objectif de devenir huissier de justice. Puisque je ne serai pas magistrate et ne rendrai pas de décision, je m'appliquerai à les faire exécuter. Ce sera un métier de terrain, immergé dans la réalité sociale et économique. Je débarque donc dans la maison de ma mère avec une valise pleine de bouquins. L'été sera studieux. Je retrouve avec un bonheur serein la structure en bois grinçante de la maison, ses pièces trop fraîches et la bonne humeur de ma mère. Ma mère qui ne marche plus que pieds nus, vêtue de ses longues tuniques tâchées de peinture. Ses longs cheveux sont laissés grisonnants, elle ne les teint plus. Elle paraît de plus en plus perchée dans son univers. De l'encens embaume toutes les pièces et elle porte de longs colliers étranges qui lui arrivent presque au nombril. Cette maison est en train de se transformer en temple birman, il ne manque que le gong. Maman m'accueille avec chaleur, heureuse de notre cohabitation durant un mois. Elle m'incite déjà à partager ses séances de méditation « Ce serait merveilleux de connecter nos ondes, nous pourrions mieux nous comprendre ». Mmmh.

- Elodie ne vient pas passer quelques jours avec nous cet été ?
- Non, elle est enceinte jusqu'aux yeux, tellement grosse qu'elle ne passe plus les portes. Réellement, on dirait qu'elle attend des quintuplés, dis-je avec amertume.
- Jeanne… sermonne ma mère.

Je m'installe dans ma chambre qui sent légèrement le renfermé, elle n'est pas souvent aérée et je viens si rarement. J'ouvre grand les fenêtres, respire l'air marin, écoute les oiseaux qui s'affairent dans le jardin. J'allume mon ordinateur, me connecte sur Facebook et me localise : « À Arcachon ! ». Exactement cinq secondes après avoir posté ce message, une bulle de conversation apparaît :

« Salut Jeanne ».

Mon cœur fait un bond dans ma poitrine. La petite photo ronde, c'est la sienne, inchangée depuis le premier jour, sa bière à la main, son sourire, ses fossettes, ses cheveux qui rebiquent sur le front. Je n'avais plus de nouvelles depuis… je ne sais même pas depuis quand. Dire qu'il y a deux ans, nous vivions une histoire d'amour. Je chasse cette idée pathétique : de l'amour, il n'en a jamais été question, on n'aime pas quelqu'un au bout de trois semaines et la facilité avec laquelle il a renoncé à moi en est bien la preuve. J'hésite à répondre, je savoure ma situation de pouvoir. Qu'est-ce qu'il me veut ? Mon cœur bat de plus en plus fort, cela m'agace, mon corps trahit un émoi dont je ne veux plus, que j'ai combattu avec succès durant des mois.

« Salut Robin ».

Pas plus, pas moins. Est-ce qu'il est dans les parages ? Est-ce qu'il veut me voir ? S'il me propose, dois-je accepter ? Certainement pas. Je ne dériverai pas de cette ligne de conduite. J'ai TROP travaillé pour retrouver mon autonomie. Il m'a humiliée de la pire manière, je ne lui pardonnerai jamais.

« Tu es dans le coin alors ? » demande-t-il.

« Oui. »

Il commence un message, le supprime, les petits points s'agitent, m'indiquent qu'il rédige quelque chose, puis il répond :

« C'est dommage, je suis à Marseille. »

Ah. Oui, et donc ? Qu'attends-tu de moi, que je déplore que tu ne me fasses pas encore vivre la dolce vita pour m'abandonner à nouveau à la rentrée des classes ? Au fond je veux savoir, c'est plus fort que moi, le point d'indifférence n'est pas atteint : que fait-il à Marseille ? Est-il en vacances ? Est-il parti définitivement ? La fierté me ramène à la raison. Pas question que je le lui demande. Alors, il continue :

« Je pensais venir avec des copains ce week-end, je t'appelle ? »

« OK, pourquoi pas. »

« Cool. J'espère que tu vas bien. » Un smiley qui sourit. Comme un drapeau blanc. Mais moi, je ne me laisserai pas séduire par le chant des sirènes, je ne finirai pas noyée à nouveau dans le chagrin.

Vendredi soir, je reçois un message qui ne me surprend pas le moins du monde : « Désolé, les gars se sont démotivés, on a commencé l'apéro à dix-sept heures on a déjà trop bu pour conduire. »

Je ne réponds rien. Le silence est le meilleur des mépris. Et je te méprise Robin, je ne ressens plus rien pour toi que ce dédain que je cultive, trop heureuse de l'avoir atteint après deux ans de souffrance.

Qu'un homme comme toi, un simple ostréiculteur se soit permis de quitter une fille comme moi échappe totalement à la raison. Tu ne mérites pas le moindre regret de ma part.

J'évite soigneusement les lieux trop empreints de souvenirs, me contente de quelques allers-retours en ville pour acheter le pain ou marcher le long de la jetée. Je suis d'une productivité sans précédent dans mon travail, le goût du challenge, de l'effort intellectuel me revient, j'aime tellement apprendre, intégrer, analyser, me dépasser, la stimulation m'est indispensable. Apprendre est une réelle source de joie. Ma mère déplore quelque peu cet enfermement mais le respecte, elle sait que je ne supporterai pas un deuxième échec. Elle a d'ailleurs tenté de me convaincre de repasser le concours de la magistrature « Tu étais si près du but ! Tu seras en terrain connu la seconde fois », mais cela m'est inenvisageable. Nous passons des moments d'agréable entente, chacune respectant l'univers de l'autre. Un jour que j'entre dans son atelier, un café fumant à la main, elle s'interrompt, le pinceau en l'air. Elle s'aperçoit de ma présence :
-   Tiens, c'est rare de te voir ici. Tu réalises que tu ne m'as jamais demandé sur quoi portait mon travail ?
À vrai dire, je n'avais pas envisagé qu'il s'agissait d'un travail. Je pensais qu'elle peignait spontanément au gré des hallucinations que lui inspirent les fumées d'encens.
-   Je travaille depuis des mois sur la thématique de la vie prénatale.
Devant ma mine perplexe, elle précise :
-   Oui Chérie, nous existons déjà avant notre naissance, notre ADN a une mémoire, je cherche à retrouver des sensations intra-utérines.
Je plisse les yeux devant la toile abstraite, peu inspirée. Elle poursuit :

- Toi par exemple, tu es née par césarienne, ce qui expliquerait ton…

Je tourne la tête vers elle :

- Ça expliquerait quoi ?

Elle hésite un peu, cherche les mots :

- Nos difficultés à communiquer, à nous comprendre, puisque tu as échoué à venir au monde par toi-même. Comme si tu me le reprochais… Et puis, ça expliquerait les difficultés à te réaliser, à couper des liens avec le passé, la peur de l'échec avant chaque épreuve…

Je m'agace, détaille la peinture, me retiens de cracher que je trouve ça sans intérêt et mal exécuté. Ma naissance même est un échec, suis-je vouée à cette fatalité ? Vais-je toujours paniquer avant de tourner une page de ma vie ? Sans transition apparente, elle demande d'un air détaché :

- Tu as des nouvelles de ce garçon ?
- Lequel ? dis-je, la chamade au cœur.
- Tu sais, le garçon très beau et très bien élevé, celui qui m'avait amené des huîtres…

Il était venu me chercher de force. Il avait frappé à cette porte. Il était venu me sauver. Et ça n'arrivera plus jamais.

- Aucune, dis-je en croisant les bras et en tournant les talons en direction de la porte.
- C'est drôle, l'été dernier il me semble avoir vu son pick-up aux alentours de la maison.
- Impossible, il habite Gujan-Mestras, ce n'est pas du tout dans cette direction.

Je m'éloigne, agitée, quitte cette bulle étrange que représente son atelier, je la laisse invoquer ma vie prénatale si elle pense que cela peut expliquer que je sois inapte à toute chose, elle a l'air de le penser, je lui en veux, de quel droit me juge-t-elle.

- Je te laisse avec ta psychologie de comptoir. Et travaille encore, ça manque de technique.

De retour à Paris je suis plus déterminée que jamais à atteindre mon objectif. Comme guérie de l'échec de la magistrature, ce nouveau concours ne m'intimide pas. J'ai au fond de moi la conviction qu'il est moins prestigieux, moins difficile, plus accessible. Elodie vient de temps en temps pleurnicher chez moi, elle se trouve obèse, je peine à la contredire, elle se lamente, Armand n'est pas assez impliqué dans la grossesse, il appelle peu, lui reproche de se laisser aller, ne lui dit pas qu'il est impatient qu'elle le rejoigne à Lille. Elodie pleure souvent à chaudes larmes, s'excuse au nom de ses hormones, s'efface pour me laisser réviser après m'avoir répété que je suis la meilleure. Elle m'avoue entre deux sanglots que ce n'était pas totalement un accident, elle le voulait elle ce bébé, tu comprends, l'amour d'un homme est inconstant, mais un enfant lui, il m'aimera toute sa vie, je serai unique à ses yeux. Je m'effraie de ce discours mais ne lui fais pas part de mes craintes. Mon expérience m'a déjà prouvé que lorsqu'un homme n'est pas prêt et qu'il panique, tous les arguments du monde ne suffisent pas à le retenir.

Elodie trouve encore l'énergie et la patience pour me présenter des candidats au titre de petit-ami ou plutôt d'heureux vainqueur. Je suis comme une montagne infranchissable, le premier prix d'un concours d'excellence. Qui pourra décrocher un tel trophée et caser l'incasable ? J'accorde très peu de temps à Elodie pour recevoir ses prétendants, mais un après-midi que nous nous promenons dans mon quartier elle me piège, fait mine de saluer « par hasard » un ami à elle. Celui-ci nous rejoint, feint la surprise de nous rencontrer. Elodie traîne le pas, nous laisse faire connaissance et alors que nous traversons le Pont Neuf elle s'exclame « Vous êtes si beaux ! Attendez ! » et clic, elle fait une photographie. Le dénommé Antoine s'est serré contre moi, il me dévore visiblement des yeux sans un regard pour le paysage ni pour l'objectif tandis que j'esquisse un sourire tendu. Je dois écourter cette balade, j'ai énormément de travail, ravie d'avoir fait ta connaissance Antoine, le hasard fait bien les choses n'est-ce pas. De retour chez moi je me replonge dans mes révisions quand plusieurs notifications Facebook me dérangent : Elodie a posté la photo avec pour légende un simple cœur rouge. Je vrille. Je m'apprête à l'insulter par message, quand mon téléphone sonne. Je crois tout simplement défaillir.

Cinq lettres, noir sur blanc. R O B I N. Le cœur battant je regarde l'écran, mais l'appel cesse immédiatement. Il n'a sonné qu'une fois. Je vérifie, je n'ai pas rêvé. Que faire ? Je décide de le rappeler.

Sa voix…

… est un voyage dans le temps, une douleur profonde, amère et délicieuse, sa voix me pénètre au fond du ventre « Salut Jeanne, vraiment désolé, je t'ai fait sonner par erreur, tu vas bien ? ». Je me le rappelle en train de chanter sur la plage avec sa guitare, sa voix envoûtante est là, c'était si simple, je n'avais qu'un bouton vert sur lequel appuyer, et au bout de ces cinq lettres, il y avait sa voix, sa réalité.

- Heu… oui, oui…
- J'ai vu que tu étais en couple ?

J'hallucine, fais les cent pas dans le studio, cherche une réponse. Puis je me ressaisis et décide de reprendre l'avantage :

- Oui.
- Ah… C'est marrant, j'ai une copine moi aussi. Mais elle est à Rouen.

Les voyants s'allument au rouge. Qu'est-ce qu'il me veut à la fin ? Il n'a pas fini de revenir me torturer ? Il croit qu'il peut me déstabiliser et me faire à nouveau échouer juste avant un examen décisif ? Il a décidé de me narguer ? De me tester ? Mais pourquoi après tout ce temps ?

- Révise ta géographie alors, parce que Marseille-Rouen, c'est quand même beaucoup plus compliqué que ne l'était Arcachon-Paris.

Silence. Un rire gêné, à peine audible. Il bredouille quelques excuses pour le dérangement, je lui réponds que je le laisse, je dois me préparer à sortir, Paris c'est la folie, tellement de fêtes que je dois en refuser. Je raccroche. Je regarde les cinq lettres, submergée d'une haine et d'une rancœur sans précédent. En appuyant trop fort sur les touches, je sélectionne lentement CONTACT – SUPPRIMER – VALIDER.

À cet instant, j'ai la certitude absolue qu'il fait pareil sur son téléphone, sur les six lettres que constitue mon prénom.

La certitude absolue que je n'aurai plus jamais de nouvelle de lui.

Contre toute attente, après le tremblement de terre de la photo mensongère postée par Elodie, Antoine m'a écrit, amusé de la situation. À vrai dire, je ne lui ai prêté aucune attention lorsque nous nous sommes « fortuitement » rencontrés. Mais à force de dialoguer sur le tchat, je m'aperçois qu'il a un humour fin, agréable, qu'il est intéressant, curieux, je sursaute de plaisir à chaque fois qu'il me relance. Physiquement il me semble qu'il est plutôt charmant, grand, cheveux châtains ébouriffés, une allure certaine, une intelligence dans le regard qu'il baisse quand il sourit. Il termine ses études d'ostéopathie. Quand il m'invite à boire un café, je saisis le prétexte de mes révisions pour appliquer ma stratégie habituelle : le faire courir, tester sa motivation et sa ténacité. Sans être lourd ni intrusif pour autant Antoine m'écrit régulièrement, n'insiste pas pour me voir à tout prix, me laisse imposer le rythme et mener la cadence. Voilà, tout ce que je veux, c'est avoir le dessus, garder le contrôle. Je ne me laisserai pas entraîner dans la fameuse chute vertigineuse qui nous prive de notre libre-arbitre.

Je commence un stage d'une durée de deux ans dans une importante étude d'huissiers de justice à Paris. À l'issue je pourrai présenter l'examen professionnel. Le stage me plaît beaucoup, je découvre avec plaisir un métier très axé sur la procédure, l'importance des délais et des formes à respecter. J'aime la rigueur, j'aime qu'on l'applique. Je me sens de plus en plus à l'aise dans ce rôle d'exécutante. Je me persuade bientôt que peut-être que rien n'arrive par hasard et que ma vocation était là.

Elodie a un fils. Loin d'être comblée par ce nouveau rôle de mère sur lequel elle fait peser l'espoir d'un amour éternel, elle est éplorée. Armand n'est pas rentré de Lille en catastrophe lorsque les premières contractions se sont réveillées. J'ai dû l'accompagner à la maternité et oh mon Dieu, lui tenir la main pendant la délivrance. Huit longues heures d'enfer à me faire broyer les doigts, sécher ses larmes de rage, de déception, de douleur ou de tout ça à la fois. Le petit Arthur a fini par arriver à deux heures trente du matin et depuis, Elodie ne fait que pleurer. Elle refuse de lui donner le sein, lui reproche de l'avoir éloignée d'Armand, à cause du bébé il me repousse, je vais le perdre, je n'aurais pas dû le garder, comment je vais faire moi toute seule avec un enfant ? J'ai peur Jeanne, je suis terrorisée. Tu seras à la hauteur ma chérie, tu seras une merveilleuse mère, on n'a pas besoin d'un homme pour élever un enfant dans l'amour et la bienveillance.
Au fond je suis révoltée, mais pas surprise.
Armand n'a toujours pas vu son fils un mois plus tard et ne répond aux appels d'Elodie qu'une fois sur dix. Il n'est toujours pas question qu'elle déménage alors que ses cartons sont faits depuis des semaines. Elle est épuisée, à tel point que plusieurs fois par semaine je dors chez elle et la relaie pour le biberon nocturne. Pour ne rien arranger, Arthur est un bébé nerveux qui a dû absorber les appréhensions et les angoisses de sa mère – je devrais en parler à la mienne, elle m'éclairerait sur la mémoire prénatale de ce petit ange qui pourrit nos nuits.

Je finis par accepter l'invitation d'Antoine, nous dinons dans un restaurant vers Madeleine, chic mais pas guindé, le moment est délicieux, nous sommes rapidement complices. Mais lorsqu'il tente un rapprochement, je redeviens distante et lui demande du temps. Je teste toujours ses intentions et garde ma précieuse carapace. Après trois mois passés à me faire une cour assidue, un soir que nous rentrons d'une sortie au théâtre il me propose de monter boire un verre chez lui. J'accepte, j'ai envie de prolonger le moment, je me sens bien. Mais lorsqu'il tente un rapprochement, je le repousse doucement. Il soupire :

- Jeanne, tu n'arriveras pas à me décourager. J'attendrai des mois encore s'il le faut. Ton cœur de pierre, j'y crois pas un instant.
- Je suis désolée mais je n'ai rien à offrir. Je suis vide… Je n'ai pas un cœur de pierre, c'est vrai. J'ai un cœur de verre… il est brisé.
- Je suis bon bricoleur… Alors laisse-moi une chance de réparer l'affront. Je ne sais pas qui t'a fait souffrir mais c'est un bel imbécile. J'ai su tout de suite qu'une fille comme toi on n'en rencontre pas deux fois dans sa vie.

Il prend mon menton et m'embrasse doucement, je me laisse aller pour la première fois depuis deux ans et demi, c'est délicieux mais mon cœur bat si fort, j'ai envie de m'enfuir, me réfugier dans mon cocon familier, sans danger, imperméable au risque.

J'ai tenté pendant des semaines de le décourager et même de le dégoûter. Je lui ai posé des lapins, j'ai menti sur les raisons de mon silence, j'ai éteint mon téléphone pendant des jours, j'ai refusé de communiquer sur mon comportement. Il a tenu bon. Il a remporté haut la main la série de tests odieux et irrationnels que je lui ai imposés. Au bout de trois mois il m'a déclaré qu'il était amoureux mais qu'il ne serait pas ma victime : à moi de décider si je me lançais une bonne fois pour toutes ou si on arrêtait là.
Je me suis lancée.
Antoine m'apporte un équilibre sans précédent. Pour la première fois je laisse quelqu'un entrer dans ma sphère la plus intime, je lui

parle de la fracture en ma confiance en moi et en les hommes depuis Robin, de mes parents, de mon échec au concours. Il sèche mes larmes, me console, me rassure, me parle de l'avenir radieux qui m'attend et qui nous attend. Il a une confiance absolue en l'avenir, rien ne l'effraie. Il me donne une force surhumaine, insoupçonnée, il dévoile des ressources en moi que je sous-estimais et n'exploitais pas. Il me porte. Avec lui je sens que tout est possible.

Forte de cet équilibre mental sans précédent, heureuse dans ma vie – oui, je peux le dire - je réussis brillamment l'examen d'huissier de justice deux ans plus tard. En fait, je suis lauréate de la promotion 2013 et termine première, en tête de liste nationale. Je n'ai jamais été aussi certaine de ma valeur, de mon potentiel de guerrière, de mes capacités intellectuelles. J'ai réparé l'outrage du concours de la magistrature qui m'avait détruite, j'ai réhabilité mon label d'excellence. Je suis comme régénérée.

Avec Antoine, nous nous lassons de la vie parisienne. Voilà trois ans que nous sommes en couple et que nous travaillons tous les deux, nous envisageons d'emménager ensemble mais nous entasser dans un petit appartement à Paris nous fait nous poser de sérieuses questions. D'un commun accord nous décidons de déménager et choisissons Bordeaux, la plus parisienne des provinces. Pour sa proximité avec la capitale, la beauté de sa ville, sa douceur de vivre et parce que ma mère n'est pas très loin. Je trouve un emploi dans une importante étude d'huissiers de justice qui me promet dans quelques temps une place d'associée. Antoine s'installe dans un cabinet médical partagé avec d'autres ostéopathes et kinésithérapeutes. Ses compétences et son contact, sa bienveillance lui assurent rapidement une clientèle fidèle.

Elodie a tenté de sauver les miettes de son pseudo couple avec Armand pendant toutes ces années, s'est cognée à l'indifférence, la légèreté, les allers et venues de cet indécis égoïste. Je l'ai si souvent au téléphone éplorée, dépassée par l'éducation de son fils en solitaire, qu'elle envisage sérieusement de quitter Paris pour me rejoindre à Bordeaux. De plus, les loyers parisiens sont hors de sa portée. Courageusement, Elodie a quitté les assurances et a suivi une formation d'esthéticienne. Elle souhaiterait s'installer en province, offrir un meilleur confort de vie à son enfant. Je crois qu'elle est en train d'intégrer l'idée qu'ils ne sont pas une famille tous les trois, ni même un couple et qu'Armand ne quittera jamais Lille ni ne lui demandera pas de le rejoindre. Trois ans d'épuisement et de lutte pour tenter de persuader un irresponsable, comme je la plains. Je me félicite d'avoir trouvé une perle comme Antoine, ou plutôt qu'il m'ait trouvée et se soit acharné à me conquérir. Je me sens en sécurité, sur des rails, tout est sous contrôle, pas de place à la souffrance. Elodie me rappelle tous les jours la catastrophe que j'ai évitée, l'effort inutile que représente l'acharnement à persuader un homme immature ou allergique à l'engagement.

Un samedi après-midi, nous mangeons une glace Place de la Bourse, le petit Arthur s'amuse avec son reflet dans le miroir d'eau. Cet enfant capricieux mène une vie infernale à sa mère, il se roule parterre, l'humilie en public. Je l'observe et réalise que j'ai une petite sœur d'à peu près le même âge, une petite sœur sans doute très mignonne mais dont je ne veux rien savoir et que je ne rencontrerai jamais. Elodie me fait un de ses speech déprimés sur la lâcheté masculine, accable Armand de tous les noms d'oiseaux, m'apprend que son copain Théo demande encore parfois de mes nouvelles, je fronce les sourcils, Théo ? Ah oui, son copain le grand blond, le quatrième larron de la petite sauterie londonienne, en voilà un que ma mémoire a volontairement rayé de son disque dur. Je parcours distraitement mon compte Facebook sur mon téléphone et m'étonne de lire ce statut :
Robin Carpentier « Nouveau départ ! »
Une photo de lui devant l'opéra de Sydney, reconnaissable par son architecture design en forme de voiles sur le port australien.

Devenue sourde, je ne réponds plus à Elodie, elle se penche sur mon épaule :

- Et bin, il fait pas semblant, moi quand j'annonce un nouveau départ c'est parce que je me suis coupé les cheveux et que je tente de m'auto-persuader que je ne recommencerai pas pour la centième fois les mêmes conneries.

Je ne l'entends plus. Ça me fait bizarre de le voir, photo coupée au buste, en chemise, lunettes de soleil, sourire cœur et fossettes, carré, beau, inchangé. Mais je ne ressens étrangement rien de plus. Pas de curiosité – combien de temps, pourquoi, avec qui ? Robin n'avait rien posté depuis des années et je n'avais pas tapé son nom depuis tout ce temps. Indifférente, je le supprime de ma liste d'amis. « T'es sûre ? » s'enquiert Elodie. Je hausse les épaules. Il n'a jamais cherché à me contacter depuis tout ce temps, quel besoin ai-je de connaître ses faits et gestes ? Je suis reconstruite, j'ai atteint un point d'équilibre et d'indifférence solides.

Je coupe le dernier lien qui me rattache à lui, la dernière fenêtre sur sa vie, soupire de soulagement, regarde le petit Arthur sauter à pieds joints dans les flaques. Que la liberté est douce.

IV

Antoine a réservé un restaurant chic dans une institution bordelaise. Je suis surprise à l'entrée lorsqu'un serveur me débarrasse de mon manteau et nous indique la meilleure table près de la fenêtre avec vue sur la ville éclairée. Nous dégustons un menu gastronomique sensationnel et buvons un millésime local. Je me demande bien pourquoi une si belle soirée, la réponse ne tarde pas à arriver. Antoine pose sa main sur la mienne :

- Joyeux anniversaire ma chérie.

Comment ça ? Je suis née en septembre. Devant mon regard éperdu, il se renfrogne et précise :

- Cela fait cinq ans aujourd'hui que nous sommes ensemble.

Vraiment ? Ah mince… Je sauve la face comme je le peux, me rattrape aux branches, assure y avoir pensé ce matin puis avoir oublié. En réalité ses élans romantiques m'ennuient, je n'aime pas ce côté excessivement fleur bleue, il me renvoie une image de moi froide et antipathique. Je culpabilise de ne pas ressentir ce même émoi niais. Antoine sort un écrin de sa poche, j'espère encore ce que ce soit des boucles d'oreille, mais il découvre un solitaire étincelant.

- Veux-tu m'épouser ?

Bien bien bien… Il serait temps qu'un serveur nous interrompe, que mon téléphone sonne, que quoi que ce soit vienne à mon secours, j'ai horreur des surprises, je lui en veux, il aurait pu m'en parler, me mettre la puce à l'oreille, je me serais organisée, j'aurais préparé une réaction de façade. Son sourire et ses yeux amoureux attendent une réponse dont il ne doute pas. Je ne réponds toujours pas, paralysée. Je bégaie que je suis sous le choc, que j'ai horreur de l'imprévu et qu'il me connaît assez pour anticiper ce genre de réaction décevante. Il est triste, réplique que c'est dans la logique des choses, nous sommes ensemble depuis longtemps, il faut avancer, passer des étapes, construire. Il me reproche ma froideur, mon manque de sentimentalisme, de ne jamais lui faire de surprise. Je lève les yeux au ciel : je déteste qu'il se comporte en femmelette, j'ai l'impression d'être l'homme de ce couple, pourquoi accorder tant d'importance à des détails mignons, à de petites attentions inutiles ?

Le repas se termine dans une ambiance glaciale et un silence de plomb. La communication reprend une fois chez nous, il doute de mes sentiments, réclame des preuves, se met à pleurer devant mon absence totale de réaction, mon visage est inchangé, je n'ai même pas peur qu'il parte, il en est bien incapable, trop amoureux et dévoué qu'il est. « J'ai souvent l'impression que tu t'ennuies avec moi Jeanne ».

La nuit est longue, je ne dors pas, seule dans le lit, Antoine a préféré le canapé. Pourquoi fallait-il qu'il brise ce long fleuve tranquille, qu'il me mette face à ma lâcheté ? Je réalise que j'ai depuis de longues années étouffer ma culpabilité et la vérité, que je reste à ses côtés par sécurité, par confort, pour la garantie précieuse qu'il ne me fera jamais de mal. Est-ce que je m'ennuie ? Oui, nuit et jour, je ne vibre pas, je ris peu, mais ce coma émotionnel me va très bien, je ne demande rien d'autre que prolonger ce long sommeil. C'est malhonnête envers lui, peut-être, oui. Mais je n'ai rien de mieux à offrir, il était averti lorsque l'on s'est connus. Quelques jours plus tard, je n'arrive pas à mentir, je ne parviens pas à le rassurer, lui dire que je l'aime, encore moins à accepter sa proposition.

Il préfère s'en aller.

À l'unisson, Elodie et ma mère me tombent dessus. Je suis inconsciente, irresponsable, j'ai perdu une perle, j'ai laissé filer l'amour de ma vie, quel autre homme m'acceptera telle que je suis, psychorigide et froide comme une tombe ? Elodie en pleurerait, tu ne te rends pas compte de ta chance, un homme prêt à s'engager qui te respecte, te met sur un piédestal, tu crois que ça court les rues ?

Qu'est-ce que tu cherches au juste ? Vibrer comme une adolescente, vivre la passion ? Non, au contraire, cet ennui mortel m'allait très bien, je ne demandais rien, j'étais anesthésiée et heureuse de l'être, mais pousser le mensonge jusqu'à me marier était au-dessus de mes forces. J'aurais pu continuer longtemps dans l'auto-persuasion s'il n'y avait pas eu cette demande. Il a tout gâché.

Plusieurs mois s'écoulent, l'hiver est long, j'aime bien ma vie cependant, mon travail me plaît même si j'ai du mal à m'intégrer dans l'équipe, je sais qu'on me trouve distante. Je sais aussi que je fais un bon huissier de justice, je peux faire preuve d'empathie dans certaines situations, je cherche des solutions, mais j'aime aussi que l'on applique les règles, que l'on obéisse à la loi. Mes sorties se réduisent aux réunions professionnelles, je rencontre des trentenaires, des intellectuels qui me proposent des dégustations de vins ou des vernissages dans des galeries d'art. Parfois j'en ramène un chez moi mais je mets rapidement des barrières, je sors d'une longue relation, pas envie que l'on me réclame à nouveau un engagement au-dessus de mes forces. Je déçois expressément les attentes et me réjouis de ma sereine liberté. Elodie ne me comprend pas, me juge, je ne suis plus si jeune, je n'ai donc pas envie de construire une famille ? Moi qui étais si attachée au modèle « classique » de réussite, mariage bébé, je n'ai pas peur de voir ma réserve ovarienne diminuer de jour en jour ? J'ai quand même bientôt trente-deux ans ! Bizarrement, pas une fois durant l'hiver je ne suis tentée de rappeler Antoine, céder par facilité, ne plus me sentir seule dans le lit. J'ai effacé cinq années de ma vie avec une aisance stupéfiante. À croire que je les ai survolées en touriste, que j'étais là sans y être, comme si je m'étais observer vivre en automate en guettant le moment du réveil.

Je sors de la station de métro "Les Chartrons" et remonte le Cours de la Martinique d'un pas vif, une habitude que j'ai gardé de mes années parisiennes. Je ne prends pas le temps de flâner dans le joli quartier bordelais. Juin écrase d'une chaleur étouffante le centre-ville, je rase les murs pour marcher à l'ombre, agile comme un chat. Je tourne à droite dans une ruelle adjacente et sonne chez Elodie. Le haut-parleur grésille :

- Je t'ouvre !

J'entends nettement les cris de son fils en arrière-plan. Je lève les yeux au ciel et m'arme de courage. Son petit Arthur n'est pas une partie de plaisir, sa mère le gâte beaucoup trop pour pallier l'absence de père. Une pluie de peluches et de jouets s'abat sur moi tandis que j'entre dans l'appartement d'Elodie. Celle-ci est en train de ramasser vainement les paquets de crayons qui minent l'entrée de pièges glissants. Elle est vêtue d'un legging délavé et a relevé ses cheveux sales sur sa tête avec une pince à cheveux.

- Arthur ! Dis bonjour à Tata Jeanne !

Dieu merci je ne suis pas de la même famille que ce petit monstre qui a le nez qui coule douze mois par an. Je ramasse un nounours et quand Elodie a le dos tourné, le jette sur Arthur. Celui-ci, surpris, hésite entre pleurnicher et éclater de rire. Il ne sait pas si je joue. Moi non plus.

Elodie s'agite toujours en toile de fond, la télévision hurle ses publicités assommantes à travers l'appartement. Je détaille mon amie du regard alors qu'elle revient avec un balai et une pelle. Elle autrefois si belle si pulpeuse n'est plus qu'une ménagère dépassée par les mauvais choix de sa vie. Où est passée la femme fatale qui même pour descendre acheter son pain se réhaussait sur ses talons aiguilles et faisait tourner toutes les têtes sur son passage ? J'observe son ventre de grossesse qui fait des plis sous son débardeur, ce ventre qu'elle n'a jamais perdu. Pourtant Elodie reste incroyablement belle avec ses grands yeux verts cernés de fatigue.

- Arthur, tu montres à Tata ton nouveau lit de grand ? Dit Elodie en m'embrassant rapidement.
- Ah ? Fais-je en simulant le plus grand intérêt.
- Arthur rentre au CP à la rentrée, m'explique pour la centième fois Elodie. Alors tu vas voir, il a un lit de grand !

Je suis l'enfant surexcité dans sa chambre, contourne un rail de train miniature et un tippie d'indien.

- Waouh ! Et tu n'as pas peur de dormir dans ce grand lit ? Dis-je. Il pourrait y avoir un monstre dessous...

Arthur hésite, Elodie me fait un signe de tête signifiant : "Pitié, ne lui mets pas des idées en tête !". Je m'assois sur le petit lit une place et soulève la couette. Alors je reste interdite, soudain plongée dans une rêverie amusante. J'explose d'un rire bruyant, oubliant que je ne suis pas seule. Elodie me demande ce qui me fait rire ; alors je me sens un peu bête, interrompue dans un souvenir lointain, encore pensive je balbutie :

- Ce drap-housse à motif de girafes est parfaitement ridicule.

Arthur commence à pleurnicher, vexé, et Elodie me dévisage, incrédule :

- C'est le lit d'un enfant de six ans, Jeanne !

J'explose de rire, hoquetant :

- Oui tout à fait ! C'est ça ! D'un enfant de... six ans !

Mon fou rire s'accentue alors que le petit pleure maintenant franchement, son nez dégoulinant jusqu'à sa lèvre supérieure. Je sèche mes yeux, reprends le contrôle de mon souffle et entraîne Elodie dans la cuisine pour qu'elle m'offre un café. Je sens que celle-ci est fâchée. Elle a posté son fils devant un dessin animé pour que l'on puisse avoir la paix un moment.

- Jeanne sérieux, qu'est-ce qui t'a pris de rire comme ça ? Tu m'as fait flipper. C'était méchant.

J'hésite, tourne la cuillère dans ma tasse de café et avoue finalement les yeux baissés, un sourire en coin :

- Tu te rappelles de Robin ?
- Evidemment, comment l'oublier... ça faisait des années que tu n'avais pas prononcé son nom.
- Tu me crois si je te dis qu'il avait exactement les mêmes draps avec des girafes ?

Alors que je recommence à me secouer de rires, Elodie me regarde d'un air inquiet :

- Et... ?
- Rien, dis-je en riant toujours. Ça m'a fait comme... une réminiscence. Un choc psychologique. J'avais enfoui ce mec

au fin fond de ma mémoire...

Bon... dit Elodie, mal à l'aise. Ça va toi ? Quoi de neuf, les amours ?

Elle tente de changer de sujet mais je le balaie immédiatement d'un geste évocateur :

- Rien d'intéressant.

Elodie soupire, s'allume une de ces cigarettes fines au goût mentholé et va ouvrir la fenêtre :

- Personne n'est assez bien pour toi Jeanne...

Je balaie la fumée d'un geste évocateur, elle sait que j'ai horreur de la voir gâcher sa santé, comme si elle avait abandonné toute volonté de se prendre en main.

- Ecoute Elo, je ne rencontre que des mecs gentils mais ennuyeux ou sympas mais pas assez cultivés...
- Tu as le temps de faire des rencontres, vraiment ? Me sonde Elodie d'un air sévère comme si mon entier bonheur ne reposait que sur cette variable. Depuis que tu bosses dans cette étude d'huissiers, tu fais des heures de dingue. J'ai l'impression que tu te réfugies à corps perdu dans le travail.
- Ne t'inquiète pas pour moi s'il te plaît ! Dis-je d'un ton ferme pour clore le sujet.

Mais à son regard, alors qu'elle emporte les tasses pour les déposer dans l'évier, je sens que mon cas lui cause un grand souci. Pourtant quand je vois sa vie, je me dis que ce n'est pas une fin en soi de devenir mère à tout prix. Se ranger le plus rapidement possible comme pour se sortir d'affaire m'effraie beaucoup. Elodie semble avoir précipité certaines étapes cruciales de sa jeunesse et le payer aujourd'hui. Enfin, sa maternité la comble, du moins c'est ce qu'elle prétend. Mais les hommes... restent la grande problématique de sa vie. J'ai mal au cœur parfois, quand je repense à notre insouciance, notre jeunesse, son rire tonitruant de sorcière des mers que je n'ai pas entendu depuis tellement longtemps. Eteinte, surmenée, résignée, telle est mon Elodie aujourd'hui.

- Si Arthur se réveille en pleine nuit parce qu'il y a un monstre sous son lit, je te préviens Jeanne je serai sans pitié, je t'appelle immédiatement.

Cette nuit-là, je rêve d'un mort. C'est l'effet en tout cas que cela me fait. Un souvenir si proche de la réalité qu'il en est troublant. Je ressuscite un souvenir enterré il y a presque une décennie. Voyage dans le temps, le film rembobine, c'est moins un rêve qu'un souvenir d'une netteté effrayante, je suis projetée sur la côte Atlantique sur une plage d'Arcachon, le vent me fouette le visage, je mets ma main en visière et j'observe, tout sourire, les exploits de Robin en kitesurf. Il tire sur ses bras moulés dans sa combinaison, maîtrise le courant brutal de l'air et glisse sur sa planche à toute vitesse. Je le prends en photo, amusée et admirative. Lorsqu'il ramène sa planche jusque sur la plage il me sourit, creuse ses fossettes, l'éclair d'enfance de ses yeux me transperce. Il secoue la tête pour sécher ses courtes mèches brunes trempées qui lui tombent sur le front. Je lui montre les photos que j'ai faites, je reçois des gouttes d'eau glacée sur mon épaule sur laquelle il se penche.

- Prête pour l'initiation ?
- T'es fou, c'est beaucoup trop difficile.
- C'est vrai qu'il faut avoir de bons bras pour tenir la voile contre la force du vent. Fais voir ?

Il tâte mon bras fin comme un spaghetti, je ris.

- Je n'ai même pas de combinaison. L'eau a l'air gelée !
- Allez, ça suffit les excuses.

Il me soulève du sol, je crie pour la forme mais me laisse emporter jusqu'au bord de l'eau. Là, je soulève ma robe, je cache mes tremblements, je sens qu'il me regarde me dénuder. On avance vers l'eau, je pousse de petits cris aigus quand les vagues viennent emprisonner de glace mes chevilles. Il prend ma main pour m'empêcher de céder à l'envie de faire demi-tour. On avance et l'eau me gagne jusqu'au bassin. Là, il me montre la position que je dois prendre, pose ses mains sur ma taille pour m'aider à monter. Il met la barre entre mes mains et déjà, je sens la puissance du vent qui me contraint à résister de toutes mes faibles forces pour ne pas être emportée. Il rit, me donne encore quelques consignes et me lâche. Je glisse un mètre ou deux peut-être et m'écroule dans l'eau, vaincue par le vent.

Je me sers une grande tasse du très mauvais café que l'on boit à l'étude. Pas de machine sophistiquée ici, le budget se restreint à une vieille cafetière qui fait du café américain bas de gamme. Je noie un demi-sucre dedans pour adoucir son amertume. Tous les matins quand j'ouvre mes mails, j'ai besoin de ce carburant dans mon moteur.

Je dévie cependant rapidement de ma lecture professionnelle et ouvre le navigateur internet. Je me connecte à Facebook. Qu'est-ce qu'il a bien pu devenir ? Robin Carpentier. Le rêve de cette nuit était si perturbant, envie de savoir ce à quoi peut bien ressembler sa vie aujourd'hui. Sans projet précis ni idée en tête. Je l'ai malheureusement supprimé de mes amis il y a quatre ans. Aujourd'hui je le regrette aussi amèrement qu'est infecte ce café. Son profil est totalement privé. Sa photo est inchangée depuis que je l'ai connu il y a dix ans. Non… dix ans déjà ? Que faire, le redemander en ami ? Louche, après tout ce temps. Lui envoyer un "bonjour" sur Messenger ?

Non, pas trop vite. Cherchons d'abord à savoir ce qu'il est devenu. Une recherche Google me noie de résultats : Carpentier est un nom très répandu. Robin n'a pas de compte professionnel sur le site LinkedIn. La question professionnelle est un vrai mystère. Quand je l'ai connu il était ostréiculteur dans le Bassin d'Arcachon mais il rêvait de s'arracher à ce destin. Il était bon en maths. Et après ? Peut-être qu'il n'a jamais quitté son père et qu'il fait toujours ce métier, même numéro de cabane de pêcheur. La dernière fois qu'il m'a donné des nouvelles, il était à Marseille : en vacances ? En reconversion ? À la fac ? Je me maudis d'avoir été si stupidement fière, je ne relançais pas la conversation et m'interdisais d'en savoir plus sur lui pour ne pas repenser à cette histoire. Puis il y a eu cette photo en Australie. Je m'en rappelle. *Nouveau départ*. Je ne trouve rien sur le site Société.com, il n'est donc pas gérant d'entreprise. Je me ronge un ongle, songeuse. Je me connecte à Instagram sur mon téléphone et cherche toutes les combinaisons de noms et diminutifs possibles. A l'évidence Robin n'est pas très branché réseaux sociaux. Je soupire, à court de ressources.

Les semaines passent et mon enquête n'avance pas du tout. Parce que c'est bien une enquête que j'entame, je ne peux minimiser l'intérêt qu'a réveillé en moi ce rêve troublant. Je suis résignée à tasser à nouveau les souvenirs, taper dessus assez fort jusqu'à ce qu'ils s'aplatissent et disparaissent dans un recoin de ma mémoire. La seule explication en toute vraisemblance est qu'il est mort. Quel individu en 2019 n'a ni Facebook ni Instagram ? Un marginal, un solitaire ou un mort. Et de ce que je me souviens, Robin était extrêmement sociable, même trop. Je me disais que je ne l'aurais jamais que pour moi ; qu'il faudrait toujours le partager avec ses amis, trop nombreux, trop présents. Il aimait faire la fête. Il avait un penchant pour l'alcool. Il s'est peut-être tué en voiture un soir qu'il rentrait de soirée.

J'accepte et intègre de plus en plus l'idée de sa mort, me persuade de scénarios inventés de toutes pièces par ma propre imagination, jusqu'à les croire si vrais que les histoires que je me raconte me tirent les larmes. Au bureau je suis tellement sombre que Chantal ma collègue de bureau me demande si ça va. Cette vieille bique veut toujours tout savoir. Je réponds sincère et grave : "J'ai perdu un proche". Je gagne la paix. Une bulle de silence qui me permet de m'installer confortablement dans mes idées noires et mes certitudes morbides. Mon humeur m'isole, je gagne en tranquillité, je peux dans le silence invoquer mes souvenirs et m'y plonger plus profondément.

Un sentiment de gâchis, un goût de pas assez me titille sans cesse. Plusieurs fois il m'a recontactée, certes très maladroitement et sans jamais proposer quoi que ce soit de clair, mais je n'ai jamais saisi sa perche, je me suis drapée dans ma fierté et dans la facilité de ne pas rouvrir la brèche. Coupable, je me réfugie dans le travail.

Huissier de justice est un étrange métier, très ingrat mais fort utile : on déteste l'huissier jusqu'au jour où l'on a besoin de lui. S'immiscer dans la vie des gens, les traquer, les poursuivre, est un jeu du chat et de la souris qui m'amuse beaucoup. Je prends un plaisir délicat à bloquer des comptes bancaires ou à forcer une serrure pour expulser un locataire qui ne paye plus ses loyers. Quand un débiteur m'insulte au téléphone, me demande comment je peux exercer un tel métier, je lui réponds avec aplomb : "Monsieur, il faut de tout pour faire un monde !". Ce côté autoritaire ne s'accorde pas forcément avec ma silhouette, d'autant que je parais moins que mon âge. Pourtant je ne manque pas de crédibilité, car mon caractère tranché ne laisse pas de place à la négociation amiable.

Les larges investigations que pratiquent les huissiers de justice vont, je l'espère, me permettre de localiser Robin. Je crée un faux dossier dans le logiciel et lance une recherche d'envergure auprès de tous les organismes administratifs : la CAF, Pole Emploi, le Trésor Public, la Sécurité sociale, La Poste... je finirai bien par obtenir une adresse, un numéro de téléphone, un employeur, peu importe, un début de piste. Mais pour que ces organismes acceptent de fournir ces informations privées, il faut fournir le jugement en vertu duquel la personne est condamnée. C'est là que je dépasse réellement les bornes. Moi qui ai un sens extrême de la justice, qui n'ai jamais dépassé en dehors d'un passage piéton, je commets pour la première fois de ma vie un acte illégal. Je choisis une ordonnance d'injonction de payer au hasard dans mes dossiers en cours. Je le photocopie, efface au blanco le nom du débiteur, fais un petit montage copié-collé du nom de Robin Carpentier préalablement imprimé sur une feuille vierge, je scanne à nouveau le nom : j'obtiens mon faux titre exécutoire. Je me hâte, j'ai peur que la vieille chouette de Chantal qui vérifie toujours mes faits et gestes penchée sur mon épaule se rende compte d'une anomalie. Mais non, je l'entends à la photocopieuse raconter ses vacances en Corse. Formidable, très beau oui, très chaud l'été, il vaudrait mieux y aller hors saison, tout est très cher… Tremblante d'être découverte (mais qui au bureau pourrait soupçonner une telle intrigue surtout venant d'une collaboratrice extrêmement à cheval sur les règles et rigoureuse ?), je me hâte d'envoyer les demandes aux administrations et supprime immédiatement après toute trace de ce faux jugement. Je déglutis, blême, réalisant qu'au début de ma carrière d'officier ministériel je viens de me rendre coupable d'un faux... Je prends un risque invraisemblable pour un fantôme qui m'a oubliée depuis une décennie. Faut-il que je sois folle ou que ma vie soit d'un ennui mortel au point de prendre des risques aussi inconsidérés.

Lancée dans ma dynamique irraisonnable, j'interroge le fichier national des comptes bancaires en renseignant sa date et son lieu de naissance. Je me rappelle parfaitement que Robin est né une semaine avant moi, le vingt-et-un septembre 1984 à Arcachon. Je n'ai pas oublié que son anniversaire m'a à l'époque servi d'alibi pour le recontacter et passer la plus belle nuit de ma vie. Une semaine plus tard, pour mon anniversaire, le vent avait tourné de la pire manière et je n'étais plus rien à ses yeux qu'une ex envahissante et hystérique. Je lance donc mon enquête bancaire pour obtenir des renseignements. Il n'y a plus qu'à attendre quelques jours...

J'attends toujours les retours de mes demandes d'informations, j'essaie de me concentrer sur mon travail mais le moindre email reçu m'injecte un coup d'adrénaline en intraveineuse. Chez moi le soir j'alimente l'obsession, je me replonge avec plaisir dans mes souvenirs comme si je relisais mon roman préféré quelques années plus tard : je connais l'histoire mais j'en retrouve avec bonheur les protagonistes, l'ambiance, les couleurs décrites, les émotions qu'elle me procure. Je retrouve un disque dur externe étiqueté de cette année-là. Je l'insère dans l'ordinateur et constate avec un pincement au cœur qu'il y a un dossier d'images intitulé "Robin". J'étais tellement amoureuse. J'ai un élan de pitié pour celle que j'ai été. Une victime d'un été idyllique avorté prématurément. Je l'ouvre, passe en revue les quelques photos de lui. Sa beauté et sa fougue me sautent au visage. Je déterre les tubes qui enflammaient la piste lors de l'été 2009, écoute George Harrison après l'avoir fait taire des années.

Septembre arrive comme un traître alors que j'avais perdu la notion du temps. Je ne suis pas fière de mon été : je l'ai passé à travailler comme une acharnée et le soir, au lieu de sortir et profiter, je me suis enfermée dans mes rêveries. Je reçois le retour de mes investigations et le résultat est décourageant. Il n'a jamais été inscrit à Pole Emploi, ne touche pas la CAF, n'a pas d'employeur connu et aucun compte en banque. Comment peut-on ainsi passer entre les mailles du filet administratif ? Robin a disparu des radars, s'est perdu dans le triangle des Bermudes. Il semblerait que Robin soit bel et bien parti vivre à l'étranger et n'ait plus de lien avec la France. Reste la probabilité de son décès, théorie à laquelle je crois de plus en plus.

Au fond, je sais qu'il me reste une ultime piste à explorer. Est-ce que je vais vraiment oser ?

- Mais tu es complètement cinglée ma parole Jeanne, à quel moment qui m'a échappé tu as totalement vrillé ?

Je rentre du bureau, les bruits du trafic couvrent le savon qu'Elodie est en train de me passer au téléphone. Je laisse se calmer les cris et les klaxons :

- Tu m'accompagnes oui ou non ?
- Pourquoi tu n'y vas pas seule ?
- … J'ai peur.

C'est vrai, j'ai peur de retourner à Gujan-Mestras, de retourner sur les traces du passé, peur que tout remonte à la surface, frais comme si ça datait de la veille, peur de ce que je pourrais apprendre sur Robin. Et honte, aussi.

- Elodie, je te tenais la main oui ou non quand tu as accouché de ton marmot ? Oui ou non ?
- Sérieusement, tu compares la naissance de mon fils au fantôme d'un ex qui t'a oubliée depuis dix ans ?

Je soupire.

- J'ai besoin d'aller au bout.
- Pourquoi ? Qu'est-ce que tu cherches Jeanne ?
- Je ne sais pas.

C'est la vérité. Je ne sais pas à quoi rime ce cirque. Simple besoin de pimenter mon existence ? Excitation de convoquer les morts autour d'une table pour voir s'ils vont frapper trois coups ? Peut-être le besoin d'obtenir une certitude, celle qu'il a refait sa vie et m'a rayée de la surface de sa réalité, mettre un point final, ne plus jamais rêver de lui, ne pas nourrir de regret. Avoir une explication, dans le meilleur des cas et s'il y en a une. Au fond, je n'espère même pas le revoir, encore moins qu'il puisse s'en émouvoir. Je n'en ai pas le moindre espoir, ça n'arrive que dans les films.

- Bon OK je t'accompagne, soupire Elodie. Mais sache que je ne cautionne pas du tout que tu réveilles les morts comme ça. Tu t'es fait assez de mal avec ce type. Tu as mis des années à t'en remettre. Promets-moi qu'une fois que tu as satisfait ta curiosité tu en restes là et tu passes à autre chose.

Je promets, mais j'ai croisé les doigts.

Nous passons embrasser ma mère dans sa maison. Elle est ravie de nous voir. Elodie et elle s'entendent à merveille et je sais qu'elles s'appellent parfois pour échanger leurs inquiétudes à mon sujet ; elles me pensent inapte à toute relation. Pire, je sais qu'elles trouvent que je me suis radicalisée, année après année. Mon cœur est encore plus dur, plus impénétrable que quand j'avais vingt ans. Elodie lui montre des photos d'Arthur, comme il a grandi, oui, il est sage ? Pas trop, il a son petit caractère. Elodie s'intéresse de plus en plus à l'astrologie, aux intuitions, prétend avoir des prémonitions, ce qui me fait rouler les yeux au ciel. Elle suit même des stages qui lui permettent d'entrer en communication avec les animaux, ce qui me fait pouffer de rire. Quand elles commencent à partir dans leur délire, je décroche de la conversation et baille aux corneilles. Parfois je jalouse Elodie, j'imagine que ma mère regrette de ne pas avoir eu une fille plus simple, moins complexe, plus proche de ses centres d'intérêt. Allez Maman on te laisse, on va se balader. Ça fait une éternité que je ne me suis pas promenée dans le Bassin. Chose que ma mère ne comprend pas puisque j'habite si près. Les Bordelais ont pour habitude de s'échapper au bord de mer le week-end, envahir Cap Ferret, manger des huîtres vers la Dune du Pilat. Cent fois Antoine m'a proposé ce parcours classique pour une échappée mais j'ai tantôt prétexté ne pas aimer les huîtres, ne pas savoir faire de vélo ou avoir le mal de mer.

À Gujan-Mestras le doute m'envahit. Je roule doucement, attentive aux passants. Je pourrais croiser une tête que je reconnais. Ou un pick-up familier. Je chasse l'idée. Il doit y avoir bien longtemps que Robin n'a plus cette voiture, d'ailleurs je ne pense pas qu'il vive encore ici. Je n'ai pas de mal à repérer la cabane et le parc à huîtres ou lui et son père travaillaient. J'hésite un instant dans la voiture, Elodie me presse, on n'a pas fait tout ce chemin pour repartir. Je remarque un homme d'une quarantaine d'années affairé à travailler. Sur la devanture, le nom a changé. Je pense que le père de Robin doit être à la retraite désormais, et que ce type doit être le repreneur. Ce n'est donc pas son fils qui lui a succédé. Je fais demi-tour, sous les questions insistantes d'Elodie, quel est ton plan, on va où ? « Chez lui. »

Je me rappelle assez bien le chemin, mon cœur bat la chamade quand je me remémore la première fois que j'ai découvert sa chambre dans l'arbre, Robin conduisait le pick-up sous une tempête de pluie, nous allions faire l'amour pour la première fois. Ensuite, il y a eu toutes les suivantes, puis les retrouvailles, puis le désastre. Je m'engage dans le jardin, le cœur haletant. Si Robin surgit, qu'est-ce que j'improvise ? Mais il ne sort pas. À la place son père, échine courbée, cheveux clairsemés, yeux perçants, se présente sur le palier. Plus le choix. Je descends, m'approche de lui :

- Bonjour… je suis une amie de Robin… Est-ce qu'il est là ?
Il me dévisage avec une telle insistance que je suis infiniment mal à l'aise. J'hésite à sauter dans ma voiture et démarrer en trombe. Il ne semble pas avoir compris ma question, je vais la répéter, il décrypte mon visage :

- Je te reconnais, tu es la fille de l'été où il a été si malheureux.
Je reste sans voix.

- Il n'est plus là Robin. Depuis longtemps.

Je bégaie des condoléances, choquée, mais il précise :
- Il vit au Canada. Mais il était là la semaine dernière, tu l'as manqué.
- Ah oui ?
- Oui. Il est venu se marier.

Coup de poing dans la poitrine. Les bras ballants, je fais un signe vague qui signifie « tant pis », je ne sais pas quoi dire de plus, vais faire demi-tour, mais il me demande :
- Tu as des nouvelles de lui ?
- … Non…
- Il serait en voyage de noces en Corse pour trois semaines. C'est ce qu'on m'a dit.

Je ne comprends plus rien, il n'était pas à son mariage la semaine dernière ? Pourquoi semble-t-il espérer autant de nouvelles de ma part que moi de la sienne ? Le vieux soupire :
- Je suis malade. Alzheimer. J'ai de plus en plus d'absence. Désolé.

Je le remercie et ne sachant plus quoi dire, je rebrousse chemin jusqu'à la voiture. Sonnée, je démarre et conduis sans voir la route.
- Alors ? Alors ? Jeanne, sérieux, tu vas répondre ? Il t'a dit quoi ? Tu avais raison ? Il est mort ?
- C'est tout comme.

J'erre ce soir dans les rues de Bordeaux alors que les derniers feux de l'été indien enveloppent de chaleur et de volupté les terrasses des cafés. À la lueur des réverbères et des restaurants, des couples, des amis partagent un verre, un dîner. Je marche en regardant mes pieds, tout ce bonheur ne me parvenant de très loin, en écho, que pour me heurter. Je me sens étrangère à cette insouciance, interdite à cette légèreté. Les tintements des verres, la basse des voix des hommes et les éclats aigus du rire des femmes se choquent à moi. Je devine tous les éléments de cette nuit de fin d'été sensuelle et chaude. Je marche au milieu de ceux qui rentrent chez eux ou rejoignent des amis, main dans la main, ils me dépassent sans me voir, ombre de la rue. Je suis plus séparée d'eux, plus perdue dans mes pensées que jamais, le bruit confus m'assomme et m'enterre. Je lève les yeux du pavé et ces sourires m'éclatent à la face. Ces décolletés, ces longues jambes croisées sous les tables, ces jeux de regard m'inspirent un dégoût sans nom ; tant de perfidie, de stratagèmes de séduction que les femmes déploient, pour quoi, pour qui ? Le mâle qui mord avec plaisir à l'hameçon, entre dans le jeu, trinque les yeux dans les yeux, tout près, le sourire du futur vainqueur au coin des lèvres. Et toute cette parade amoureuse vieille comme la nuit des temps me déprime, je tourne la tête, exclue de ce bonheur insouciant, je rentre chez moi, la douleur au ventre.

Je cherche le sommeil, agitée entre mes draps, la chaleur étouffante et les derniers tintements de verre me parviennent par la fenêtre restée grande ouverte. Les heures défilent, torturantes, puis mon corps finit par sombrer quelques heures, engourdi et pesant. Mais au petit matin, avant même que je n'ouvre les yeux ni n'allume la lumière, la pensée me revient comme un coup de couteau, m'opprime la poitrine. S'endormir sur un malheur nous réveille bien mal, le corps semble avoir absorbé les mauvaises pensées, les avoir intégrées à notre peau et à nos chairs. Le malaise a pris corps, s'est installé tout entier à nous, la tête est lourde et chaque mouvement pour sortir du lit pèse une tonne. Pourtant j'aime dormir, car je rêve de lui. Je vole quelques instants auprès de lui. Quand ma conscience s'éveille et que l'imagination s'évapore, la réalité qui reprend sa place me tord et se répand comme un poison.

Le coup porté est décidément dur à encaisser. Pas une seconde je n'avais envisagé cette possibilité, comme si à l'évidence lui non plus n'avait pu construire et avancer durant toutes ces années. Comme si lui aussi était resté bloqué sur cet été idyllique, idéal insurpassable. Quelle idiote. Je maigris, je travaille comme une dingue, dors peu. C'est comme une seconde rupture. Cette fois je dois renoncer à lui pour de bon, pour toujours.

- Jeanne, vous avez une mine terrible !

C'est mon patron qui vient d'entrer dans mon bureau et me surprend, la tête migraineuse entre les mains.

- Vous n'avez pas pris de congé de l'été, me réprimande-t-il. Vous avez accumulé presque trois semaines de congés à poser ! Vous en faites trop. Posez vos congés avant la fin de l'année, c'est un ordre.
- Mais Maître, j'ai énormément de travail et...
- Personne n'est irremplaçable, tranche-t-il. Je préfère que vous preniez un peu de retard plutôt que de faire un burn-out. Partez !

Je soupire. Des vacances ? Pour aller où ? Je n'ai personne avec qui partir. Rentrer chez ma mère ? Insupportable. Là-bas, chaque minute qui s'écoule est comme un grain dans un sablier qui me ramène au désert de ma vie. Tout me rappellerait à lui, je serais comme un revenant qui erre sur les lieux d'une époque révolue. Partir avec Elodie et son fils ? Non, pas le courage de jouer les nounous et aucune envie de me plier au rythme du petit. Si seulement elle était aussi libre que moi, nous partitions sur les routes, au hasard, comme quand on avait vingt ans. On s'autoriserait des moments futiles et immatures, on irait s'étourdir en soirée et on choisirait un homme sans intérêt pour nous consoler.

Je m'écroule sur mon canapé. J'observe le chaos qui règne dans mon salon. Des vêtements s'amoncellent sur tous les meubles, la table de la salle à manger est jonchée de vaisselle sale. J'ai tout laissé tomber. Mon téléphone sonne : Elodie.

- Jeanne ! Comment tu te sens ? Tu sais, je suis soulagée de la tournure que prend cette histoire de fantôme. Tu vas pouvoir tourner la page et regarder vers l'avenir ! C'est très positif. C'est bien que tu sois allée au bout. Il est marié, point. Pas de regret.
- Je ne suis pas allée au bout, Elo. Aller au bout, ce serait le confronter à ses souvenirs. Ce serait tenter une dernière rencontre.
- Tu recommences à délirer ? Jeanne, il vit au Canada ! Qu'est-ce que tu veux faire, le topper à l'aéroport avant son vol

retour ?

- Non... Je ne sais pas trop... dis-je pour moi-même, perdue dans mes pensées qui tournent à plein régime.

Je sens que mon pouls s'emballe, je sens qu'une idée est en train de germer à la vitesse de la lumière et que cela me pompe une énergie folle, tant je suis lasse de tout ce sommeil de retard et de toutes ces contrariétés. Au bout du fil, j'entends le clic d'un briquet qu'on allume et la bouffée d'air expirée par mon amie :

- Tu ne vas quand même pas bloquer ses comptes bancaires pour le faire réagir ?!

J'éclate de rire :

- Elle est bonne celle-là !
- Tu en serais capable, soupire Elodie. Bon, enlève-toi cette idée de la tête et vite.
- En fait, dis-je, mon patron m'impose de prendre mes congés immédiatement. Je crois que je vais partir en Corse.

Un silence me répond. Puis la voix grave de mon amie :

- Jeanne j'espère que tu plaisantes. Je te rappelle que son père à Alzheimer, tu réalises qu'il a peut-être confondu avec le mariage du voisin ? Ou que Robin est peut-être rentré de Corse il y a des mois ?

Elle soupire, excédée, impuissante :

- J'espère vraiment que tu n'envisages pas d'aller perturber un voyage de noces et confronter un homme à une ex qu'il n'a pas vue depuis dix ans.

Je ne réponds plus. Dans mes pensées, j'y suis déjà.

V

Octobre 2019

Arrivée à l'aéroport d'Ajaccio la haute saison est terminée, je n'attends pas longtemps avant d'obtenir ma voiture de location. Je dois insister pour que l'on dresse un état des lieux contradictoire, à moi la juriste on ne la fait pas ! L'accueil corse démarre décidément bien, déjà on essaie de me faire accepter les yeux fermés une voiture dont on pourra me reprocher le moindre choc daté de l'été dernier. La tête haute, je remercie le type d'un ton sec et démarre. À moi l'île de beauté. Il m'a été étonnamment facile d'identifier l'hôtel dans lequel séjournent Robin et sa femme. Hors saison, les deux tiers de l'île ferment au tourisme. Il est très difficile de louer encore un jetski ou un paddle, trouver un logement hors des sentiers battus mission quasi impossible. Où séjourneraient de jeunes mariés que je suppose beaux et riches s'ils venaient en lune de miel sur cette île ? Les forums sont unanimes, les plus belles plages sont celles de Porto-Vecchio. Sur les hauteurs, à flanc de falaise, les hôtels les plus luxueux et les plus romantiques dominent la côte est. En choisissant un standing plutôt élevé, il ne restait qu'une demi-douzaine d'hôtels possibles. J'ai appelé en me faisant passer pour Madame Carpentier et m'assurer que l'on avait bien reçu notre réservation. À la troisième tentative, j'avais localisé le nid que les tourtereaux avaient choisi.

Je suis éblouie par la lumière jaune, franche, qui se dépose sur les routes en lacets et inonde mon parebrise. Ici le beau temps dure bien après la fin de l'été. Sur les routes qui serpentent au-dessus de la côte j'admire le bleu scintillant de la mer et le rouge de la roche. Les panneaux de signalisation criblés d'impacts de balle me rappellent qu'ici, c'est la Corse. La beauté n'appartient jamais qu'en surface aux touristes. Nous ne sommes que de passage sur une terre sauvage, qu'on se le dise. Ce sentiment d'insécurité partielle, cet accueil mitigé me renvoient à l'objet de ma visite. Comment va réagir Robin en me voyant réapparaître des confins de sa mémoire ? Moi l'indésirée de ce voyage de noces, l'intruse venue perturber le bonheur tout neuf des jeunes mariés. J'exulte, excitée, piquée d'adrénaline, avide de rebondissements dans cette affaire classée sans suite une décennie plus tôt. Je ressors les vieux dossiers. Je vais écrire le chapitre final. Qu'est-ce que je suis venue chercher au juste ? La confirmation que nous n'avons aucun avenir ensemble, la certitude de pouvoir clore sans regret une histoire de vacances idéalisée ? L'indifférence dans son regard, nécessaire au deuil ? Oui, je crois que je suis en quête du point final. Prête à prendre le mur de plein fouet, à subir une dernière fois son rejet. Rentrer à Bordeaux sereine, apaisée, prête à avancer.

Toutefois… Si au contraire je rouvrais la faille, si j'insinuais le doute en lui… Non, mieux vaut ne rien espérer en ce sens. Ce que j'aimerais en mon fors intérieur, c'est trouver ma propre indifférence. Qu'il apparaisse sous mes yeux dans toute sa banalité, probablement encore beau certes, et alors ? Un homme comme des millions d'autres, un homme qui ne valait pas tout ce grabuge.

Elodie a tout tenté pour me dissuader. Elle a peur que je sois ridicule, que je revienne détruite et humiliée. « Jeanne, tu confonds tout. Ce n'est pas ça l'amour. C'est de l'obsession, du fanatisme comme on aimerait une idole de cinéma que l'on ne connaît pas du tout dans la vie réelle. Tu as créé une figure masculine idéale cousue de fil blanc sur très peu de souvenirs, tous intensifiés par une idylle de vacances trop brève. Et puis c'est de l'ego aussi. T'es tellement fière. Tu veux réparer l'affront. C'est ça que tu veux au fond. Je ne te reconnais plus, tu t'enfonces dans un délire, j'ai l'impression d'assister à ta radicalisation, tu es de plus en plus dure et entêtée. Renonce, n'y va pas. J'ai un très mauvais pressentiment. »

La route est longue car elle serpente au-dessus des falaises, je conduis prudemment perdue dans mes pensées. Et elle alors ? À quoi dois-je m'attendre ? Qui est l'heureuse élue ? Celle qui a fixé celui qui ne voulait pas s'engager ? Qu'a-t-elle de si extraordinaire pour l'avoir ainsi maté, dompté, là où j'ai échoué à le garder ? Quel talent, quelle qualité a-t-elle qui m'ait fait défaut ?
Presque trois heures plus tard j'arrive sur les hauteurs de Porto-Vecchio. Sous mes yeux émerveillés se déploient les charmes de la plage de Santa Giulia, ses roches vertigineuses plantées dans l'eau claire, sa plage presque désertée de touristes. Au détour de chaque lacet réapparaît ce mirage, ce miracle de beauté. Le GPS localise l'hôtel à quelques centaines de mètres. Mon cœur s'emballe. Je suis nerveuse. Est-ce que c'est réel ? Je vais vraiment le revoir en chair et en os, bien vivant ? J'espère arriver à l'hôtel le plus discrètement possible. J'ai besoin de me poser, réfléchir à un plan d'action, me préparer psychologiquement. Et aussi mettre en place une entrée fracassante. Si seulement j'avais emmené Elodie dans ma valise elle m'aurait maquillé à la perfection, elle aurait sublimé d'un savant coup de crayon mon regard et mon sourire. Tant pis, je ferais au mieux. Le naturel restera mon atout charme.

Sans le moindre regard pour les clients de l'hôtel qui traversent le hall marbré de blanc, aux grandes baies ouvertes sur le paysage de rêve, je fonce à l'accueil, chapeau enfoncé sur ma tête. En quelques minutes j'ai les clés de ma chambre. Je ne sais pas ce que fait Robin dans la vie aujourd'hui, mais l'argent n'a pas l'air d'être un problème. Heureusement pour moi non plus. De toutes façons, je ne devrais pas avoir besoin de m'éterniser en ces lieux. Croiser son regard indifférent, peut-être échanger quelques banalités devraient avoir raison de mes questionnements obsessionnels enracinés depuis dix ans. Sans doute demain, à la même heure, serai-je assise dans le vol retour.

Je décide que je dois avoir un coup d'avance sur eux. Je dois apercevoir Robin et son épouse avant qu'ils ne me rencontrent. Je ne veux pas être déstabilisée, perdre la face devant eux. Ainsi après une douche rafraîchissante, j'enfile une robe blanche légère, un grand chapeau blanc, j'attache mes cheveux et me poste dans l'un de ces grands canapés moelleux dans le hall de l'hôtel. Faisant mine de lire le journal, une tasse de café sur la table en marbre devant moi, j'attends un temps indéfini. Qu'ils entrent, qu'ils sortent.

Ils surgissent. La vision est un tel choc qu'il me faut cligner des yeux plusieurs fois pour accepter le message, que l'information atteigne le cerveau. Ils sont entrés sans crier gare, légers et amoureux. Robin et son sourire éclatant d'un bonheur qui n'échappe à personne. Il n'a pas changé. Pas d'un cheveu. Sa joie enfantine, son rire franc me transpercent de part en part comme une sainte extase du Bernin. Je n'arrive plus à respirer. Quant à elle… Ma gorge se noue, je peine à déglutir, submergée d'une jalousie qui me vainc. Elle est… si blonde… si candide… Une splendeur. De longues jambes fines qui dépassent d'une robe fluide, un teint frais, un petit nez mutin, des traits d'une régularité parfaite, un grain de beauté discret au-dessus de la lèvre, une blondeur scandinave. Elle boit ses paroles, avec assurance il réclame la clé de la chambre deux cent vingt-deux, il réserve une table à l'hôtel pour dîner « Ce soir ? » « Oui, ce soir. Allez viens ma colombe, allons roucouler », ils s'échappent, pressés et enlacés, gloussant de petits rires niais, le rire bête des amoureux heureux. La vision a cessé, furtive comme un éclair, terrassante comme la foudre. Envolés, les tourtereaux. Partis finir la journée enlacés dans des draps de satin, peau contre peau, seuls au monde. Je suis tellement choquée que je reste encore longuement assise à fixer la même page du journal pendant un temps indéterminé. Je prends mon téléphone portable d'une main mal assurée. J'écris à Elodie : « Elle est magnifique. Je vais rentrer. » Immédiatement, Elodie tente de me joindre. J'éteins mon téléphone. Besoin d'être seule.

Cette vision du Bonheur incarné laisse un goût amer se diffuser dans mon organisme. Le venin se répand, insidieux, diffusant le mal-être, le vide intérieur, le silence. Lentement je range les vêtements que j'avais installés dans la penderie. Je ferme boutique. Je m'avoue vaincue, déclare forfait avant même de monter sur le ring. Je ne fais pas le poids. On ne joue pas dans la même catégorie. Je l'ai, ma réponse. Robin a refait sa vie. Il est heureux. Il forme un couple digne des stars dans les magazines. Avec sa femme-trophée, ils sont invincibles. Ils se sont dit oui pour le meilleur et pour le pire, pour affronter toutes les épreuves de la vie. Il n'a plus besoin de personne. Cet été à Arcachon appartient à une vie antérieure, comme un rêve familier mais lointain, aux contours flous. Sans doute n'a-t-il plus jamais repensé à cet été-là. Sans doute n'a-t-il jamais repensé à moi. Je suis pathétique. Ma nostalgie inutilement romantique, mon cœur resté en miettes à Arcachon dix ans plus tôt, tout m'apparaît dans sa dimension grotesque. Qui vit ainsi bloqué dans le passé, à idéaliser un inconnu pendant une décennie ? Une folle, sans doute.

Je regarde l'heure avancer sur l'horloge, assise sur mon lit, vêtue d'une petite robe noire, mes cheveux lâchés au naturel sur mes épaules. Vingt heures. J'enfile une paire de talons et descends au restaurant de l'hôtel. Je vais dîner dans mon coin, expédier cette épreuve de solitude au plus vite. En passant à l'accueil, j'informe le réceptionniste que je rendrai ma clé demain matin. J'aurais pu aller dîner ailleurs ou commander un plateau dans ma chambre. Mais la part masochiste qui est en moi en redemande. Achève-moi, montre-moi encore comme tu es heureux, comme tu as avancé et pas moi. Ils sont si beaux à regarder, leur harmonie est envoûtante. On ne voit qu'eux. Assis à une table de la terrasse sur la plage, leurs mains sont entrecroisées, leur regard planté dans celui de l'autre. Ils attendent leur cocktail, dans leur bulle, indifférents aux tables voisines. Il n'y a pas grand monde. La Corse hors saison est une bénédiction. Toutes les beautés de l'île combinées au luxe d'en jouir presque seuls. Je choisis une table à l'écart, légèrement dans l'ombre. Les loupiotes de la guirlande colorée éclairent tristement le panorama qui s'offre à mes yeux. Le bruit lent des vagues qui s'écrasent, la fraîcheur de cette soirée en bord de mer me renvoient une langueur douce-amère. Je mâche lentement sans ressentir le moindre goût, blasée des éclats de rire aigus qui me parviennent en sourdine de leur table. Soudain, je vois Robin se lever et se diriger vers l'intérieur. Instinctivement, je me voûte, baisse le nez. Quand il ressort, il jette un coup d'œil vers ma table, puis un second, alors qu'il marche en direction de la sienne, je le vois hésiter, ralentir, se braquer jusqu'à heurter de plein fouet un serveur qui portait un plateau de verres vides. Le fracas me sort de ma torpeur. Robin bafouille, fait mine d'aider l'employé à ramasser, celui-ci lui fait signe que ce n'est pas la peine, Robin regarde toujours vers moi, c'est de plus en plus certain, non, en fait, il me regarde, c'est sûr à présent. Paralysé, stoppé dans son élan, les bras ballants, le souffle court. Sans doute croit-il avoir une hallucination. Qu'est-ce que je dois faire ? Faire semblant de ne pas l'avoir vu malgré le raffut qu'il a fait ? Je voudrais réagir, baisser la tête, mais mon regard est bloqué sur le sien. Lentement il s'approche, réduisant les derniers mètres de sécurité qui nous séparent. Maintenant on ne peut plus reculer. « Jeanne ? C'est toi ? ». La parole ne m'est toujours pas rendue. Il est pris d'un rire nerveux : « Tu ne me reconnais pas ? C'est moi, Robin ». Qui ? Aaaah, Robin, si, ça me revient…

- Mais c'est complètement fou, qu'est-ce que tu fais ici ? Dit-il en passant sa main derrière sa tête.
- Je suis en vacances, parviens-je à bredouiller.
- Tu es seule ?

J'acquiesce. « Et toi ? »

- Je suis en voyage de noces. Mais viens, que je te présente ma femme.

Enfer et damnation. Les gestes mal assurés je me relève, tente de maîtriser le flageolement de mes jambes, je contourne ma table et le suit jusqu'à la leur où la créature me tend sa main la plus douce, la plus fine, ornée d'une alliance doublée d'un solitaire étincelant. Elle est encore plus resplendissante de près, avec son buste élégant, son port de tête de danseuse classique.

- Britta Jönberg, dit-elle avec un accent ravissant.
- Britta Carpentier maintenant, corrige Robin.

Ils échangent un sourire complice.

- Ma chérie, je te présente Jeanne, une amie que je n'avais pas vue depuis… combien de temps ?
- Dix ans, dis-je trop vite.

Dix ans, une semaine et deux jours.

- Non, vraiment, dix ans ? Reprend Robin, absent soudain, comme s'il remontait année par année jusqu'à rejoindre ce fameux matin à Arcachon où il m'a congédiée pour toujours.
- Incroyable, commente Britta chaleureusement. Je suis très heureuse que Robin retrouve une amie de son ancienne vie.

La formule est un coup de couteau. Un point pour elle. Bonjour, je suis l'Avenir, ravie de te rencontrer, le Passé. Tu es donc sorti des oubliettes ?

- L'époque où tu étais ostréiculteur, dis-je à l'attention de Robin. C'est si loin que ça ?
- Une vie parallèle oui, confirme Robin tout en interpellant le serveur. Trois cafés, s'il vous plaît. Et un digestif, les filles ?

Nous secouons la tête simultanément du même « non ». Robin croit voir double. Je le sens déstabilisé.

- Que fais-tu maintenant ?
- Je suis ingénieur à Montréal depuis plusieurs années. On s'est rencontrés là-bas. Britta est suédoise.

Il précise sa nationalité comme on brandit un trophée. Sourire de Claudia Schiffer. Une colombe, c'est vrai, le terme est bien choisi. Un oiseau gracieux, fragile comme la vie. Elle dégage une telle ingénuité, une beauté si pure que l'on a envie de la protéger, ou de la piétiner, c'est selon. Le goût de Robin pour les filles du Nord me revient, souvenir cynique. A l'époque, c'était les étudiantes Erasmus. Je m'abstiens de tout commentaire, mauvaise.

- On est venus se marier en France pour ma famille. Je n'y rentre presque jamais. Alors pour le voyage de noces, on a choisi la Corse car on n'a pas souvent l'occasion de revenir dans le coin. Britta ne connaît presque pas mon pays natal.
- Alors tu as quitté ton père et repris tes études ? dis-je un peu brusquement.

Il acquiesce rapidement, soucieux d'éluder ce passage.

- Et toi ? Ça y est tu es juge ? « Qu'on lui tranche la tête ! »

Je suis surprise qu'il se souvienne que je voulais devenir magistrate. Ainsi il n'a pas tout oublié.

- Non, dis-je en tentant de faire bonne figure. Je suis huissier de justice à Bordeaux.
- Vraiment ? Eclate-t-il. Tu as toujours été impressionnante.

C'est-à-dire ? Castratrice ? Complexante ? Effrayante ? Autoritaire ? Impitoyable ?

Robin se penche vers Britta pour traduire ma profession en anglais. Elle esquisse une mine de dégoût.

- Et toi ? dis-je soudain glaciale.
- Je ne travaille pas, dit-elle avec nonchalance.
- Britta a fait un peu de mannequinat, maintenant elle s'investit dans une association pour la protection des animaux. Pas vrai ma colombe ?

Ils s'approchent et posent leur front l'un contre l'autre, leurs nez se frottant délicieusement sous mon regard horrifié. « Mon oiseau, ma biche, ma tourterelle… » Les surnoms mielleux se rallongent, tandis que je ne vois dans cette liste écœurante que des bêtes à gibiers. Des proies à chasser d'un coup de plomb dans le cœur.

Ainsi Madame est parfaite. Elle ne salit pas ses mains au travail, non. Lorsqu'elle ne défile pas en talons sous les flashs des photographes, elle déploie temps et patience à réparer l'aile d'un moineau blessé ou donne le biberon à un chaton abandonné. Une sainte au service de la noble cause du bien-être animal. J'en ai un haut-le-cœur.

- C'est beau, dis-je avec ironie, tu seras canonisée après ta mort.

Je jette un léger froid, Britta interroge Robin du regard, à l'évidence son vocabulaire français n'est pas aussi poussé. D'ailleurs ils se parlent parfois à voix basse en anglais, langue dans laquelle elle semble plus à l'aise. Je constate que l'assiette de Britta est restée presque intacte. À la place, elle décortique machinalement un morceau de pain dont elle enlève la croûte, pour avaler discrètement la mie qu'elle a aplati en petites boulettes.

- Bon, je vais vous laisser profiter de votre lune de miel, dis-je en me levant. Robin, c'était un plaisir. Je vous souhaite bonne continuation et beaucoup de bonheur.
- Attends, dit Robin en se levant prestement. Tu restes jusqu'à quand ? Tu nous rejoins à la plage privée demain ? Ça me ferait plaisir de prendre le temps de te parler davantage. Ce bond dans le temps, c'était violent mais trop court.

On se regarde, le temps suspend son vol. Debout face à face, à moins d'un mètre l'un de l'autre. J'hésite, déstabilisée. Je ne réponds rien et leur souris. Je m'efface.

Plus tard dans mon lit, impossible de trouver le sommeil. Je suis traversée de pensées contradictoires. Le sentiment qui domine est l'échec, l'écrasement de l'adversaire par un score sans appel. Oui, il a tressailli en me voyant. Certainement en surgissant j'ai ramené à la surface un lot d'émotions, le rappel d'une époque révolue et pas forcément agréable, sa jeunesse, son père, les parcs à huître, le vélo à fond dans les descentes à Cap Ferret. Peut-être que lui non plus ne trouve pas le sommeil. Mais dans son regard, outre une sincère curiosité pour moi, j'ai lu la force du lien qui les unit. Quant à elle, elle me regardait sans crainte, consciente de sa suprématie, renforcée de la certitude d'être l'élue, sur la plus haute marche du piédestal. Que pourrait-elle craindre d'un léger coup de marche arrière, un bond fugace dans le temps, de cette fille charmante mais moins belle, qui représente quoi ? Une part insignifiante de la jeunesse de son époux, un souvenir déterré par erreur, un chapitre ennuyeux du début d'un livre abandonné en cours de lecture, une ère des glaces ensevelie sous des millions de nouveaux souvenirs plus heureux à deux. Un souvenir lointain, pas même une menace. Quelques coups de pelle suffiront à enterrer à nouveau ce revenant de poussière que je suis. Non vraiment, elle ne se sentait pas menacée. Légèrement amusée, supérieure, aimée, certaine.

Je n'en peux plus, il est deux heures du matin, je me glisse hors de mon lit et traverse le couloir jusqu'à la chambre deux cent vingt-deux. Pourquoi ? Je ne sais pas. Je ne bouge plus jusqu'à ce que le minuteur s'éteigne et que l'obscurité envahisse à nouveau le corridor. Je tends l'oreille, le dos plaqué contre le mur, la poitrine qui se soulève sous ma nuisette. J'entends. Ses gémissements de plaisir, leur corps-à-corps me parvient nettement, tendre, torride, rythmé. Ils sont tellement beaux. Lui fort comme un homme et tendre comme un enfant, son corps parfait, musclé, tendu et elle blanche comme neige, fine et douce, offerte. Les contempler doit être un spectacle, torture extatique. Je chasse cette idée et regagne mon lit, mais leurs mouvements m'apparaissent comme un songe, un rêve ignoble ou un cauchemar agréable, il me semble être avec eux, cette pensée m'asphyxie, m'empêche de sombrer, je me caresse aussi, je participe, je m'incruste, me lie à eux, je les observe, je suis l'œil dans le trou de serrure, je ne les lâche pas, on ne se débarrasse pas de moi comme ça.

Petit-déjeuner gargantuesque au restaurant de l'hôtel ; la plage est presque vierge de traces de pas. Au loin un homme promène un chien fougueux qui se jette dans les vagues. Le soleil est déjà haut dans le ciel, plein de promesses. Je savoure mon café, cachée derrière mes lunettes de soleil. À quelques mètres, Robin m'adresse un signe, radieux. Sa femme tourne la tête vers moi, esquisse un sourire forcé et s'enfonce sur sa chaise. Une fois de plus, elle n'a pas d'appétit. Elle ne touche pas aux tartines que Robin couvre de confiture, s'agace « Tu sais bien que je ne mange pas ça, c'est que du sucre ! ». Elle se lève deux fois, roule ses boulettes de mie, troque son café pour un chewing-gum. La bonne humeur de Robin est impénétrable, il respire l'air frais à pleins poumons, s'extasie du beau temps assez fort pour que je l'entende, je souris, il répond par un sourire encore plus grand qui creuse ses deux petites fossettes. Ils se lèvent, choisissent deux transats sur la plage. Je les rejoins tranquillement quand j'ai terminé mon petit-déjeuner, faussement détachée. Britta lit un magazine dans une pose lascive, Robin pianote sur son téléphone, visiblement déjà ennuyé à l'idée de rester immobile à faire la crêpe. S'il a la même énergie qu'à vingt-quatre ans, je devine que ce programme ne va pas le satisfaire longtemps.

Je détaille d'un œil la jeune mariée allongée en maillot de bain. Longue, elle l'est, même interminable, aussi fine et plate qu'une enveloppe. Sa peau est translucide, claire comme une poupée de porcelaine. Agglutinée sur son transat elle ressemble à un long chewing-gum que l'on a étiré à son maximum, comme si ses membres n'avaient pas de muscle. Elégante, certainement, pulpeuse sûrement pas. Elle a moins de poitrine que lorsque j'avais douze ans. Sans doute cette beauté de femme-enfant a-t-elle ses admirateurs, bien que cela m'échappe. Cet attrait irrationnel de la beauté m'apparaît dans toute sa cruauté. Ni plus ni moins qu'une injustice. Quelle fierté, quelle gloire tirer de ce qui n'est finalement que le pur hasard d'une immense loterie ? Quel mérite a-t-elle d'avoir hérité d'une génétique parfaite ? Le bon gène sélectionné et ta vie est radieuse, tout est plus facile parce que tu es belle, tout t'est dû. C'est pire de mourir jeune lorsqu'on est belle. C'est pire d'être atteinte d'une maladie incurable si la victime est une beauté. Les gens diront quel gâchis, elle était si jolie. Et cette insolence que la beauté donne à ces filles à qui tout a été offert dès la naissance sur un plateau. Belle à en donner la nausée.

Son visage est fermé. Elle gagnerait à sourire, toute femme est toujours plus belle lorsqu'elle sourit. Mais elle souffre visiblement déjà de ce soleil du sud, implacable et franc comme un Corse. Elle s'évente avec son magazine, soulève ses cheveux platine qui collent à sa nuque fine qui semble pouvoir se briser d'une main. Elle n'a pas de chapeau, quelle erreur pour une fille du Nord.

Je les dépasse à plusieurs mètres de distance, les pieds dans l'eau, je fais mine de faire une promenade matinale ; Robin m'interpelle immédiatement, quitte son transat et me rejoint en quelques foulées. « Salut Jeanne, bien dormi ? » Oh oui, c'était délicieux notre nuit à trois, non ?

- Bien, merci. Une splendide journée s'annonce. Vous allez rester là à bronzer ? Quel dommage.
- J'avoue, bougonne Robin. Britta n'aime pas trop les activités. Elle est souvent fatiguée, elle a besoin de repos.

Sans doute le travail qui l'épuise, oui.

- Tu fais toujours du kitesurf ?

Bingo. Ravi, il me parle de son sport de prédilection, évoque les quelques spots au Canada, il y en a peu, du coup il s'est mis au surf, il a appris à en faire sur la côte est des Etats-Unis. Joyeux, il partage son enthousiasme que je reçois à pleins poumons.

- Ici on peut faire du kitesurf du côté de Figari je crois, dit Robin. C'est pas mal venté. Mais bon, je ne sais pas si Madame voudra m'accompagner. Cet après-midi, je crois que je ne vais pas lui laisser le choix, je vais louer un bateau pour visiter les calanques vers Bonifacio. Il paraît que c'est sublime.

- Tu vas louer une pinasse ? Dis-je, joueuse.

Il ouvre de grands yeux étonnés.

- Tu te souviens de ma pinasse…
- Je me souviens de tout.

Regard. Ses yeux bruns, vulnérables. En une seconde, il a fait un saut dans la machine à remonter le temps. Un point pour moi.

- Tu n'es pas encore mariée Jeanne ? De ce que je me rappelle, tu rêvais de te mettre sur les rails.

Je respire avec détachement et regarde le paysage d'un air philosophe :

- Non. Je suis restée avec quelqu'un cinq ans mais ce n'était pas le bon.
- Et tu as mis tout ce temps avant de t'en rendre compte ?
- Certains vont jusqu'au mariage avant d'ouvrir les yeux.
- Darling, appelle Britta d'un ton de lamentation. Je crève de chaud Honey, tu vas me chercher à boire ?

Robin ne semble pas l'entendre, troublé.

- Ne fais pas attendre Blanche-Neige, dis-je avec une pointe de sarcasme.
- Comment ça ?
- Ah, elle ne chante pas allongée dans les bois entourée de ses petits amis les animaux ?

Il rit :

- Ça me revient maintenant, c'est vrai que tu as une sacrée répartie. Ça m'avait manqué ça ! Une bonne partie de ping-pong.
- J'imagine que ça ne doit pas être aussi animé entre vous, avec la barrière de la langue.
- Elle parle assez bien français, proteste Robin mollement. Et puis, on parle surtout en anglais.

- Mais ce n'est pas votre langue maternelle, à aucun de vous. Est-ce qu'elle saisit toutes les nuances de ton humour ravageur au moins ? dis-je d'une voix taquine. Vous êtes vraiment complices ? Elle percute les références que tu cites, les chansons, les films ?
- Robin ! Hurle maintenant Britta dont la peau diaphane rougit de plus en plus.
- Heureusement il reste le langage des corps, dis-je avec un clin d'œil. Celui-ci est universel, n'est-ce pas ?

Déstabilisé, il court vers l'hôtel pour revenir avec un rafraichissement. Voilà. Etape une : insinuer le doute, l'injecter discrètement à la seringue et attendre qu'il se répande. Observer les effets.

La chance est de mon côté. Sur les coups de midi Britta s'endort sur son transat. Je l'observe depuis ma chambre, le volet à demi baissé pour sauvegarder la fraîcheur. Pendant que Robin se baigne seul, la belle sombre, offerte au soleil à son point culminant. Le zénith est sans pitié : la princesse souffre d'une insolation. Sa beauté ne lui est d'aucun secours. Un médecin arrive, Robin la transporte à l'ombre, l'arrose pieusement comme on donnerait l'onction sacrée à un mort. Tension basse, étourdissements, nausées, fièvre. La garder quelques heures en observation à l'hôpital serait plus sûr. Car il n'y a pas grand-chose à faire à part attendre que le coup de chaud redescende et faire baisser la fièvre avec de l'aspirine. Robin regarde partir l'ambulance, dépité. C'est le moment que je choisis pour le retrouver, feignant l'inquiétude :
- Mon Dieu, rien de grave ?
- Non, a priori. Le docteur dit que je ne peux rien faire de plus. La location de bateau refuse de rembourser l'acompte que j'ai versé par téléphone.
- Mince… Qu'est-ce que tu vas faire ?

- J'ai pas navigué depuis des années. Je suis le dernier des salauds si je vais quand même faire du bateau ?
- Seulement si tu ne m'en fais pas profiter.

Il tourne la tête vers moi. C'est comme une urgence, avant qu'il ne change d'avis il m'ordonne à voix basse, comme s'il me parlait cru pendant l'amour :
- Va chercher ton maillot.

Bonifacio est un enchantement. La forteresse de pierre se dresse fièrement au sommet de la ville perchée à flanc de falaise. Sur leur promontoire érodé, huit cent ans d'histoire nous dominent. La visite des calanques naturelles logées au creux de la roche est stupéfiante de beauté. L'eau est turquoise, translucide. Robin exulte, radieux, fier à la barre de son bateau. Quand il accélère je pousse des cris de joie, je tiens mon chapeau pour ne pas qu'il s'envole, mes cheveux fouettés au vent. Me mettre en maillot de bain devant lui m'a coûté quelques minutes de grand doute. Et puis après tout, je n'ai pas à rougir de ne pas avoir la silhouette de mannequin de sa Suédoise. J'ai la chance de n'avoir pratiquement pas changé d'un pouce en dix ans. On me donne souvent beaucoup moins que mon âge. Je suis restée la même, une taille de guêpe et une poitrine harmonieuse pour mon gabarit, pas comme les deux piqûres de moustique de sa décolorée. Renforcée du souvenir de l'effet que je lui faisais à l'époque, je fais glisser ma robe à mes pieds. Il détourne le regard. Parfois, je sens qu'il jette un coup d'œil furtif sur ma peau dorée qui bronze à une vitesse surprenante. Je jouis d'une allégresse et d'une insouciance abusives. Je ne manque pas de jouer de mes charmes en toute innocence, je sens le poids silencieux de son regard sur ma cambrure de reins, sur mon ventre plat ou sur le vallon d'un sein.
« T'as pas changé », murmure-t-il alors qu'il a coupé le moteur sous une grotte naturelle. Je le dévisage. Les reflets de la lumière sur l'eau jouent, ondulent sur nos visages. Gêné, il bredouille :
- Je veux dire, tu as toujours autant la pêche.

Silence. On écoute les gouttes d'eau qui tombent de la roche en petits « plocs » sur l'eau émeraude. La lumière semble venir du fond de l'eau. C'est hypnotisant de beauté. L'instant suspendu est interrompu par son rire nerveux. Au point qu'il se secoue maintenant de rire. Comme je lui demande ce qu'il y a de drôle :

- T'es tombée du ciel, Jeanne. La vie me joue un drôle de tour là. Je suis en lune de miel avec toi, en Corse, ici sur ce bateau. C'est un hasard vraiment étrange. Presque trop pour en être un.

Je déglutis. Qu'est-ce qu'il insinue ? Est-ce qu'il comprend que c'est trop grotesque pour être un coup du destin ? Peut-il se douter une seconde du dixième de ce que j'ai entrepris pour retrouver sa trace ? Pour qu'être face à face seuls dans cette grotte soit possible un jour ? Non, il n'en a pas la moindre idée. Il y croit, à cette plaisanterie folle que lui joue le hasard. Même jour, même heure, même hôtel. Impensable ce que la vie est imprévisible, non ?

Il sort une glacière, fier d'ajouter qu'il ne voyage jamais sans. « Toujours avoir l'apéro au frais. » Je constate qu'il n'a pas perdu l'habitude du lever de coude. L'alcool est toujours son vieux camarade, plus fidèle qu'aucune femme ne pourrait l'être. Il me tend une bière et décapsule la sienne. On trinque.

- Tu te rappelles la tempête, quand on avait fait la sortie en mer vers la dune du Pilat ?

Il reste pensif à mon évocation comme s'il revivait l'instant. Il sourit, absent.

- On s'était réfugiés chez toi et…

Silence. On avait fait l'amour ensemble pour la première fois. Chacun a complété la phrase intérieurement.

- Pourquoi t'es pas revenue l'été suivant ?

Sa question m'ébranle. Je tangue légèrement sur le bateau qui se balance doucement. Les reflets dorés ondulent toujours, rendant l'atmosphère surréaliste. Je suis en maillot de bain, debout devant lui, je suis à nue, pas d'issue de secours.

Parce que j'ai fui. Le plus loin possible.

- J'étais à Londres.
- Je t'ai cherchée.

Coup de poignard en plein cœur. Il rit, gêné :

- C'est con hein. Je suis passé plusieurs fois en pick-up devant chez ta mère. Je me demandais si tu étais là, si tu me fuyais.
- Tu n'avais qu'à m'appeler. Mille fois tu en aurais eu l'occasion.

Le reproche fuse sans que je ne puisse le retenir.

- Je ne savais pas si tu avais envie de me revoir.
- Je ne sais pas non plus si j'en aurais eu envie, dis-je froidement. Vu comment tout s'était fini. Tu avais l'air très occupé, de ce que je voyais sur les réseaux sociaux. Régulièrement la photo d'une beuverie apparaissait, tu étais toujours en bonne compagnie.
- Pareil pour toi.

Soupir de sa part. Je ferme les yeux pour contenir mon émotion, reprendre le contrôle.

- C'est vraiment des conneries les réseaux sociaux, conclue-t-il. C'est pour cette raison que j'ai rapidement pris mes distances avec ça. J'ai fini par ne plus me connecter, ne plus apparaître nulle part. On peut faire croire ce qu'on veut avec cette vitrine. J'avais l'air heureux, hein ? J'avais l'air festif ? Mais j'allais mal. J'ai trouvé refuge dans la fête, c'est vrai, dans l'alcool. J'avais de moins en moins de limite. Je ne me levais plus le matin, je n'allais plus bosser. Mon père me traitait de moins que rien, la tension était quotidienne. Au point que j'ai tout envoyé chier. Je voulais partir le plus loin possible. Et toi… Tu paraissais tellement heureuse à Paris, tu vivais la grande vie, tu écumais les soirées guindées. Toujours en bonne compagnie aussi. C'est pas un reproche, hein. Tant mieux si tu allais bien. Mais comment est-ce que j'aurais pu revenir dans ces conditions ? Tout semblait parfait de ton côté, quelle place il y avait pour moi ?

- C'est faux.

Il m'interroge du regard.

- J'allais mal aussi, Robin. Tu ne sais pas tout. Avec les réseaux on peut faire croire ce qu'on veut. J'étais terriblement orgueilleuse. J'étais humiliée. Je voulais sauver la face, faire la fille forte. Mais moi aussi j'ai sombré. Je ne suis pas devenue magistrate parce que j'ai échoué au concours. Ça a été la pire année de ma vie. Je suis tombée très bas.

À cet instant précis que je me suis dévoilée, que j'ai révélé ma faille la plus intime, la plus inavouable, celle de ma décrépitude, que je ne peux plus sauvegarder l'image idéalisée de la fille à qui tout réussit et qui réussit tout, je me surprends à maudire Elodie, par lâcheté je décrète que tout est de sa faute, elle et ses conseils stupides, immatures, elle et sa manie de publier des photos de nous sur Facebook, toujours minauder, prétendre que notre vie est géniale alors qu'on était lamentables, pathétiques, seules au monde et désespérées. J'ai tout gâché par péché d'orgueil, je me suis enfoncée dans l'addiction des illusions que l'on renvoie sur un profil Facebook. Je suis apparue vaine, futile, légère, frivole, joyeuse dans des plaisirs éphémères alors que je mourais à petit feu, attendant d'être sauvée tout en renvoyant l'exact message inverse. *Je vais bien, pas besoin de toi.*

Je me souviens soudain avec une intensité fulgurante du jour où Robin a sonné chez ma mère avec son plateau d'huîtres, j'avais disparu, je m'étais terrée dans ma chambre, terrorisée par le bonheur à court-terme qu'il m'offrait. Il était venu me chercher, il était venu me sauver. Pendant des années j'ai attendu que ça se reproduise. J'ai attendu qu'il me sauve, je l'ai maudit, je l'ai haï de ne pas le faire. Mais en fait, il sombrait de son côté et me croyait forte, heureuse, complète sans lui. Je ne l'ai pas sauvé non plus, pourtant je connaissais son mal-être, je savais qu'il était perdu, que son goût illimité pour la fête noyait le poisson. Dévorée d'orgueil, je l'ai laissé se débattre avec sa propre vie, humiliée d'en avoir été éjectée. On ne parle plus. La magie de l'instant est brisée. La douleur a anéanti la beauté. Dix ans sans explication. Dix ans martelés à coup de pourquoi. Nous avons été immatures, incapables de communiquer, enfermés dans le grand bal des illusions par fenêtre interposée. Il rallume le moteur et nous sortons de la grotte, la lumière nous aveugle.

Robin m'attend à la réception. Nous sortons dîner. Britta ne rentre que demain matin. Elle va mieux apparemment. Robin est passé la voir. J'essaie de me réjouir de ce sursis, de ces quelques grains supplémentaires dans le sablier. Un peu de rab, de temps volé ensemble avant le retour à la réalité. Pourtant, alors que je clipse les boucles sur mes oreilles face au miroir, je n'arrive pas à dompter la tristesse qui s'est installée depuis la discussion dans le bateau. Peut-on vraiment rattraper le temps perdu ? J'ai compris aujourd'hui que si je n'avais pas commis autant d'erreurs, ça aurait pu réellement être notre voyage de noces. Ça s'est joué à peu de choses. Beaucoup de non-dits, beaucoup de fierté mal placée. Qu'est-ce que j'espère désormais ? Rien, je ne joue plus, je ne cherche plus vraiment à l'orienter, le pousser hors de ses bras, l'attirer à moi. Je suis juste reconnaissante pour ce temps béni partagé qui s'évaporera comme un rêve au réveil, au retour de sa femme et se soldera par mon retour sur le continent. Je n'ai rien à attendre, juste à profiter de l'instant présent. J'ai enfilé ma plus belle robe, chic, moulante, j'ai relevé mes cheveux. Quand je sors de l'ascenseur, je vois son visage se transformer. Lui-même est renversant. Ses cheveux légèrement revenus en boucle sur son front, son air grave, un peu solennel, un peu triste aussi. Nous roulons en silence. Je me rappelle qu'il voulait toujours que je passe ma main derrière sa tête quand il conduisait.

Et pour s'endormir, aussi. À cette époque, on ne pouvait pas rester aussi près sans se toucher. Mais cela nous est interdit.

Le restaurant est formidable, nous avons une table sur la plage. Quelques touristes partagent la terrasse. En arrière-plan un DJ passe de la musique mais personne ne danse pour le moment. Nous commandons un menu qui s'avère délicieux, tout est exquis, je dévore. Robin a pris un ragoût de veau, une spécialité corse qui accompagne la viande mijotée avec des olives et des pommes de terre. Je me régale avec des aubergines farcies à la bonifacienne, le brocciu est un fromage délicieux, je ne taris pas de gémissements de plaisir. « Ça fait plaisir de partager un repas avec quelqu'un qui a un bon coup de fourchette », dit-il. Je ne commente pas. Je ne veux pas révéler toutes mes cartes trop tôt. Je garde mon coup de massue pour le moment le plus opportun.

On se sent tellement bien sur cette plage, tout est si parfait que l'on se détend enfin vraiment. Le très bon vin aide aussi. La tristesse de cet après-midi s'estompe, laisse place à une douce euphorie. Le plaisir d'être ensemble. On parle peu, on se regarde beaucoup. Je retrouve le Robin de vingt-quatre ans qui me dévorait sans cesse du regard, buvait mes paroles, se rapprochait toujours un peu pour me parler à voix basse. Je le contemple avec une infinie tendresse, mes yeux brillent un peu.

- Tu voudras un dessert ?
- Bien sûr ! dis-je avec enthousiasme. On n'est pas en Corse tous les jours.

La serveuse nous chante la ritournelle des desserts aux noms inconnus et prometteurs. Je choisis le fiadone, un gâteau local et devant l'hésitation de Robin je demande deux cuillères pour que l'on partage.

- Robin, est-ce que tu vas finir par me dire ce qu'il s'est passé après cet été-là ?

Il s'essuie la bouche avec sa serviette, cherche visiblement ses mots, s'éclaircit la voix.

- Comme je te l'ai dit, j'ai beaucoup fait la fête. Je me suis brouillé avec mon père. Je ne m'investissais plus, je ne l'aidais plus. J'avais un peu d'argent de côté puisqu'il m'avait toujours hébergé. Alors après une année de débauche, j'ai repris mes études. Je me suis inscrit à Marseille, j'ai intégré une école d'ingénieur.
- Je suis impressionnée.
- Tu y es un peu pour quelque chose.

J'ouvre de grands yeux surpris. Gêné, il précise :

- Tu m'avais poussé à reprendre mes études, tu te rappelles ? Et vu ton parcours brillant, je m'étais dit que je ne pouvais pas rester comme ça toute ma vie.

Que veut-il dire ? Voulait-il se hisser à ma hauteur ? Espérait-il un jour me retrouver et m'éblouir de sa « bonne situation » ? Je ne veux pas le mettre davantage mal à l'aise et renonce à pousser l'investigation. Sa réponse m'emplit déjà de joie.

- Pendant mes études je faisais encore plus la fête qu'avant. Bref... une fois diplômé j'ai pris une année sabbatique. Je suis parti un an en Australie, sans projet particulier. C'était plus une fuite qu'autre chose.
- Une quête initiatique en quelque sorte. As-tu trouvé ce que tu étais parti chercher ?

Il rit, mal à l'aise :

- J'y ai trouvé encore plus d'alcool. Des rencontres éphémères. Enfin au moins, j'ai amélioré mon anglais.

Une longue descente aux enfers. Des années de doute, à se chercher. Et moi qui pensais durant tout ce temps qu'il était comblé.

- Je ne pouvais même pas imaginer rentrer en France ni revoir mon père. Je suis parti directement au Canada pour travailler. La suite, tu la connais.
- Mais tu as revu ton père à ton mariage n'est-ce pas ?

Silence. Il hoche la tête négativement.

- Il n'est pas venu.

Je reste silencieuse à mon tour. Sa douleur est palpable, elle impose la distance. La serveuse dépose le fiadone et les deux cuillères, instaurant un temps de répit.

- Est-ce que ta famille présente à la cérémonie t'a donné de ses nouvelles ?
- Non, sujet trop délicat… Personne ne s'y est risqué.

Alors il ne sait pas. Qu'est-ce que je dois faire ? Avec mille précautions, je pose ma main sur la sienne :

- Robin, j'ai revu ton père.

Il lève les yeux, en alerte :

- Tu as vu mon père ?
- Oui. Je lui ai même parlé.
- Mais quand ?
- Cet été. Par hasard…

Ah, ce hasard, décidément.

- J'habite à Bordeaux maintenant, on part souvent en week-end du côté d'Arcachon et de Cap Ferret… Un jour j'ai reconnu ton père, je me suis avancée et j'ai échangé quelques mots avec lui.

Robin est ému, il bredouille, plus vulnérable qu'un enfant perdu dans un supermarché. Il me fait tellement de peine.

- Robin, écoute… Je suis désolée mais il vaut mieux que tu saches. Ton père est malade. Alzheimer. Il n'est pas trop tard…

Visiblement bouleversé, il prend son visage entre ses mains, inspire longuement, se retient de pleurer. Je ne sais pas quoi faire. Il prend à nouveau ma main, laisse couler les larmes :

- Merci Jeanne.

Il renifle tout en se reprenant :

- Ta venue ici, c'est providentiel. Décidément je comprends rien à ce qu'il se passe. Mais sans toi, je n'aurais jamais su. Je changerai mon vol retour. Je dois voir mon père absolument. Je suis qu'un fils ingrat.

Il s'effondre. Je le console, le rassure, garde sa main dans la mienne, lui parle longuement avec douceur. Quand il s'est ressaisi, il commande une nouvelle bouteille. Je ne fais pas de commentaire. « Désolé, j'ai pas chialé comme ça depuis des années. Il fallait que ça sorte ». Ayant ouvert la faille je m'y glisse, en équilibriste :

- Britta ne t'a jamais poussée à reprendre contact avec lui ?
- Non. On n'en parle jamais. Elle ne s'intéresse pas beaucoup à ma vie d'avant.

Un autre point pour moi. J'enfonce le clou subrepticement :

- Tu veux dire qu'elle n'a jamais cherché à rencontrer ta famille ni à en connaître l'histoire ? Mais comment peut-on prétendre se connaitre entièrement sans ce qui forge notre socle ?

Il est si triste qu'il garde la tête baissée, sa main toujours dans la mienne. Lui faire comprendre que son couple n'est qu'un leurre, qu'ils ne se connaissent pas si bien que ça. La barrière de la langue, le désintérêt pour son passé. Je tisse ma toile. Sans s'en apercevoir, tel un insecte condamné, Robin tombe dedans.

C'est le moment que choisit le DJ pour monter le son. J'interromps ses tristes pensées :

- On danse ?

Il lève la tête et regarde en direction de la piste.

- Mais il n'y a personne.
- Depuis quand ça nous arrête ?

Regard. Tout remonte à la surface. Il a peur. Moi aussi. Je sais que je vais être dans ses bras, qu'il va me tenir par la taille, ses mains larges sur mes hanches tremblantes de les reconnaître. Il déglutit. Il accepte et m'entraîne sur la piste. Au début nos pas sont timides, on garde une distance de sécurité. Puis la bride lâche, instinctivement nos corps se rapprochent, nos mains se frôlent. Il m'attire doucement à lui, me guide, me fait bouger, tourner, me serre un peu plus. Le contact de son ventre sur le mien me réchauffe, me trouble. Je pose ma tête sur sa poitrine, il passe sa main dans mon dos, remonte sur ma nuque, me caresse les cheveux. Je ferme les yeux. Je devine que lui aussi. Notre bulle spatio-temporelle nous ramène dix ans plus tôt. Son rire, le feu sacré de sa jeunesse, son audace lorsqu'il a tenté de m'embrasser et que j'ai tourné la tête pour l'esquiver. La cigarette que j'ai acceptée pour me donner bonne figure, son rire quand je me suis étouffée. Son insistance pour me revoir, cette évidence, l'évidence des corps, ces nuits interminables à se serrer, se respirer, se dévorer. Mon cœur bat à éclater. Je le désire si fort, ça en est douloureux. Il enfouit sa tête dans ma nuque, je sens qu'il me respire, que ses lèvres effleurent mon épaule. Ce n'est plus une danse, c'est une étreinte déguisée, interdite, qui se camoufle au milieu des danseurs.

Contre toute attente je sens que je gagne du terrain. Lorsque j'ai retrouvé Robin et surtout rencontré sa superbe épouse, le réflexe de fuite, de renoncement m'a saisi à la gorge. Mais la chance m'a souri, m'a donné l'opportunité de passer du temps avec lui. À ma grande surprise, beaucoup de choses sont remontées à la surface à une vitesse étonnante. Je suis grisée par ce petit succès inattendu, l'adrénaline est maximale. Je ne veux plus fuir, je ne veux plus renoncer. Je sens qu'il y a au fond un infime espoir, une lueur aussi faible qu'une allumette incandescente qui se consume. Tout ce qu'il me faut à présent c'est davantage de temps. J'ai ferré ma proie, je dois resserrer ma prise. Robin doit continuer de tomber dans mon filet sans s'en rendre compte. En plus je soupçonne certains faits sur son épouse qui pourraient me donner un avantage décisif. J'attends le moment opportun pour dévoiler mon as de cœur et gagner la partie.

Robin a énormément changé durant toutes ces années. Je ne sais pas vraiment si cela me déçoit. N'est-ce pas naturel d'avoir évolué ? J'ai davantage l'impression qu'il s'est égaré. Certes sur le papier il a réussi. Il a échappé à sa condition, cette vie déterminée d'avance. Il a « tué le père », il est parti, a construit une carrière.

Mais au milieu de tout ça, son feu sacré s'est éteint. Il a rompu avec ses racines, il a tiré un trait sur son enfance, la simplicité de sa vie, ses sorties en mer, ses copains de longue date, il ne chante plus accompagné de sa guitare. Lui qui était si libre, qui fuyait l'engagement, prônait de grands principes à l'encontre du mariage est rentré dans le rang, s'est fait mettre la corde au cou. Est-ce qu'il me plaît ainsi ? Est-ce que je ne veux pas aller au bout pour les mauvaises raisons ? Ne suis-je pas en train de vouloir venger mon ego, gagner la partie, réparer l'affront ? Qu'est-ce que je veux vraiment de lui ?

Britta est revenue ce matin plus fragile qu'une colombe blessée. Son long corps sans muscle désarticulé comme une marionnette de chiffon peinait à avancer sur ses deux cannes. Robin l'a accueillie avec tendresse, ils ont passé la journée dans leur chambre. Elle a sans doute beaucoup dormi suite aux cachets qu'on lui a administrés. Mais j'approche trop près du but pour renoncer. Il m'a été très facile, alors que Robin m'a proposé de partager l'apéritif à leur table, de glisser un laxatif dans son verre sans qu'elle ne s'en aperçoive. Maintenant j'attends. Je ne lui veux aucun mal. Tout ce que je veux, c'est davantage de temps. Seule à seul.

Je donne aucune nouvelle à Elodie. Pas envie qu'elle tente de me raisonner, ce serait inutile. Je suis lancée dans une vaste opération de Reconquista et rien ne peut me détourner de mon objectif.

Ce matin, pas de trace des tourtereaux. Je traîne longuement à la table du petit-déjeuner en me tordant le cou vers le hall d'entrée. Mais c'est en direction du chemin qui part vers la corniche que j'aperçois la voiture de Robin qui s'engage sur le parking de l'hôtel. Les lunettes de soleil remontées sur la tête, une chemise blanche retroussée aux coudes il rentre, le visage défait. Je lui fais un signe, il me rejoint, la mine chagrinée, beau comme un enfant.

- Britta a été malade toute la nuit, je l'ai amenée à l'hôpital. Apparemment elle est fortement déshydratée. Ils l'ont mise sous perfusion pour qu'elle reprenne des forces. Je ne comprends pas, elle a pris du poisson hier soir mais n'a presque rien mangé, je ne vois pas ce qui a pu lui faire mal.

Je le rassure d'une voix tendre, ma main sur son bras. Si mon diagnostic concernant Britta s'avère bon, je ne suis pas étonnée qu'un simple laxatif lui ai fait autant de mal. J'ai peine à ne pas sourire. Heureusement qu'il ne voit pas mes yeux derrière mes lunettes, mes pupilles jubilent d'excitation.

Je parviens à persuader Robin qu'il est inutile de passer sa journée à tourner en rond à l'hôtel en attendant un coup de fil. J'ai repéré une randonnée incontournable selon les guides touristiques. Il accepte, retrouve un peu d'entrain. Je file me préparer avant que la culpabilité ne le fasse changer d'avis. Je redescends vingt minutes plus tard chaussée de baskets, vêtue d'un short et d'un débardeur, coiffée d'une tresse africaine. Dans un petit sac-à-dos j'ai pris un litre d'eau, de la crème solaire, un paquet de mouchoirs et des biscuits. Et beaucoup de détermination.

Au fur et à mesure que le paysage change Robin se détend, monte le son de la radio, parvient à sourire puis carrément à chanter. Sa voix m'avait manqué. Il y a presque trois heures de route jusqu'aux Aiguilles de Bavella, un site naturel spectaculaire au cœur des montagnes corses. La route serpente longuement. Nous traversons des villages constitués d'une voie unique bordée de quatre ou cinq maisons devant lesquelles des vieux lancent des grains aux poules et nous regardent passer d'un air louche. Parfois je leur souris. Un visage de glace, méfiant et fermé me répond systématiquement, ce qui finit par nous faire rire. L'accueil corse n'est pas une légende. Tout au long de cet itinéraire nous sommes stupéfaits de constater que le paysage ne cesse de changer. Tantôt de hauts pics rocheux nous évoquent un désert américain, tantôt nous passons sous des chemins touffus à l'ombre de grands arbres. Souvent nous ralentissons, bloqués par des cochons sauvages au pelage noir hirsute entassés en grappes au milieu de la route. Nous prenons des photos avec notre téléphone derrière le parebrise, amusés, je pousse de petits cris quand ils encerclent la voiture. Nous avançons prudemment et les dépassons. Plusieurs fois, ces petits habitants locaux nous obligent à faire une pause durant laquelle nous nous racontons des anecdotes de notre vie en ouvrant un paquet de biscuits. Le naturel a repris son droit entre nous. Nous sommes comme nous étions ensemble dix ans plus tôt, les caresses en moins. Complices, taquins, parfois un silence évident et heureux nous envahit. Robin me pose de nombreuses questions sur mon travail, sur ma vie, sur Bordeaux. Est-ce que le bar où il est sorti si souvent existe toujours ? Et qu'est devenue la boîte de nuits à deux pas de là ? Est-ce que je n'ai jamais croisé ses copains Pierre et Justin ? Est-ce que je suis toujours amie avec la belle Elodie ? Et ma mère, elle peint toujours ? A-t-elle toujours sa maison à Arcachon ? La machine à remonter le temps fait des embardées une décennie plus tôt, les souvenirs affluent. Je le sens nostalgique. « Il faudrait que je revienne y faire un tour. Je suis parti comme un voleur du jour au lendemain. » « Et ta cabane dans l'arbre, ta garçonnière de Robin des Bois, tu n'aimerais pas la revoir ? » Il sourit « J'adorais ma chambre ». « Moi aussi ».

La randonnée est un moment extraordinaire, nous nous sentons infiniment petits au cœur de ce site splendide. Les aiguilles rocheuses nous encerclent de toutes parts. Il y a plusieurs itinéraires de marches, gaillards nous choisissons le plus long et le plus escarpé. Je ne sais où je trouve les ressources de m'accrocher, persévérer bien que je n'aie pas non plus une condition physique de grande sportive. Mais tout est réuni pour que je me dépasse. La beauté des lieux, improbable et offerte, conjuguée à la présence invraisemblable et miraculeuse de Robin. Plus nous nous enfonçons plus nous sommes isolés du reste du monde. Nous parlons peu, essoufflés. Nous faisons des pauses pour boire, assis sur des rochers, la casquette vissée sur nos têtes. Nous contemplons longuement les alentours. Sur mon insistance nous posons mon téléphone sur une pierre avec le retardateur et prenons une photo ensemble, bras-dessus bras-dessous, presque enlacés. Ce contact me galvanise. Plusieurs fois la possibilité de le renouveler se présente : Robin me réceptionne lorsqu'il faut enjamber un précipice ou sauter par-dessus un rocher. Je tombe avec bonheur dans ses bras. Je marche derrière lui, admire sa carrure athlétique, ses épaules et ses bras sous son tee-shirt, le sac-à-dos fixé sur son dos. Je m'emplis de chaque instant inédit partagé ensemble.

Lorsque nous revenons au point de départ quatre heures plus tard, éreintés, le restaurant du site est fermé mais par miracle le glacier est ouvert. Nous commandons deux glaces italiennes et nous écroulons assis sur un grand rocher plat. Alors que je ne m'y attends pas un instant, Robin prend ma main et remonte le cornet de glace qui vient s'écraser sur mon nez et ma bouche. Il éclate de rire :

- Je t'avais dit que tôt ou tard j'aurai ma revanche. J'avais juste pas imaginé que ce serait dix ans plus tard en voyage de noces.

Alors que je hoche la tête en signe de reddition, essuyant le sucre glacé sur mon menton, j'ajoute :

- Sauf que dix ans plus tard, tu ne peux pas m'enlever tout ça avec ta bouche.

Il me regarde soudain grave, les yeux rivés sur mes lèvres gourmandes enflées par le froid. Il déglutit et détourne la tête. Son téléphone vient rompre cet agréable souvenir. Je comprends que c'est l'hôpital. Il raccroche, visiblement très inquiet :

- Apparemment son taux de potassium est anormalement bas. Elle reste en examen au moins un jour de plus. Elle a une telle anémie qu'elle aurait pu « faire une crise cardiaque à tout moment » selon le médecin.

Il prend sa tête entre ses mains, bouleversé « Mais comment est-ce que c'est possible ? ». Je termine d'essuyer ma bouche avec un mouchoir et risque prudemment, mon cœur battant à se rompre :

- Robin, tu n'as réellement toujours pas compris ?

Il m'entend à peine, tourmenté, se tourne finalement vers moi d'un air interrogateur. Allez, j'envoie la bombe.

- Ta femme est anorexique. Tu n'as vraiment rien vu ?

Le ciel lui tombe sur la tête. Il ouvre la bouche mais rien ne sort. Puis il se ressaisit « Non, non, tu te trompes, je m'en serais aperçu ».

- Robin, elle ne mange rien, elle cale son estomac de mie de pain, se lève plusieurs fois par repas pour se faire vomir puis mâche du chewing-gum pour masquer son haleine. C'est vraiment un grand classique de l'anorexie. Son manque de potassium est révélateur, c'est le symptôme le plus typique et le plus grave aussi. Je l'ai compris dès la première fois que nous nous sommes retrouvés à table ensemble.

Il s'est levé, sous le choc, esquisse quelques pas qui ne vont nulle part. Il continue de nier. Je ne réponds rien, je le laisse cheminer jusqu'à l'évidence. La culpabilité l'assène de ses coups de couteau. Non il n'a rien vu. Sa princesse n'est donc point parfaite ? Elle a des failles ? Un trouble alimentaire sévère, révélateur d'un mal-être et d'une pathologie qui relève quasiment de la psychiatrie ? Je jubile intérieurement. Ce que je veux l'amener à réaliser, c'est qu'ils ne se connaissent pas. Ni plus ni moins. Je connais, je comprends mieux Robin en étant sortie avec lui trois semaines qu'elle en deux ans. Et lui non plus ne la connait pas. Un couple aussi faux que deux stars en couverture d'un magazine. Un montage bancal, l'union fortuite de deux inconnus qui se sont croisés au bon endroit au bon moment, tous deux dans le besoin, faibles émotionnellement, un peu perdus, convaincus qu'il serait temps d'avancer, s'engager, construire même si les bases sont en argile. J'ai donné le coup de pied dans la tour de Pise, l'architecture aux fondations de sable s'effondre, c'est mon œuvre, je ne suis pas un monstre, je rends service, je rends la vue à celui que l'illusion de l'amour a rendu aveugle.

« Elle me ment depuis le début », grommelle-t-il. La colère pour atténuer la culpabilité. Mais surtout la déception, fatale. Non, elle ne se sent pas assez en confiance avec toi pour t'avoir parlé de son mal-être. Elle n'a pas réclamé ton aide. « On en aurait parlé, j'aurais pu l'aider… » pleure-t-il maintenant.

- Tu sais, dis-je en posant une main sur son dos, les personnes qui souffrent d'anorexie sont mythomanes. C'est connu. Elles mentent mieux que personne. Si tu l'avais mise face à son trouble, elle aurait nié avec tant de force que tu l'aurais crue. Tu n'aurais rien pu faire pour l'aider, même si tu avais su.

La colère le fait se lever d'un bond. Il s'éloigne de quelques mètres, lève la tête vers le ciel, semble chercher des réponses. De gros nuages noirs lui répondent comme un mauvais augure. Il me lance : « On s'en va. Je dois lui parler. » Je n'ose pas dire qu'à l'heure où nous rentrerons les visites seront interdites. Je me redresse, quelques gouttes commencent à me chatouiller. Le glacier a fermé boutique. Il ne reste que deux ou trois voitures sur le parking de ce site qui en haute saison est normalement envahi de monde. Nous démarrons. La pluie tombe de plus en plus régulièrement. Nous sommes silencieux. Robin a les mâchoires serrées. Il conduit brusquement, prend les virages trop vite. Avec l'eau qui tombe de plus en plus fort sur le parebrise je ne suis pas rassurée mais je ne dis rien. Il est dix-neuf heures, en ce mois d'octobre au fond des montagnes la nuit commence déjà à étendre son voile de deuil. Les nuages sont si noirs qu'ils masquent les derniers rayons de lumière. La pluie bat son plein. Rapidement le chemin qui descend de Bavella se dote de part et d'autre de ruisseaux puis de petites rivières. La boue s'amoncelle et glisse sur les bas-côtés. Robin semble toujours absent, sourcils froncés, air sévère, il fonce droit devant lui. Est-ce qu'on est certain d'être passé par là ? Le doute me vient mais je n'ose toujours pas interrompre ses sombres pensées. Je me cramponne discrètement à mon siège, je fixe le parebrise sur lequel les essuie-glaces usent leurs forces. L'orage éclate, tonitruant, je sursaute, une main sur le cœur. « N'aie pas peur ». Ses mains serrent le volant. Je le revois conduire son pick-up vrombissant sous le déluge de pluie qui nous avait accompagné jusque chez lui. Sur le chemin retour, pas de sanglier, ils se sont réfugiés dans les sous-bois, s'abritent sans doute sous des rochers. Le paysage est plongé dans l'obscurité, sur cette route pas de lampadaire, pas d'éclairage public. Les éclairs zèbrent le ciel, éclairant le spectacle de la chaîne de montagnes quelques secondes. Je suis absorbée par cette beauté qui fascine mais terrifie. Lorsque la lumière inonde comme des centaines de flashs, les pics se découpent dans la nuit, menaçants. On dirait un décor de théâtre, de tragédie grecque.

- On est passés par là ?

Robin freine brusquement, ralentit, regarde autour de nous, on n'y voit rien. Comment savoir si nous sommes dans la bonne direction ? Tout se ressemble dans la nuit. Les Corses ne s'encombrent pas de panneaux de signalisation. Tout semble dormir, tapis dans l'ombre et nous observer nous perdre sans intervenir. Nous continuons comme ça encore une heure sans prononcer un mot, tendus et inquiets, tentant d'identifier un repère que l'on aurait aperçu sur le chemin aller. Les phares éclairent quelques mètres devant nous mais nous roulons prudemment, la pluie ne diminue pas, la visibilité est très réduite. Robin rumine, certain qu'il ne récupèrera jamais la caution de sa voiture de location. À un moment, il pile. Un arbre barre la route étroite et à l'accotement très incertain. Il descend du véhicule et s'approche pour évaluer la difficulté du barrage. Impossible de déplacer ça à mains nues. La pluie l'accable, heureuse d'avoir trouvé une proie, elle semble redoubler de plaisir et s'acharne en cascade sur ses épaules. Ses cheveux sont totalement collés à son front, son visage ruisselle, il n'y voit rien, les phares l'aveuglent, je ne comprends pas ce qu'il veut me dire. Il remonte dans le véhicule, trempé. On n'a pas la place de faire demi-tour. Le chemin ne le permet pas. Nos téléphones n'émettent aucun signal. Où peut-on bien être ? Mais surtout à combien de temps de marche peut-on espérer trouver un village ? Il fait nuit noire bien qu'il ne soit que vingt heures. Je vérifie les réserves : nous n'avons plus qu'un fond d'eau dans ma bouteille et plus rien à manger. « Pas le choix, on va marcher ». On pourrait aussi bien passer la nuit dans la voiture mais le chemin est trop fragile, on risque un glissement de terrain. On échange un long regard dans l'obscurité de la voiture, abrités des rideaux de pluie qui s'abattent sur les vitres de l'habitacle. Puis on sort d'un même élan. C'est un choc. L'eau m'agresse par la force de sa chute. Je n'y vois rien du tout. Nous avons allumé la fonction lampe de poche de nos téléphones et avançons prudemment, dépassant le tronc d'arbre qui barre la route. Les éclairs continuent leur ballet dans le ciel, je pousse à chaque fois un cri de surprise et de peur. Robin prend ma main pour que je garde le rythme, il passe devant en éclaireur. Nos mains restent soudées. « Ça va aller » dit-il parfois pour me rassurer, à peine assez fort pour que je l'entende.

Nous marchons un temps indéfini, les chaussures alourdies d'eau, à tâtons pour ne pas glisser dans la boue déplacée par les courants. Nous finissons par apercevoir un clocher d'église et quelques lumières clairsemées. Nous dépassons le panneau qui marque l'entrée du village d'Olivese. Une auberge-restaurant en marque le premier virage. La lumière est allumée, des voix graves et des rires excessifs nous parviennent. Epuisés, trempés jusqu'aux os, nous pénétrons dans la salle. Cinq hommes d'un certain âge, barbus, l'air sauvage, jouent aux cartes autour d'une table. La serveuse nous dévisage des pieds à la tête, le visage fermé. Nous devons faire peur à voir. Pour autant personne ne se précipite à notre secours ni ne nous demande si nous avons besoin d'aide.

- La cuisine est fermée, dit la patronne en jetant son menton vers nous.

Les joueurs ont interrompu leur partie et nous examinent des pieds à la tête, méfiants. Des touristes en cette saison ? À pied sous cette tempête ?

- On est coincés un peu plus bas sur la route, explique Robin. On a dû marcher une cinquantaine de minutes environ…

Le patron qui doit être le mari de la serveuse sort de la cuisine, précédé par son gros ventre. D'une carrure imposante, il a le facies du Corse, celui que l'on n'a pas envie de trop chercher.

- On peut rien faire à cette heure-ci et par ce temps. Les secours ne viendront pas. Z'avez qu'à prendre une chambre.

Son accent est si prononcé et les mots presque avalés, je ne suis pas sûre d'avoir compris.

- Mais je dois absolument rentrer à Porto-Vecchio, dit Robin. Vous n'avez pas des taxis par ici ?

Grognements amusés de sangliers. Des quoi ? Le patron ne prend même pas la peine de répondre à cette question ahurissante.

- On peut faire une planche de charcuterie pour vous dépanner.

Robin m'interroge du regard, de grosses gouttes coulent le long de son nez et de son menton. Je suis frigorifiée, mes vêtements collés au corps. J'ai l'impression d'être complètement nue devant les cinq balourds qui lorgnent sur moi. Je fais un signe de tête suppliant à Robin. Je suis épuisée, nous avons besoin de nous restaurer, nous réfléchirons à la suite après. Nous nous asseyons à une table. Celle d'à côté est devenue parfaitement silencieuse comme si nous dérangions des secrets d'Etat.

- Z'êtes jeunes mariés ?

On se dévisage, gênés. Robin commence à bredouiller mais est interrompu par la serveuse qui dépose une large assiette de victuailles. Nous dégustons les tranches de coppa, de lonzu, épatés par l'intensité du goût de la charcuterie corse. Accompagné d'un morceau de pain tout y passe, nous dévorons, laissant éclater notre épuisement et notre nervosité. Dehors l'orage continue de gronder.

Pas d'accalmie en vue. La lumière vacille par moment, menaçant de tous nous réduire à l'obscurité. Du coin de l'œil on nous observe toujours. Nous n'osons pas parler. Nous mangeons avec les doigts, comme une urgence, comme si on risquait de nous retirer cette faveur. Penchés sur notre assiette commune, nos yeux se rencontrent et un rire nerveux nous gagne. Je tente de me contenir. S'ils pensent que l'on se fiche d'eux ils pourraient nous mettre à la porte sous la tempête sans aucun scrupule. Robin commande du vin rouge et nous sert allègrement. Nous nous sentons rapidement plus légers, moins stressés.

- Je m'en souviendrai de ce voyage de noces.

Les épaules de Robin se secouent d'un rire silencieux. Je crois que les nerfs craquent.

- Tu es déçu ? Ce n'était pas censé se passer comme ça.
- Est-ce que j'aurais vécu autant d'aventures avec elle ? Pas sûr.

Il dit ça sans me regarder, penché sur son assiette, attrapant un gros morceau de coppa avec ses doigts. Je sens qu'il a toujours la rage contre sa femme. Je souris intérieurement. « Tu ne devrais pas essayer de lui téléphoner ? » Il secoue la tête négativement, furieux. C'est le moment que je choisis :

- Il serait plus prudent de dormir ici. L'orage est parti pour durer.

Il lève les yeux vers moi, ses yeux bruns qui me transpercent, ses cheveux mouillés qui gouttent sur son front. Il interpelle le patron : « Il vous reste deux chambres ? » « Une seule ». Je sens que Robin est devant un cas de conscience. Mais pas le choix de toutes façons. Il hoche la tête en signe d'acceptation. Le patron nous amène la note. On croit tomber à la renverse. Soixante euros une assiette de charcuterie et un pichet de rouge ? « Il nous prend pour des jambons… »

On reste là à contempler la note, interdits. En situation de faiblesse on s'est clairement fait abuser. En bon touriste, et donc en bon pigeon, Robin règle la note, résigné. On n'est pas vraiment en position de négocier. Je me demande intérieurement combien nous sera facturée la nuit dans ce trou à rat. Je me lève, toujours transie de froid. Robin me frictionne le dos « Allez viens, allons nous réchauffer ». Je me retourne en direction des patrons :

- Vous servez le café le matin ?

Ils s'interrogent silencieusement du regard, puis l'homme répond :

- Non. M'enfin selon l'heure, on vous ouvrira p't'être.

Bien. Hum. Bon, allons-y. Madame, Messieurs, merci pour cet accueil, bonne soirée. Pas de réponse, juste un long regard à l'unisson qui nous accompagne jusqu'en haut des escaliers. « C'est particulier », marmonne Robin.

Nous pénétrons dans la petite chambre. Le lit n'est pas bien grand. Un fauteuil est installé près de la fenêtre. Sans hésiter je m'enferme dans la salle de bain et prends une douche brûlante. La chaleur rougit ma chair, je reste un long moment les yeux fermés à la recueillir, apaisée. Je m'enroule dans une serviette. Impossible de remettre mes vêtements trempés. Je sors dans la chambre, Robin a aussi enlevé tout ce qui lui collait à la peau hormis un caleçon. Il détourne le regard. La lumière vacille quand un orage éclate au-dessus de l'auberge dans un fracas tonitruant, comme du verre brisé. Je sursaute de terreur. L'électricité nous abandonne. Nous restons quelques minutes face à face dans cette chambre, lui en caleçon, moi enroulée dans ma serviette. Le cœur haletant, on tend l'oreille. Ça s'agite en bas dans la salle de restaurant. Pour autant, l'électricité ne se rétablit pas. J'allume une bougie posée sur une commode. Sa lueur nous éclaire faiblement. L'ambiance est électrique. On ne rompt pas le silence, comme si on risquait de se réveiller d'un rêve très étrange mais que l'on n'a pas envie de briser. Je me glisse sous les draps toujours enroulée dans ma serviette tandis que Robin prend sa douche à son tour. Lorsqu'il sort, une serviette autour de la taille, je ne peux m'empêcher de détailler son corps éclairé par le halo de la bougie. Je l'ai laissé il y a dix ans, c'était un jeune homme vigoureux, fougueux, aux muscles dessinés harmonieusement, sans excès. Maintenant il a trente-cinq ans mais il n'a pas faibli, pas diminué, juste changé, il s'est renforcé. Il est incroyablement beau, je devine et me rappelle la douceur de sa peau. Je me tourne, fais mine d'être sur le point de m'endormir. Mais mon cœur bat la chamade. Qui aurait cru que l'on se retrouverait si vite au lit ensemble. J'ai l'impression d'avoir finalement eu très peu d'efforts à fournir. À croire que la chance était de mon côté. Ou que c'était le destin.

Robin reste assis de son côté du lit un certain temps. Il regarde la pluie tomber inexorablement derrière la fenêtre comme s'il attendait que quelque chose change, se déclenche, inverse la situation qui est en train de se dérouler et qui lui échappe. Mais rien ne vient à son secours. Il soulève le drap et s'y glisse à son tour, veillant à rester le plus au bord possible malgré l'étroitesse du matelas. Je lui tourne toujours le dos. Son malaise est palpable, je ne veux pas l'alourdir. Les minutes passent mais Robin ne fait que tourner et se retourner, ne trouve pas le sommeil. Je l'entends soupirer, tasser son oreiller, chercher une position. Je ferme les yeux. J'imprime ce qui est en train de se passer, ce dont j'ai rêvé tellement de fois pendant des années. Juste l'avoir, avoir son corps si près de moi toute une nuit. J'aimerais alors tellement qu'il pose sa main sur mon épaule, qu'il fasse pivoter doucement mon corps vers lui, sentir l'humidité de ses lèvres sur les miennes, sa bouche en cœur qui m'épouse, m'honore. Je voudrais que ses mains prennent mes seins de toute leur puissance, qu'il les pétrisse, qu'il les aime pendant des heures, je voudrais qu'il répare l'offense. Il y a dix ans il m'a repoussée, il m'a rejetée, il a résisté de tout son être à la tentation, il a renoncé à ma douceur, à mon réconfort. Répare ton erreur, l'occasion t'en est donnée, c'est inédit, inespéré, c'était peut-être notre destin, atterrir ici dans cette alcôve cachée dans les montagnes corses, personne ne le saura, notre amour recommencera, le feu reprendra, encore plus puissant que lorsque nous étions des adolescents. Notre amour sera enfin possible, grand, assumé, mature, ancré, solide, tourné vers l'avenir. Nous sommes adultes, nous sommes prêts, tu me guéris, je t'apaise, je t'ai fait renouer avec ton être profond, grâce à moi tu t'es retrouvé, je t'ai sauvé, je suis le maillon qu'il manquait entre ton passé et ton avenir. Je me tourne de son côté, le cœur battant si fort que j'ai peur qu'il l'entende. Robin est allongé sur le dos, la silhouette de son profil se découpe dans l'obscurité, la boucle sur son front, son nez droit, son cou, sa pomme d'Adam, le creux de ses épaules. Il respire assez bruyamment, il ne dort pas, ses yeux sont clos mais son front se crispe, ses sourcils se froncent, il cherche l'apaisement mais ne le trouve pas. Peut-être sent-il que je l'observe, tendue, tournée vers lui. Il se tourne doucement vers moi, ouvre les yeux, me trouve, ce n'est pas un rêve je suis bien là. Il lève une main hésitante, fébrile, et la pose sur ma nuque, repousse mes cheveux derrière mon cou, je sens qu'il tremble « Jeanne, tu dors ? » Je suis trop émue pour répondre, je bouge juste la tête, les yeux fermés, je devine qu'il se penche vers moi, je sens son souffle sur ma joue. Je tourne légèrement le visage, offerte. Mais quand j'ouvre les yeux, il s'est retiré brusquement. Il sort du lit, fait les cent pas. Où peut-il fuir ? Nulle part. C'est une épreuve mentale, il faut tenir, ne pas céder à un élan de lâcheté parce qu'il en veut à sa femme, parce qu'il n'est plus très sûr de savoir qui il a épousé, parce qu'il pense que ce mariage était peut-être une énorme erreur, sa relation un leurre. Parce que la vie lui joue un drôle de tour, la tentation de Saint Antoine, la vie lui glisse dans son lit son ex petite-amie à moitié nue, vulnérable, elle ne résisterait pas longtemps, non, il le devine qu'elle a toujours quelque chose pour lui. Ce serait si facile de se jeter sur cette proie consentante et heureuse, envoyer au diable tout le reste. Finalement il s'installe dans le fauteuil devant la fenêtre. Je n'ose rien dire. La bougie s'est éteinte. Je ne peux que deviner son corps qui se découpe dans l'obscurité comme un animal tapi. Il est immobile comme une statue. Il regarde dans ma direction. Il me regarde, je le sens. Le poids de ce regard pèse lourd sur ma poitrine. C'est un silence érotique, fort, qui nous absorbe, nous fait mal. Je voudrais qu'il craque. De temps en temps, un long soupir vient rompre la monotonie de la pluie. Cette nuit va être terriblement longue.

Je finis par sombrer longtemps après.

J'ouvre les yeux. La lumière du jour est timide, il pleut toujours à faibles gouttes, petits flics flocs sur la fenêtre qui donne sur la montagne. Le ciel derrière est dégagé, rose et orange au loin, mais chargé de nuages au-dessus de nous. Robin est toujours assis dans ce fauteuil, sculpture massive. Il est habillé, chaussé. Il me regarde. Je m'étire doucement. « On y va ? ». Sans répondre, je me lève et m'enferme dans la salle de bains. Rapide état des lieux : mes vêtements sont toujours humides, moites, froids. Pas le choix, je les enfile. Je frictionne mes bras, je n'ai pas de veste, il ne fait vraiment pas chaud. Le pire est de glisser mes pieds dans les baskets encore lourdes d'eau. Nous refermons la porte de la chambre et nous rendons devant l'entrée du restaurant de l'auberge. Tout est fermé. Nous attendons une dizaine de minutes : ouvriront, n'ouvriront pas ? On renonce au réconfort d'un café fumant, dépités. « C'est particulier », grommelle Robin.

Il n'y a pas âme qui vive, pas un seul commerce. Tout semble profondément endormi. En direction de la sortie du village d'Olivese nous rencontrons un employé de mairie juché sur une mini-pelle, casqué et vêtu d'un gilet jaune qui dégage la rue encombrée de débris trainés par l'orage. Nous lui indiquons que la route est barrée à quelques kilomètres d'ici. Deux heures plus tard, le service communal a dégagé la voie et nous pouvons repartir. Pas un mot quand nous les remercions, un simple mouvement de tête pour nous indiquer la direction pour Porto-Vecchio. Allez, tirons-nous d'ici.

En milieu d'après-midi, nous sommes de retour à l'hôtel. Notre allure déconfite contraste avec le hall en marbre majestueux. Nous nous séparons, épuisés. Je m'écroule de fatigue sur mon lit et sombre plusieurs heures. Lorsque je me réveille en début de soirée, je me prépare avec soin et me rends devant la chambre de Robin. Je m'apprête à frapper quand des voix me parviennent.

- Cette fille est en train de nous séparer !

Ah, Britta est rentrée.

- Mais qu'est-ce que tu racontes enfin ! On vient de se marier je te rappelle !
- Elle m'a volé mon voyage de noces, elle ne me volera pas mon mari !

Robin essaie visiblement de la calmer mais elle est hystérique. « Je ne veux plus que tu la voies ! Je veux changer d'hôtel ! Robin tu ne vois pas ce qu'elle est en train de faire ? Elle s'y prend tellement bien que tu es aveuglé ! » « Respire, calme-toi, ça va aller, tu as besoin de repos ». L'autre se débat encore, déterminée à lui faire entendre raison. « Qu'est-ce qui s'est passé cette nuit ? Il s'est passé quelque chose ? Jure-le moi ! ». Comme Robin se défend, elle siffle :

- Je vois bien comment tu la regardes !

Robin se tait, perplexe. Il demande qu'elle développe. « Tu la regardes avec admiration, tu la trouves courageuse, ambitieuse, tu la trouves belle tout simplement ». Robin ne peut qu'émettre un rire nerveux qui sonne faux. Pour reprendre l'avantage il contre-attaque, lui demande depuis combien de temps elle se fait vomir, pourquoi elle ne lui a jamais dit qu'elle était malade, qu'elle était en souffrance, pourquoi sauvegarder les faux-semblants auprès de sa prétendue âme-sœur. « C'est elle qui t'a dit ça ? C'est elle ? Oui, c'est elle ! Tu vois comme elle te manipule ! C'est complètement faux je ne suis pas malade ! Elle veut t'éloigner de moi ! » Calmement, Robin énumère : « Britta, tu te sens toujours faible, toujours fatiguée. Laisse-moi parler, les médecins ont évoqué une carence très grave en potassium. Je leur ai demandé tout à l'heure quand je suis venu te chercher, ils m'ont confirmé qu'ils suspectaient des troubles graves de l'alimentation. » L'autre pleure, n'a plus que cette carte à jouer, elle implore, demande pardon, promet de changer. Elle va se faire suivre, elle va se faire aider, ensemble on est plus forts mon amour, je ne voulais pas t'inquiéter, pas te décevoir. Ne me quitte pas, ne m'abandonne pas, sauve-moi, tu peux m'aider, je vais y arriver. Je ne suis pas une menteuse. C'est elle la menteuse. Tu m'en veux ? Oui, je t'en veux. Robin est calme mais détaché, déçu, dégoûté. Il la repousse gentiment, lui dit qu'il a besoin de temps, qu'il ne sait plus ce qu'il se passe, qu'il a besoin de recul. Elle s'accroche, terrifiée, et finalement :

- C'était trop tôt pour te l'annoncer mais je suis enceinte. C'est merveilleux mon amour. Tu vois on a la vie devant nous, on va être heureux, finis les mensonges.

Ils n'ont pas réapparu de la soirée. Ils se sont fait apporter le repas dans leur chambre et ont sans doute passé la soirée à parler de l'avenir radieux qui les attend en famille. Il a dû poser sa main sur son ventre avec un sourire béat, elle a dû avaler le tiers de son assiette et puiser dans ses ressources pour ne pas s'en débarrasser, garder, promettre la rédemption. Il a dû la rassurer, la consoler, sentir à nouveau que tout est possible, qu'ils sont assez forts pour surmonter ça, après tout ils se sont dit oui pour le meilleur et pour le pire, elle est malade, il doit la soutenir, l'accompagner dans sa guérison. Pour cela il faut qu'ils se retrouvent, passent du temps ensemble. Et qu'il m'évite.

Le lendemain matin je prends mon petit-déjeuner sur la plage de l'hôtel. Je jette des regards nerveux vers le hall d'entrée. Le couple star finit par faire son entrée en scène. Ils ont l'air sereins, apaisés, reposés. La frêle colombe porte une robe en coton blanc aérienne, on dirait un ange. Elle sourit, agrippée au bras de son époux qui garde une mine assez fermée. Il m'aperçoit et a un léger sursaut. Elle s'inquiète de notre échange de regards. Elle lâche son bras et se dirige vers moi sur ses jambes longues comme un compas. Sans me saluer, elle se plante devant moi et de son accent scandinave irrésistible m'annonce avec triomphe :

- Nous écourtons notre séjour. Nous partons demain matin.

Je ne sais comment réagir, la tasse de café à mi-chemin entre la table et ma bouche. J'attends que Robin nous rejoigne. Il évite de me regarder.

- Et nous allons avoir un bébé, ajoute Britta en passant son bras derrière la taille de Robin.

Je pose ma tasse de café. Robin s'efforce de sourire, pour autant il a l'air triste. « On sera bientôt de retour au Canada. Robin, dis au revoir à ton amie. »

D'un calme olympien, je m'adresse à lui :

- Tu vas la croire encore longtemps ? Tu crois vraiment que dans son état elle peut porter la vie ? Elle était à deux doigts de mourir avant-hier.

Le visage de Britta se déforme d'une grimace de haine, elle respire plus fort, s'agite. La crise n'est pas loin. Robin l'interroge du regard. Elle recommence ses supplications, jure que c'est vrai, que je suis une menteuse. Je ne quitte pas des yeux Robin d'un air qui signifie « Sois honnête envers toi-même. » Alors il saisit le bras de Britta et siffle entre ses dents « Regarde-moi, regarde-moi bien Britta, fini de jouer, tu es enceinte oui ou non ? ». Surprise et déstabilisée par ce geste de colère elle bégaie, son regard cherche désespérément où s'accrocher, elle s'effondre « Non mais je le serai très vite, tu verras, je vais aller mieux, je serai très bientôt enceinte. » Ecœuré, il lâche son bras et tourne les talons. Elle crie à travers le hall d'entrée, lui somme de revenir. De mon point-de-vue, je vois sa voiture démarrer et quitter le parking en remuant la poussière du chemin de la corniche. Je termine calmement mon café. J'ai horreur que l'on perturbe le rituel sacré du petit-déjeuner.

À ce stade de la progression de mon entreprise, je dois dire que je suis comblée. Tout se passe mieux que ce que j'aurais pu espérer. Le succès dépasse largement mes attentes. Je suis venue en Corse trouver un point final, la conviction qu'il n'y avait plus rien depuis longtemps et qu'il n'y aurait plus jamais rien entre Robin et moi. À la place, je découvre un mariage fébrile, un Robin perdu, facilement manipulable, influençable. La chance, binôme fidèle, secrète alliée, tire les ficèles plus d'une fois en ma faveur. Mais surtout, cette rivale terrifiante, belle à en mourir m'a incroyablement facilité la tâche. Elle n'est à l'évidence pas à la hauteur pour lui. Il m'a fallu si peu d'efforts pour le démontrer, elle a fait tout le reste. Elle a révélé sa vraie nature, une proie facile, vulnérable, fragile émotionnellement, jalouse, inquiète et surtout menteuse. Le mensonge tue. Pervers, il dénoue irrémédiablement la complicité, détruit la confiance, anéantit la tendresse. Je n'ai eu qu'à lui proposer d'entrer en scène et s'exprimer d'elle-même, Britta a tombé les masques. Merci, jolie colombe. Tu as fait la moitié du travail. Va, maintenant, envole-toi, que je cale mon œil dans le viseur et te plombe l'aile définitivement.

Fin d'après-midi, le soleil commence à décliner sur la plage. Je n'ai pas quitté mon transat de la journée, j'ai lu patiemment, me suis baignée, sereine. J'ai une confiance absolue en le dénouement de cette affaire. Je n'ai plus qu'à cueillir le fruit de mon travail. Tiens, le voilà, le fruit. Robin marche sur la plage, pieds nus, son pantalon retroussé, visiblement hagard. Il me rejoint, je suis en robe, je marche les pieds dans l'eau. Je peux voir à cette distance qu'il a passé une partie de sa journée à boire. Et à pleurer. Une légère brise s'est levée. Ses cheveux s'agitent sur son front, il lève des yeux embués vers moi, me prend les mains. « Jeanne… ».

- Tu n'as pas l'air bien Robin, je vais m'occuper de toi, je te raccompagne dans ta chambre.

- Non, non, laisse-moi parler. J'ai bien réfléchi. Je fais que ça depuis des jours.

Il prend une profonde inspiration, tourné vers la mer :

- J'ai tout compris. Ce n'est pas un hasard si tu es ici.

Je me braque. Comme un animal pris au piège, j'attends la sentence. Mais contre toute attente, il ajoute que c'était le destin, le destin nous a réunis, ça ne peut pas être une coïncidence que je tombe sur sa route à ce moment précis de sa vie, le moment où il allait faire une énorme erreur, passer le restant de sa vie avec une femme qui n'est pas faite pour lui. « Tu m'as ouvert les yeux. Tu m'as été envoyée. Toi au moins tu ne joues pas un rôle, tu ne me mens pas, tu ne me manipules pas… »

Il éclate d'un grand rire, libéré.

- C'était toi depuis le début ! C'est toi depuis dix ans ! J'ai perdu une énergie et un temps fou à tout faire pour t'oublier ! J'ai été tellement con ! J'étais tellement jeune ! J'ai pas eu les couilles, Jeanne. Je peux pas mieux te dire. J'aurais dû te retenir, j'aurais dû tout faire pour te garder, te retrouver, j'aurais dû me battre, me surpasser pour régler mes problèmes avec toi à mes côtés. Au lieu de ça j'ai fait le tour du monde pour me persuader que tu n'avais pas compté, que c'était qu'une histoire de vacances ! Mais la vérité c'est qu'après toi, après cet été-là, plus rien n'a été pareil.

Il passe ses mains sur son visage comme s'il enlevait le voile qui l'avait leurré pendant tout ce temps, les pose sur le mien, me caresse les joues, la nuque comme s'il me découvrait, émerveillé. « C'était toi », il répète ça plusieurs fois pour s'imprégner de cette formule magique, de la solution au problème, la réponse à son errance. Il m'attire à lui, il sent l'alcool, je vois bien qu'il est désespéré, il me serre dans ses bras, ma tête s'enfouit dans son torse, inhale son odeur comme une drogue douce, je passe mes bras autour de sa taille, lui caresse le dos comme on réconforte un enfant, il ferme les yeux, envoûté et apaisé. « Tu m'as sauvé… Comment est-ce que j'ai pu te laisser partir il y a dix ans, mais tu comprends, ça m'a anéanti moi, de rester seul sur le quai de la gare, je me suis dit elle m'oubliera, je suis personne, à Paris elle trouvera mieux, tu me pardonnes ma chérie ? Tu veux bien me pardonner ? Moi c'est fini, je ne passe plus un jour, plus une nuit séparé de toi »… et il m'embrasse, le Graal, l'ivresse, ses lèvres contre les miennes, il répare l'outrage, rétablit l'Ordre des choses, l'ourlet en cœur de sa bouche m'atteint en plein dans mon cœur à moi. Dix ans d'errance, dix ans de carence de lui à rattraper, mon cœur asséché et vide qu'il va remplir, enfin. On s'enlace indéfiniment, se murmure des mots merveilleux qui guérissent tout, on ne prend même pas la peine de respirer, plus de temps à perdre, plus une seconde séparés, plus jamais ta bouche loin de la mienne, il s'agenouille, les yeux humides, enlace mes jambes, enlace ma taille, embrasse mes genoux, je ris, lui dis de se relever, arrête, on nous regarde…

On nous regarde.

En quelques enjambées, la Furie est sur nous. Elle a probablement bu elle aussi. Elle est transfigurée par la haine. Elle nous sépare violemment, Robin titube et se redresse. Elle vocifère en anglais, en suédois, en français « Sorcière ! Mais qu'est-ce que tu lui as fait ? Tu l'as envoûté ! Tu lui as jeté un sort ! On était heureux nous ! On demandait rien à personne ! » Elle se rue sur moi, m'empoigne aux épaules, me pousse, je reçois une avalanche de claques dans la tête, la colère décuple sa force. Robin l'intercepte, l'attrape par la taille, tente de la maintenir, lui demande de se calmer. Elle rugit toujours « Je vais vous tuer ! Tous les deux ! Je jure que je vais vous tuer ! Non, je vais me tuer, regarde-moi bien Robin, tu m'as assassinée, je vais mourir ! Non, tu ne mérites pas, je vais te pourrir la vie, je vais faire de ta vie un enfer, tu vas regretter d'être né ». Il n'arrive pas à placer une seule parole, il lève les mains vers elle, essaie de la raisonner. Elle hurle tellement fort qu'elle s'épuise, effondrée de chagrin, le corps plié en deux par la douleur. Robin paraît anéanti, bouleversé, comme s'il prenait conscience de la situation. Il la supplie maintenant, lui parle à voix basse, calme-toi ma colombe, on va parler, on va trouver des solutions, on peut s'en sortir… Je suis sidérée, je n'ose pas intervenir, je suis encore sonnée par la tornade de gifles que j'ai reçue, ma tête cogne violemment. Britta s'épuise à tenter d'échapper à Robin qui la maintient fermement pour qu'elle cesse de s'agiter, mais elle s'arrache à lui et part en courant, se retourne pour nous souhaiter la mort, pour nous crier qu'elle va mourir. On la voit se diriger vers le parking et la minute d'après la voiture fait une embardée dans un nuage de poussière.

Je n'ai le temps de rien, Robin court quelques mètres derrière la voiture qui est déjà loin. Puis il repart en direction de sa chambre, bouleversé.

Je remonte la plage en direction de l'hôtel, sonnée, quand mon téléphone vibre : un numéro inconnu. Je décroche, c'est la voix de Britta. Je suppose qu'elle avait pris mon numéro dans le téléphone de Robin. Robin avait enregistré mon contact au prétexte que l'on se donnerait des nouvelles de temps en temps une fois qu'il serait rentré au Canada. La voix de Britta est basse, entrecoupée par sa respiration saccadée, elle est dans un état second, un état de rage qui l'empêche de coordonner ses idées. Elle me demande de la retrouver devant l'hôtel pour que l'on s'explique. Je marche dans cette direction, le cœur battant. Après tout, il est temps de lui asséner le coup de grâce. Robin a fait son choix. Il me l'a dit. Cette fois je ne repartirai pas sans lui, nos routes ne se sépareront plus. Je marche environ trois cents mètres sur la corniche désertée. Puis je repère leur voiture de location stationnée en warning sur le bas-côté. Je m'approche. Britta passe sa tête par la vitre et m'ordonne de monter. Je crois que l'on va s'expliquer ici, mais elle démarre en trombe. Elle route à toute vitesse, quitte la route principale en lacets et emprunte un de ces petits chemins jamais entretenus. La lumière décline, le soleil nous éblouit de ses derniers feux. Elle ne m'épargne aucun trou ni bosse, je suis secouée comme un prunier.

Autour de nous s'étend un maquis sauvage, abandonné. Britta tourne violemment le volant et se gare sur un terre-plein qui surplombe un point-de-vue stupéfiant de beauté. D'ici, la plage de Santa Giulia étale tous ses atours. Britta tire le frein à main et se tourne enfin vers moi, le torse soulevé par sa respiration haletante. Elle siffle que je suis une manipulatrice, une menteuse perverse, qu'elle voit clair dans mon jeu, elle a tout compris, je suis venue jusqu'ici pour récupérer Robin, pas une seconde elle ne croit à ce hasard qui vient bouleverser leur vie. Elle va révéler mon plan machiavélique à Robin, quand il saura la vérité sur mon compte il comprendra que je suis cinglée, qu'il a été abusé, il se détournera de moi pour toujours. Je la méprise, me moque d'elle. Puis je lui révèle que oui, c'est vrai, je suis déterminée à récupérer Robin, mais qu'elle ne peut s'en prendre qu'à elle-même, elle m'a été d'une grande aide, d'ailleurs leur couple est d'une médiocrité infinie, un leurre, une relation si fragile qu'il a été un jeu d'enfant d'insinuer le doute dans l'esprit de Robin.

Folle furieuse elle se met à me balancer des claques anarchiques puis me saisit à la gorge avec ses deux mains, plaque ma tête contre la vitre, jure qu'elle va me tuer. Je suffoque mais rassemble toutes mes forces pour arracher ses mains. Je tousse, cherche d'une main la poignée de la porte et sors en titubant. Elle descend aussi, contourne le véhicule et recommence son agression, elle hurle, me frappe, me bouscule, me force à reculer. Je me ressaisis, retrouve l'équilibre. Je suis au bord du précipice, j'ai peur de tomber, cette folle va finir par me blesser. Britta fonce vers moi les bras en avant pour me saisir ou pour me pousser, je ne sais pas, mais je l'évite, elle se retient in extremis sur le rebord du terre-plein. Alors qu'elle est de dos et qu'elle rassemble son équilibre pour ne pas tomber, sans réfléchir je lui donne un coup sec dans le dos, assez pour provoquer sa chute. À la seconde où elle bascule je me demande ce que je viens de faire, non, je ne l'ai pas poussée, je l'ai à peine touchée… Le cri est horrible, vite coupé par un bruit lourd, quelque chose qui cogne la surface d'une pierre, se brise, roule et arrache des herbes hautes et des arbustes piquants.

Je n'arrive plus à réfléchir, je suis complètement sous le choc, une main sur ma poitrine pour calmer ma respiration. J'hésite à m'approcher, j'ai le vertige, je ne veux pas voir, je ne veux pas savoir. Je marche en titubant jusqu'à la voiture. Je saisis son téléphone portable : elle a dix appels manqués de Robin. J'écoute le message vocal. En larmes et très alcoolisée, la voix de Robin enregistre « Je te demande pardon, reviens, on va s'expliquer, on va s'en sortir, je sais pas ce qui m'a pris, elle m'a lavé le cerveau, j'ai eu un doute, tout est de ma faute mais je t'aime plus que tout. » Je vrille. Toujours depuis le téléphone de Britta, je rédige ce texto à son attention à toute vitesse, presque sourde tellement mon cœur bat fort : « Je ne te pardonnerai jamais. Adieu. ». Je jette un dernier regard dans le rétroviseur. La « golden hour » envahit le petit miroir. Toute cette lumière, divine. La lumière du Paradis.
Repose en paix.
J'abandonne le téléphone sur le siège et pars en courant en direction de l'hôtel sans me retourner.

VI

Les mois passent. Les nuits sont compliquées. Je fais des cauchemars, me réveille en sueur, me lève pour vérifier que le verrou de la porte d'entrée de l'appartement est bien fermé. Je ne suis pas sereine. Je n'ai pas la conscience tranquille. Des images martèlent en boucle mon inconscient dès que je m'assoupis. Ce qui s'est passé ce soir-là ne peut être avoué. Je dois vivre avec ce dérapage incompréhensible. Je n'étais plus moi-même. Comme aspirée dans une dynamique morbide, rendue imprévisible et dangereuse par la chute de ma rivale, j'ai perdu la tête. Je revis la scène en boucle dans un flashback interminable.

Une fois de retour à l'hôtel, épuisée et en nage, je me réfugie dans ma chambre pour réfléchir à la situation. Je me persuade que Britta est tombée toute seule. Elle a couru dans le vide, c'était elle ou moi. Si je n'avais pas réagi, elle n'aurait pas hésité une seconde à me pousser et je serais morte à sa place. De la légitime défense. Voilà, oui, c'est ça, je me suis dégagée sur le côté et elle est tombée. Qui me croira sans témoin, sans indice matériel ? Je n'ai aucun intérêt à avouer avoir été sur les lieux lors de son décès. Personne ne croira à la version de l'accident. En tout état de cause, je serais accusée de non-assistance à danger. J'aurais pu appeler les secours, la sauver était peut-être encore possible. La thèse du suicide est bien plus crédible. Britta surprend son mari dans les bras d'une autre, profère des menaces, elle est hystérique, prétend qu'elle va se suicider. Elle envoie un dernier message d'adieu à Robin dont le ton est définitif. Voilà, ça tient la route. Je ne suis au courant de rien, je n'ai rien vu.

Les heures passent, la nuit avance, m'engloutit de son silence insoutenable. Passé l'effroi de l'accident, je commence à intégrer la mort de la blanche colombe. Je suis de plus en plus détendue et sereine. Je me dis que c'est une aubaine. Quelle bonne idée elle a eu de se jeter dans le vide. La voie est libre. Atténuées la douleur et la culpabilité, dans quelques temps Robin sera à nouveau disponible et prêt à se consacrer à nous. Je décide de frapper à la porte de sa chambre. Je dois insister plusieurs fois. Il finit par m'ouvrir. Je comprends qu'il comatait, à moitié mort, assommé par l'alcool. Il est en caleçon. Ses yeux ne me voient pas, il peine à les garder ouvert. Il tient une bouteille de whisky à moitié vide dans une main. La chambre est sens dessus-dessous. Je ferme à clé derrière moi par réflexe. Je constate que sur la table de chevet, une plaquette de médicament est entamée, ce sont visiblement des somnifères. Robin a l'air d'avoir fait un mauvais mélange, il s'allonge, je prends son bras mais il est mou, sans résistance. Il se met à pleurer, me demande où est Britta, me supplie de lui dire si je sais où elle est. Je le console, le rassure.

- Maintenant on est tranquilles. On va pouvoir vivre notre amour librement. C'est ce que tu voulais tout à l'heure sur la plage tu te souviens ?

Ses larmes redoublent, il reste allongé, incapable de réagir. Puis il a un geste brusque de rejet, me repousse, m'insulte, m'exhorte à sortir de sa vie, il allait bien sans moi, sa vie était tracée, il était heureux il ne se posait pas de question. Alors je pique une colère, le traite d'ingrat, je lui ai ouvert les yeux sur la menteuse qu'il a épousé, je l'ai reconnecté à sa vie passée, à son père, à ses valeurs, il s'était égaré et je l'ai remis sur le droit chemin, de quel droit ose-t-il me repousser, ça ne se passera pas comme il y a dix ans, je ne tolèrerai jamais plus que tu me rejettes, je ne serai plus ta victime. Est-ce que tu as une idée de l'enfer que tu m'as fait vivre pendant des années ? Tu vas réparer l'affront de m'avoir souillée, humiliée par ton abandon, détruite au point que je rate l'examen le plus crucial de ma vie. Tu m'as condamnée à des années d'errance sentimentale, à un chaos émotionnel, des années de coma artificiel et de bonheur illusoire. J'ai tout fait pour toi espèce d'ingrat, tu es assez idiot pour avoir cru que j'étais en Corse dans le même hôtel que toi ! Mais je t'ai cherché pendant des mois imbécile ! J'ai tout fait pour te retrouver, te confronter à ta faute impardonnable ! Je savais qu'il suffirait que l'on se rencontre à nouveau pour que tout reprenne. Tu vois, je ne m'étais pas trompée.

Il pleure toujours, s'enfonce dans un coma cotonneux, immobile comme un poids mort sur le grand lit. Alors je déchausse le traversin de sa housse, récupère celle-ci et enroule les poignets de Robin, à demi-conscient. Je les attache au montant du lit sans obtenir de réaction de sa part. Je lui donne de petites gifles pour qu'il ouvre les yeux, je ne le laisserai pas en paix tant qu'il ne m'aura pas répété et assuré sa promesse sur la plage, maintenant c'est nous deux ou rien. Il semble prendre conscience qu'il est attaché, bouge les bras sans force, panique, ses yeux gagnent en vivacité. Je l'embrasse, lui répète de ne pas s'affoler, tout va bien, doucement je descends son caleçon pour m'occuper de lui plus intimement, il gémit, me supplie de le laisser, il dit qu'il ne veut pas, il est marié, par pitié je t'en supplie Jeanne fais pas ça, arrête, je veux pas de ça… Mais moi tu m'as tellement manqué, j'en ai tellement rêvé, tu vas voir tout sera comme avant, je vais te combler d'amour et d'attentions.

Robin a gémi, pleuré, dormi. Je dors un peu à ses côtés mais je ne le détache pas. Quelques heures plus tard il se réveille en furie, se débat avec une telle force que j'ai peur qu'il arrache le montant du lit, je dois monter à califourchon sur lui et lui ordonner d'arrêter tout de suite, sinon je ne lui révèlerai jamais où est sa femme. Comment ça ? Tu sais où elle est ? Dis-moi où elle est ! Je te préviens Jeanne, s'il lui est arrivé quoi que ce soit… Alors je décide de lui avouer la vérité, autant qu'il fasse son deuil le plus vite possible, tu es veuf mon pauvre Robin, ta femme est tombée d'un précipice, elle a essayé de me pousser dans le vide mais ça s'est retourné contre elle, tu ne me crois pas ? Mais ça s'est passé à trois minutes en voiture d'ici ! En remontant la corniche puis en piquant sur le chemin du maquis, elle a roulé-boulé dans un fracas immonde d'os brisés devant un panorama de rêve, Santa Giulia scintillait derrière, l'instant était sublime. Elle ne tenait pas beaucoup à la vie vu ce qu'elle infligeait à son corps, toi c'est différent tu as la tienne devant toi, tout le temps nécessaire pour en recommencer une nouvelle, ensemble. Il devient fou, assommé de douleur, il ne me croit pas, répète que c'est faux, me demande de le détacher, jure que si c'est vrai il me tuera.

Un an plus tard je roule en direction du Tribunal de Bordeaux. Mon avocate m'attend devant les assises. « Pas de commentaire ». Elle reflue les dizaines de journalistes qui nous accablent de questions et de photographies et nous collent leur micro sous le nez. « Laissez ma cliente tranquille, respectez les victimes. » À côté de moi sur les marches qui mènent au porche d'entrée, un journaliste commente en direct :

- C'est aujourd'hui que débute le procès tant attendu de l'affaire surmédiatisée de l'homme soupçonné d'avoir tué sa femme, puis séquestré violé et tenté de tuer son ex petite-amie. L'homme encourt la peine de prison à perpétuité. Nul doute que ce procès sera suivi de très près par le grand public. Les associations de défense des droits des femmes sont représentées par plusieurs porte-paroles venus s'assurer que le prévenu ne s'en sortirait pas sans la peine maximale.

Devant l'entrée la foule s'agite, des banderoles réclament une peine exemplaire « Stop aux féminicides ! ». Nul doute que la vague anti-agressions sexuelles portée par le hashtag « balance ton porc » et les récentes affaires d'homicides de femmes par leur compagnon vont jouer en la défaveur de Robin.

Je sais qu'un long marathon psychologique débute.

- Monsieur Carpentier, aviez-vous des raisons d'en vouloir à votre femme ?
- Aucune.

Le silence dans la salle est solennel. Je regarde les hauts plafonds peints ornés de stucs dorés. Le lieu impose le respect. Par chance, je constate que le juge est une femme. Je n'ai pas revu Robin depuis le drame l'automne dernier. Il apparaît dans le box des accusés, menotté mais extraordinairement beau dans sa dignité.

- Pourtant, reprend le procureur, d'après le témoignage de Mademoiselle Jeanne Aubry, vous aviez découvert lors de votre lune de miel que votre épouse vous avait menti sur plusieurs points et vous en étiez vraiment affecté.
- Elle m'a menti, c'est vrai, mais sur des sujets mineurs qui auraient pu être réglés par la communication. Ces mensonges n'auraient jamais entraîné de violence de ma part. Ni aucun autre d'ailleurs.
- Confirmez-vous que vous avez découvert lors de ce séjour corse, que votre épouse souffrait d'anorexie ?
- Oui.
- Vous n'aviez jamais remarqué ses troubles alimentaires auparavant ?
- Non. Elle était vegan, difficile à table, et surveillait sa « taille mannequin » dont elle était très fière. Rien d'anormal pour une très belle femme. Je ne me doutais pas de sa détresse.
- Comment avez-vous réagi en apprenant qu'elle vous avait caché sa maladie durant tout le temps de votre relation ?
- J'étais désemparé. Je ne comprenais pas pourquoi elle ne m'avait pas parlé de son mal-être. J'aurais pu la soutenir, c'était mon rôle.
- Vous n'avez pas été en colère ? Rien qui eut provoqué une grave dispute ?

- J'étais en colère, déçu, mais j'ai voulu dialoguer, en parler avec elle. Ma réaction était de vouloir la sauver, certainement pas de lui faire du mal.
- Est-il vrai cependant que vous avez appris ensuite un mensonge plus grave ? Est-il vrai que Madame Britta Carpentier vous a fait croire qu'elle était enceinte ?

Robin marque un temps, visiblement ému par ce souvenir.

- Oui.

Léger mouvement de malaise dans la salle.

- Quelle a été votre réaction quand vous avez découvert qu'il n'en était rien ?
- J'étais très malheureux. Mais aujourd'hui je comprends ce qui l'a poussée à mentir. Elle… se sentait en danger vis-à-vis de Jeanne. Elle sentait qu'elle était en rivalité avec elle.
- Elle l'était donc !
- Non ! crie Robin. Mais comprenez-la… Une ex ressurgit de nulle part pendant notre lune de miel…
- Et votre épouse se rend bien compte de votre penchant pour votre ex petite-amie, elle s'inquiète, panique et invente cette grossesse pour vous retenir.

Robin se révolte, perd le calme qu'il avait gardé jusque-là :

- C'est Jeanne, c'est une manipulatrice ! Elle a semé le trouble dans notre vie, elle nous a lavé le cerveau… Elle a tout fait pour semer le doute dans mon esprit.
- Donc évidemment vous n'êtes que la victime du charme de Madame Aubry… C'est précisément l'argument de tous les violeurs et assassins de femmes. Vous allez bientôt nous dire qu'elle l'avait bien cherché.

Murmure général dans la salle. Robin panique, acculé :

- Je suis victime de Jeanne Aubry, oui, je le déclare et l'assume ! Elle est d'une perversité immense. Elle n'était pas en Corse par le plus pur des hasards, elle me l'a même avoué. Elle était venue dans le but de me reconquérir et s'est

mis en tête de me convaincre de mon énorme erreur d'avoir épousé Britta.
- Et ça a marché, puisque vous avez trompé votre épouse ?
- Je ne l'ai pas trompée !
- Un employé de l'hôtel affirme vous avoir vu embrasser Mademoiselle Aubry sur la plage le jour du drame. Vous sembliez très amoureux et vous l'embrassiez passionnément.

Robin baisse la tête, vaincu, en proie au désespoir :
- À un moment j'ai eu un doute, c'est vrai. J'étais perdu. Jeanne avait réussi à semer la graine de la discorde. Elle a été extrêmement maline. Ce baiser est ma seule erreur. Elle me coûte cher.
- Vous continuez à dire que si vous avez trompé votre épouse en embrassant une autre femme, c'est à cause de la perfidie d'une séductrice, d'une femme fatale et dangereuse. Comme elle a bon dos ! Ne pouvez-vous pas prendre la responsabilité de vos actes et assumer avoir fauté ? Le mythe de la femme et du péché originel a encore de beaux jours devant lui.
- Est-on ici pour me juger sur ce baiser infidèle ? Est-ce que ce sont les faits qui me sont reprochés ?
- Vous prétendez avoir succombé aux manigances d'une femme perfide et manipulatrice.
- C'est le cas, acquiesce Robin.
- Donc si vous l'avez violée, c'est parce qu'elle vous avait provoqué !
- Je ne l'ai pas violée ! Martèle Robin au désespoir.
- Racontez à nouveau comment les choses se sont passées selon vous.

Robin soupire comme s'il était déjà condamné, comme si personne ne croirait encore son incroyable version des faits. Réunissant tout son courage, il déclare :

- Britta nous a vus nous embrasser sur la plage. Elle est partie en courant en direction de la voiture. Je ne savais pas quoi faire, j'étais désespéré. J'ai essayé de la joindre. Je ne savais pas où la chercher. Elle m'a envoyé un message de rupture et d'adieu. Je suis rentré à la chambre de l'hôtel, et j'ai… bu… j'ai bu pour faire passer la douleur, pour que le temps passe plus vite jusqu'à son retour. J'étais au plus mal, j'ai mélangé avec des somnifères.
- Admettez-vous avoir un penchant pour la boisson depuis toujours Monsieur Carpentier ?

Il se braque, comme un animal pris dans les phares d'une voiture.

- Un problème, non… J'ai parfois bu outre mesure quand j'étais jeune et que je faisais la fête, mais j'étais jeune…
- Pourtant il y a deux ans seulement, vous avez perdu votre permis de conduire suite à un contrôle de police aléatoire, vous aviez 0,95 grammes d'alcool dans le sang.
- Je rentrais d'un dîner professionnel. Mais j'étais encore maître de mes moyens.
- En 2012, vous êtes arrêté en état d'ivresse sur la voie publique à la sortie d'une fête, ou plutôt d'une beuverie, sur le campus où vous étudiez à Marseille.
- J'étais jeune. On a tous fait des folies, on a tous eu des trous noirs le lendemain de soirée. Jamais je n'ai eu l'alcool violent. Je n'ai jamais été arrêté pour une bagarre, personne n'a jamais porté plainte contre moi.
- Continuez votre déclaration.
- Jeanne a frappé à ma porte. J'étais complètement drogué entre l'alcool et les somnifères.
- Etiez-vous en panique, aviez-vous des gestes violents ?
- Non j'étais anesthésié, je n'étais pas du tout agressif envers Jeanne. Je ne me doutais pas qu'elle venait de la tuer !

Agitation sensible dans la salle, la juge demande à ce que l'on retrouve son calme.

178

- Elle m'a fait un grand discours selon lequel elle était la femme de ma vie, que nous étions faits l'un pour l'autre, que je devais ouvrir les yeux. Elle m'a attaché aux montants du lit. Si je criais ou appelais au secours, elle ne me révèlerait jamais ce qui était arrivé à Britta.
- Qu'a-t-elle fait ?
- Elle…

Il cherche du regard de l'aide dans la salle.

- Elle m'a violé.

Le public s'agite, une représentante d'association féministe se révolte. La juge doit rétablir l'ordre, menace de renvoyer l'audience au lendemain.

- Pouvez-vous être plus précis ?
- Elle m'a fait une fellation. Sans mon consentement.
- Monsieur Carpentier, avez-vous déjà eu des pratiques sexuelles de type sadomasochistes par le passé ? Avez-vous déjà pratiqué le bondage qui consiste à attacher et se faire attacher par sa partenaire ? Ou aviez-vous le fantasme secret d'une telle pratique, que votre femme aurait pu vous avoir refusé ?

Robin s'impatiente, désespéré :

- Non ! Je vous dis que je n'étais pas consentant !
- Poursuivez votre récit.
- Jeanne m'a annoncé que Britta était morte, qu'elle était tombée d'un ravin. Elle m'a indiqué le lieu précis. Je ne pouvais pas le croire, j'étais fou de douleur.
- Que s'est-il passé ensuite ?
- Elle m'a séquestré comme ça encore le reste de la nuit. J'ai fini par comprendre que le seul moyen pour qu'elle me détache était de lui faire croire que je l'aimais toujours. Qu'on pouvait se redonner une chance. Je lui ai demandé de me détacher.
- Pourquoi a-t-elle accepté ?

179

- J'ai… prétendu vouloir lui faire l'amour.
- Vous avez prétendu ?
- J'étais à court d'idée, j'étais drogué et choqué elle venait de m'apprendre que ma femme était morte !
- Les tests sérologiques effectués ce jour-là ont révélé une très grande quantité d'alcool dans votre sang ainsi que les traces d'un somnifère puissant.
- C'est ce que je vous dis ! Ça concorde ! Jeanne m'a détaché, J'ai commencé à lui faire l'amour puis je l'ai étranglée avec son soutien-gorge. Juste assez pour pouvoir m'enfuir. Je n'ai jamais eu l'intention de la tuer. C'était de la légitime défense.

La salle s'anime tellement que la juge frappe trois coups de marteau. L'audience est reportée à demain. Je ferme les yeux. Entendre de sa voix le récit de cette nuit infernale me bouleverse. Je prie pour que personne ne puisse croire à une vérité aussi invraisemblable.

- Monsieur Carpentier, qu'avez-vous fait après avoir tenté d'étrangler Mademoiselle Aubry ?
- J'ai pris les clés de sa voiture et je suis parti jusqu'à l'endroit qu'elle m'avait indiqué. Il commençait à faire jour. Quand je me suis approché du précipice… J'en croyais pas mes yeux. J'étais effondré…

Il enfouit son visage dans ses mains et sanglote un certain temps. Il renifle et ajoute :

- Je n'ai même pas eu le temps d'appeler la police. Cette garce avait été plus rapide que moi. Ils m'ont coffré comme le dernier des criminels.
- Le rapport d'autopsie a confirmé que votre épouse était décédée d'une hémorragie suite à la rupture de l'artère fémorale provoquée par sa chute, environ douze heures avant d'être retrouvée. Si les secours avaient été appelés

immédiatement elle aurait pu s'en sortir. Mais elle est décédée dans la demi-heure après être tombée.

Je ferme les yeux lentement pour évacuer ce que je viens d'entendre. J'aurais donc pu la sauver…

- Je vous l'ai dit, reprend Robin dans un effort surhumain pour garder son calme. Quand je l'ai découverte elle était déjà morte depuis la veille. Pourquoi est-ce que je serais revenu sur le lieu de mon crime enfin ? Ça n'a pas de sens !

- Parce que vous étiez dans la plus grande agitation ? Ou pour cacher le corps avant qu'un randonneur ne la découvre ? Monsieur Carpentier, j'aimerais revenir sur votre personnalité car je suis persuadé que la clé de l'énigme ne peut s'appréhender sans votre portrait précis. Le psychologue a rendu un rapport d'expertise dans lequel il vous décrit comme travailleur, ambitieux, loyal en amitié bien qu'un peu éparpillé dans vos relations.

- Je suis sociable, souffle-t-il, exaspéré, séchant ses larmes d'une manche. J'aime les gens. J'ai beaucoup d'amis. Je ne pense pas que ce soit un défaut.

- Il vous décrit comme quelqu'un qui aime la vie, curieux, voyageur, fêtard. Selon le psychologue, vous n'avez pas un profil violent, sanguin ni agressif.

- Exact. Je ne suis pas du tout du genre à péter des câbles et agir sous un coup de sang. Vous voyez que la version de Jeanne ne tient pas.

- Vous avez perdu votre mère lorsque vous aviez quinze ans. Un problème avec la figure féminine, donc.

Robin rit avec mépris :

- Il ne faut pas avoir un doctorat en psycho pour comprendre qu'un adolescent qui perd sa mère traîne des casseroles.

- Revenons sur l'été où vous rencontrez Jeanne. Etes-vous tombé amoureux ?

Mon cœur se serre. Je fixe toujours un point dans le vide.

- Oui, admet-il.

Un immense gâchis. Voilà ce qui me passe à l'esprit en cet instant précis.

- Pourquoi avez-vous mis fin à cette relation ?
- J'avais des choses à régler. Du chemin à faire. J'étais jeune, j'avais peur de l'engagement. Jeanne m'impressionnait, elle était brillante et savait où elle allait. Je ne me sentais pas à la hauteur pour la satisfaire dans une relation à distance.
- Vous avez eu beaucoup de copines ensuite ?
- Oui. J'avais du succès, c'est vrai. Mais c'était beaucoup d'histoires sans lendemain. J'étais pas mature. Jusqu'à ce que je rencontre Britta. J'ai su que je l'épouserai.
- Vous aviez totalement oublié Jeanne ?
- Honnêtement oui. Le temps avait passé. Je n'étais pas du tout actif sur les réseaux sociaux. On avait totalement coupé les ponts.
- Votre épouse était-elle de nature jalouse ?

Surpris, il hésite, puis avoue :

- Oui, je crois qu'elle avait peur que je parte.
- Pourquoi ?
- Je plais assez aux femmes. Mais je suis quelqu'un de droit. Je n'ai jamais rien fait miroiter aux femmes que j'ai connu. D'ailleurs j'ai quitté Jeanne proprement. Je ne lui avais jamais rien promis.
- Pourtant vous avez trompé votre épouse après seulement une semaine de mariage.

Robin veut protester, mais le procureur embraye :

- Quels rapports entretenez-vous avec votre père ?

Robin se trouble, ému :

- J'ai renoncé à mes études parce que je culpabilisais de laisser mon père. J'étais un fils dévoué, aimant. On n'est pas des grands communicants, mon père ne m'a jamais dit de mot tendre mais je savais qu'il était reconnaissant que je fasse ce sacrifice.

- Vous l'avez pourtant abandonné pour suivre votre propre route à l'âge de vingt-cinq ans.
- Je devais me trouver. Devenir quelqu'un. J'avais du potentiel scolairement, je voulais faire quelque chose de ma vie.
- Vous vous êtes quittés en mauvais termes avec votre père après une terrible dispute, selon le témoignage du voisinage.
- Mon père n'a pas supporté que je parte. Je suis devenu le fils ingrat. Pourtant je voulais qu'il soit fier de moi, de ma réussite. Je voulais le mettre à l'abri, lui offrir une retraite digne. Mais il est tellement fier, il n'a jamais accepté la moindre aide de ma part.
- Votre père est malheureusement atteint d'Alzheimer aujourd'hui.
- Oui. Mais dans un moment de lucidité il a déclaré à la police que Jeanne lui avait rendu visite juste avant qu'elle vienne me retrouver en Corse. Elle me cherchait ! Elle était sur mes traces ! C'est lui qui lui a indiqué que j'étais là-bas.
- Malheureusement nous ne pouvons prendre en compte le témoignage d'une personne malade dont les souvenirs s'emmêlent. Il a aussi déclaré avoir eu la visite de votre mère cet été-là. Or elle était décédée depuis presque vingt ans.

Robin lève les yeux, absent, le regard perdu dans le vide. J'y décèle une telle détresse que mon cœur se fige. Il comprend à ce moment-là qu'il est en très mauvaise posture. La seule personne qui aurait pu témoigner que j'étais effectivement sur ses traces, que mon séjour en Corse n'était pas fortuit, est atteint d'une maladie qui le décrédibilise totalement.

- D'après votre théorie, serait-il possible que Jeanne ait manigancé son séjour en Corse pour se venger d'avoir été abandonnée ?

- D'après moi, hésite Robin, elle ne voulait pas se venger. Elle voulait me récupérer.
- Donc il n'y aurait pas eu de préméditation, si toutefois votre version était la vérité.
- Je ne pense pas. Tout s'est enchaîné très vite.
- Avez-vous une dernière chose à ajouter, Monsieur Carpentier ?

Les larmes aux yeux, il déclare :
- Je demande à Madame la juge et aux jurés de ne pas se laisser influencer par la vague féministe qui envahit les réseaux sociaux actuellement. Ils m'ont déjà condamné mille fois. Or c'est moi la victime.

Il se tourne vers moi et pour la première fois depuis la Corse, nos regards se rencontrent. Je ne peux plus penser, plus respirer. Il me dit, droit dans les yeux :
- Toi qui prônes la justice, toi qui voulais devenir juge. Ne cautionne pas cette erreur judiciaire. J'ai pas mérité ça.

- Mademoiselle Jeanne Aubry, qu'est-ce qui a motivé ce séjour en Corse ? Aviez-vous l'habitude de voyager seule ?
- Cela m'est arrivé plusieurs fois de partir en week-end dans certaines capitales européennes. Durant mes périodes de célibat, je ne voulais pas me priver de vacances sous prétexte de ne pas avoir de partenaire.
- Pourquoi n'êtes-vous pas partie avec une amie ?
- Ma meilleure amie Elodie n'avait pas de budget pour les vacances. Ses finances sont toujours très serrées, elle élève seule son fils.
- Pourquoi votre choix s'est-il porté sur la Corse ?
- Ma collègue de bureau, Chantal, m'en avait fait les louanges. C'était en octobre. Hors saison, la Corse était moins chère et moins touristique. Les dates m'ont presque été imposées par

mes patrons. Vous pouvez vérifier. Ce sont eux qui m'ont poussée à partir.

- Pourquoi ont-ils insisté pour que vous preniez des congés ? Etiez-vous déprimée ?
- Très fatiguée. Je travaillais énormément. J'étais proche du burn-out.
- Cela n'avait rien à voir avec un état moral général de type dépressif ?
- Non. Je ne prenais aucun traitement. Là encore, vous pouvez vérifier. Je n'ai jamais posé le moindre arrêt maladie. Ma santé mentale était excellente.
- Vos collègues et vos rares amis vous décrivent comme quelqu'un d'assez solitaire, qui sort peu, profite peu de la vie nocturne bordelaise.
- Je suis une acharnée de travail. Cela a toujours été ma priorité.
- Vous n'aviez pas de temps à consacrer à votre vie sentimentale ? Comment expliquez-vous votre célibat ?
- Est-on anormale lorsque l'on est une femme trentenaire célibataire ? Je ne me sens pas concernée par ces clichés sexistes. Je vous l'ai dit, seule ma carrière comptait.
- Comment décririez-vous votre parcours sentimental ?
- Un parcours classique. J'ai eu de longues relations et aussi des aventures plus éphémères.
- Le rapport rendu par le psychologue vous décrit comme une personne introvertie, peu sensible, parfois assez froide. Un « profil psychorigide » et un ego développé.
- J'ai de l'ambition. Si cela est de l'ego, je l'assume. Pour ce qui est de la rigidité, j'exerce une profession juridique. Je suis huissier de justice. Oui, j'exécute. Je veux que les choses soient faites et bien faites. Je ne cherche que la justice.

- Vous avez d'ailleurs longtemps souhaité devenir magistrate mais avez échoué au concours de l'Ecole Nationale de la Magistrature. Comment avez-vous vécu cet échec ?

Je prends une profonde inspiration :

- J'avais énormément travaillé pour atteindre mon objectif. Ça a été très dur d'admettre mon échec. Je n'avais jamais rien raté auparavant.
- Une blessure narcissique qui vous aurait laissé des traces ?
- Bien sûr que ça laisse des traces. Ça ne transforme pas les étudiants en assassins pour autant.
- Votre père est avocat. Mais vous n'avez que très peu de contacts avec lui.
- Et donc j'ai un problème avec la figure masculine, dis-je avec provocation avant de regretter immédiatement.
- Avez-vous fait des études de droit pour attirer son attention ? Pour rivaliser avec lui ou pour le rendre fier ?
- Peut-être inconsciemment. Mais je ne vois pas ce que ça vient faire ici.
- Refusez-vous l'idée que l'on puisse vous délaisser, vous laisser sur le bas-côté, vous laisser faire votre vie sans vous témoigner d'intérêt ? Etes-vous du genre à vouloir à tout prix regagner l'estime et l'amour d'un homme qui ne vous inclue pas dans sa vie ?

La question est d'une violence telle que je dois prendre le temps d'accuser le coup avant de répondre, en m'éclaircissant la voix :

- Personne n'aime être abandonné. Encore moins par son propre parent.
- Auriez-vous pu faire un report de votre père sur Robin, en tentant de regagner l'amour de votre ex petit-ami ?
- Je ne suis pas psy. C'est à eux de le dire. Mais je suis cartésienne, je trouve cette théorie franchement tirée par les cheveux.

- Justement, selon le psychologue, vous avez le profil d'une personne extrêmement déterminée qui ne lâche jamais quand elle a quelque chose en tête. Vous confirmez ?
- Oui. Je ne m'en cache pas. Ma détermination est une force, je trouve.
- Votre détermination peut-elle être ressentie comme un caractère de type obsessionnel ? Avez-vous déjà fait des « fixettes » sur certaines choses ou sur certaines personnes ? Un homme que vous auriez voulu avoir à tout prix par exemple ?
- Je n'ai jamais eu aucun problème pour avoir les hommes que je voulais. J'ai toujours eu un certain succès. Je n'ai jamais bataillé pour obtenir les faveurs d'un homme.
- Certains de vos ex petits-amis qui ont été interrogés vous ont décrite comme une jeune femme assez froide, peu communicante.
- Parce que je n'étais pas épanouie ni amoureuse d'eux. C'est une réaction fière et puérile de la part des hommes qui n'ont pas su me garder.
- Justement, l'été 2009, après des vacances de rêve, c'est Robin qui met un terme à votre relation.
- Il ne voulait pas d'une relation à distance. Nous étions très jeunes. Il était immature, voulait s'amuser, sortir. Il buvait beaucoup. Il ne pouvait pas s'engager dans une promesse qu'il n'aurait pas tenue. Je lui ai été reconnaissante de ne pas m'avoir fait perdre de temps et de ne pas m'avoir fait souffrir.

Robin a un sursaut de mépris.

- Etiez-vous oui ou non amoureuse de Robin à l'issue de cet été ?

J'hésite, à demi-mots :

- Oui, j'étais amoureuse.

- Chose qui, si je vous suis bien, vous arrivait rarement. Vous étiez plus souvent insensible à vos partenaires.
- Oui.

Le poids du regard de Robin que je sens sur moi m'est insupportable.

- Vous êtes amoureuse et ce garçon vous abandonne à la fin de l'été. Et vous prétendez avoir bien supporté cet « échec » sentimental ? Vous qui habituellement n'avez aucun problème à séduire et garder les hommes ?
- Notre histoire n'a duré que trois semaines. Je m'en suis remise rapidement. J'étais à fond dans mon objectif de concours.
- Combien de temps avez-vous réellement mis à oublier Robin ?
- Quelques mois seulement. Je vous l'ai dit, je suis cartésienne. La raison a rapidement repris le dessus. Je crois que d'ailleurs nous nous sommes écrit des banalités quelques temps après notre rupture puis ni l'un ni l'autre n'a jamais cherché à reprendre contact. Jusqu'à ce que l'on se croise fortuitement en Corse. Je suppose que vous avez vérifié l'historique de nos mails et de nos messages. Nous ne nous sommes plus contactés pendant, je ne sais pas, presque une décennie. Je l'avais totalement oublié. Quand je l'ai croisé dans cet hôtel, j'ai cru que j'hallucinais.

Robin a un rire mauvais.

- Que s'est-il passé par la suite ?
- Sa femme était de santé fragile. Elle faisait des insolations, se sentait faible tout le temps. En même temps, elle ne mangeait rien. Elle a fait plusieurs malaises.
- Vous dîtes qu'elle était de santé fragile. Emotionnellement aussi ?
- Sans aucun doute. Elle était vulnérable, pour ne pas dire instable.

- Pensez-que vous que Britta Carpentier, après vous avoir surpris sur la plage avec son mari, aurait pu commettre le suicide ? Pensez-vous que cette thèse puisse tenir debout ?
- Oui. Pourquoi pas. J'imagine que l'infidélité de son mari a dû être un choc. Elle était boulimique, elle n'avait pas confiance en elle. Elle était visiblement jalouse, inquiète.
- Poursuivez.
- Elle était donc souvent physiquement incommodée. Pendant qu'elle se reposait à l'hôtel, Robin et moi passions du temps ensemble, spontanément, pour ne pas rester seuls. C'était très sympathique de renouer, nous avions plein de souvenirs à nous remémorer.
- A-t-il tenté de vous séduire ?
- Il y avait un certain jeu entre nous oui. L'attirance était toujours là, dix ans plus tard. C'est un très bel homme, je ne le nie pas. Pour autant il venait de se marier, je laissais donc la distance qui s'impose entre nous. Mais un soir, il a dépassé la limite. Il m'a embrassée sur la plage.
- Dis la vérité ! Menteuse ! Crie Robin qui s'est levé de sa chaise derrière le box des accusés.

La juge doit le calmer et réclame le calme dans la salle. Robin est furieux, le genou agité d'un tic nerveux. Son avocat lui parle à voix basse pour qu'il cesse de se compromettre. Il ne doit surtout pas afficher une personnalité colérique.

- Et ensuite ?
- Quand sa femme nous a surpris, il a craqué. Il s'est enfermé dans sa chambre. J'ai frappé pour vérifier l'état dans lequel il était.
- Que lui avez-vous dit ?
- Qu'il fallait que l'on parle.
- Vous ne lui avez pas proposé de vous retrouver dans un lieu public, le lendemain une fois les esprits reposés et l'alcool diminué ?

- Je n'en ai pas eu le temps. Une fois dans sa chambre, j'ai réalisé qu'il était encore soul. Il a ouvert le mini-bar et a continué à boire. Il tenait des discours incohérents. Il me disait qu'il avait tué sa femme, qu'elle était tombée d'une falaise et il m'a même expliqué où cela avait eu lieu.
- Comment aurait-il pu avoir rejoint son épouse alors qu'elle était partie avec la voiture ?
- Je n'en sais rien. Je ne suis pas enquêtrice. Peut-être qu'ils se sont retrouvés et qu'il est monté avec elle dans sa voiture.
- Que s'est-il passé ensuite dans cette chambre ?
- Il m'a attachée au lit, violemment, parce que je répétais que je voulais partir, qu'il me faisait peur.
- Vous n'aviez pourtant aucune trace de liens autour des poignets, selon le rapport médical établi le jour même.
- Il n'avait pas besoin de serrer beaucoup. Je ne suis pas un gros gabarit, je n'avais pas les moyens de me débattre contre lui.
- Qu'a-t-il fait ?
- Il m'a violée. L'examen médical a confirmé qu'il y avait eu pénétration.
- Vous n'étiez pas consentante ?
- Non. Je lui répétais que c'était mal, qu'il était marié.
- Assez ! Crie Robin, fou de rage.

Son avocat l'exhorte à s'asseoir et rester calme pour que la juge ne renvoie pas l'audience.

- Avez-vous oui ou non pratiqué une fellation à Monsieur Carpentier ?
- Oui. Il me l'a demandé avec insistance. Il était agressif, j'avais peur.
- Vous l'avez donc fait contre votre gré ?
- Oui.
- A-t-il fait usage d'une arme pour vous y contraindre ?
- Non.

- Pourquoi n'êtes-vous pas partie tout simplement ?
- Il me bloquait le passage. J'étais tétanisée.
- C'était donc avant qu'il vous attache ?
- Oui.
- Nous avons interrogé plusieurs ex petites-amies de Monsieur Carpentier. Tous les témoignages concordent à dire qu'il n'a jamais été violent sexuellement. Aucune tendance perverse, aucune déviance particulière. Il n'a aucun passif et aucune plainte n'a jamais été déposée contre lui, même à l'époque où il était étudiant et abusait de la fête.
- Je vous répète qu'il était très alcoolisé et fou de désespoir à cause de sa femme.
- Poursuivez.
- Comme je me débattais, il a commencé à m'étrangler avec mon soutien-gorge. Je suffoquais. Alors il m'a lâchée et est parti comme un fou. Il a pris les clés de ma voiture dans mon sac. J'ai immédiatement appelé la police. Je lui ai indiqué le lieu où il avait tué sa femme, selon ses dires. C'est là qu'ils l'ont trouvée. Pauvre fille…
- Mademoiselle Aubry, le soir même de ce baiser fatal, après que Britta Carpentier ait quitté l'hôtel dans sa voiture, elle vous téléphone à précisément dix-neuf heures quinze. Que vous dit-elle ?
- Rien de constructif. Elle m'a insulté, elle pleurait. L'appel n'a duré que quelques secondes.
- En aucun cas elle ne vous somme de la rejoindre en haut de cette falaise pour avoir une explication ?
- Non, pas du tout.
- Pourtant un employé de l'hôtel affirme vous avoir vue partir à pieds et revenir environ une heure plus tard dans un état hagard.
- Je suis partie m'aérer. J'étais totalement bouleversée par la déclaration d'amour de Robin et la crise de sa femme.

- Quelqu'un peut-il en attester ? Avez-vous croisé des promeneurs ?
- Je ne crois pas. Je ne m'en souviens pas. Je vous le répète, j'étais bouleversée.
- Ça tient pas debout ! crie Robin.
- Mademoiselle Aubry, votre ADN a été retrouvé dans la voiture de location de Robin et Britta Carpentier.
- Je vous l'ai dit, Robin et moi avons passé beaucoup de temps ensemble. Je suis montée plusieurs fois dans cette voiture, nous sommes allés jusqu'aux aiguilles de Bavella.
- Votre ADN et même l'un de vos cheveux a été retrouvé sur le corps de la victime.
- Sur la plage elle s'est jetée sur moi, elle m'a empoigné. On en est venues aux mains.
- Mademoiselle Aubry, avez-vous quelque chose à ajouter ?

Je ne sais pas où je puise l'audace, où je trouve la force d'une chose pareille. Mais à mon tour, je regarde Robin. Il est anéanti, son regard est dévasté. Alors je lui dis, très doucement :
- Je te pardonne.

- Mademoiselle Elodie Breton, comment décririez-vous votre amie Jeanne Aubry ?

Elodie a l'air tétanisée. Elle ne cesse de me regarder du coin de l'œil et tord ses mains aux ongles savamment peints.
- Elle est… brillante. Très intelligente. Très compétente dans son travail.

Elle choisit posément chacun de ses mots, prudente.
- Très intelligente… L'est-elle d'un point de vue uniquement professionnel ? Ou est-elle également maline, rusée ?
- Je… je ne sais pas. Pas d'après moi, non. Elle n'est pas vicieuse.
- Vous la connaissez depuis longtemps ?

192

- Nous sommes inséparables depuis le lycée. Je la connais mieux que personne.
- Quels sont les défauts de votre amie ?
- Elle est parfois butée.
- Vous voulez dire obsessionnelle ?

Le beau visage gracieux et féminin d'Elodie se tord d'une grimace de peur.

- Je n'ai pas dit ça. J'ai dit butée. Dans le sens, déterminée.
- Comment Jeanne a-t-elle vécu sa rupture avec Robin ?

Elodie me dévisage d'un air désolé, dépassée par les événements. Mon cœur bat à se rompre, ma vue se brouille tellement j'ai peur. Je sais qu'elle a le pouvoir de faire basculer le procès à mon désavantage. Même si j'ai passé des heures à lui répéter mon scénario, mon viol, mon traumatisme, j'ai peur qu'elle doute de moi. J'ai peur qu'elle fasse part publiquement de ses doutes.

- Pas très bien…
- C'est-à-dire ?
- Elle ne ratait rien de ce qu'elle entreprenait. Les garçons, elle les avait facilement et c'était toujours elle qui les jetait. Elle les trouvait ennuyeux… elle ne s'attachait pas facilement. Robin a été le seul qui n'est pas resté finalement, le seul qui l'a quittée…

Ma mâchoire se crispe. Je serre tellement le moindre muscle de mon corps que j'ai mal dans les cuisses et derrière la nuque. Elodie, ne déconne pas…

- D'après vous a-t-elle mal vécu cette rupture parce que cela atteignait son ego ? Ou était-elle réellement amoureuse de Robin ?

Je sens le regard pesant et insistant de Robin sur moi. Je ne cesse de fixer le vide, crispée.

- Elle était amoureuse, admet Elodie.
- Comment se sont passés les semaines et les mois après que Robin ait mis un terme à leur histoire de vacances ?

- Jeanne s'est enfermée pour réviser. Elle s'est réfugiée dans le travail. Mais elle a raté son concours, ça a été une épreuve terrible pour elle.
- D'après vous, a-t-elle échoué à son concours parce qu'elle était traumatisée par sa rupture au point de ne pas pouvoir réviser dans les meilleures conditions ? Avait-elle l'air de ne pas surmonter l'été féerique qu'elle avait vécu ? Vous avez admis qu'elle était amoureuse !

Elodie panique, les yeux embués. Elle évite soigneusement de regarder Robin et lui tourne le dos. Les questions, dans la manière dont elles sont amenées, lui insufflent un doute qu'elle n'avait pas encore jusque-là. Ou alors un doute si infime, si minuscule, qu'elle avait eu la possibilité jusqu'ici de l'ignorer, de le faire taire. Et l'avocat de Robin, en la questionnant, souffle sur ce doute pour que le feu s'embrase.

- Mademoiselle Breton, je répète ma question. Jeanne était-elle assez bouleversée par sa rupture au point d'échouer à son concours ?
- L'échec ne me semble pas lier à cette rupture, non. Jeanne était un roc, répond très vite Elodie.

Je soupire de soulagement le plus discrètement possible.

- Que s'est-il passé après l'échec du concours ?
- Nous sommes beaucoup sorties. Jeanne a rattrapé le temps qu'elle avait perdu à réviser.
- Cela était-il symptomatique d'un mal-être à évacuer ou d'une réelle envie de s'amuser ? Vous vous êtes énormément exposées sur les réseaux sociaux à cette époque. Je répète, Jeanne faisait-elle la fête parce qu'elle était déprimée ?

Elodie se met à sangloter, ses lèvres pulpeuses tremblent, elle cherche une aide parmi la foule muette suspendue à son récit. Elle s'excuse, est perdue, ne sait plus quoi dire.

- Il apparaît sur les relevés téléphoniques que Jeanne vous a envoyé un message le jour de son arrivée en Corse. Le texto disait : « Elle est magnifique. J'ai envie de rentrer. » De qui parlait-elle ? Parlait-elle de Britta Carpentier ?

Elodie me cherche du regard, apeurée. Je suis au fond du trou, mon cœur manque un battement. Ce maudit SMS… Les traces écrites sont un poison. Heureusement que je n'ai plus jamais écrit à Elodie durant ce séjour. Je garde la tête baissée, attendant une catastrophe. Elodie, tu as mon destin au bout de ta langue…

- Elle parlait de l'île… l'île de beauté. Elle disait que la Corse était magnifique.
- Pourquoi voulait-elle rentrer dans ce cas ?
- Elle n'arrivait pas à décrocher du travail. Ses congés lui avaient été imposés par ses employeurs.
- Je vous rappelle que vous avez juré de dire la vérité et qu'un faux témoignage vous expose à des poursuites. C'est très grave. Le sort de cet homme en dépend.

L'avocat d'Elodie intervient, scandalisé par ce qu'il juge être un coup de pression.

- Mademoiselle Breton, une dernière question cruciale si vous le permettez. Jeanne vous parait-elle assez déterminée, assez froide et insensible pour laisser quelqu'un mourir sous ses yeux ? A-t-elle le profil d'un tueur de sang-froid et d'une mythomane ? Pourrait-elle avoir inventé les accusations qui pèsent sur Robin Carpentier ?

Son avocat intervient pour demander la fin de son audition. Elodie est en larmes. La foule s'agite. Robin hurle derrière le box. Il supplie Elodie. La séance est levée. Je ne peux plus respirer.

Après une semaine de débats et d'audiences éprouvants, le juré rend son verdict. La juge déclare Robin non coupable du meurtre de son épouse faute de preuve matérielle certaine. La thèse du suicide semble privilégiée au vu de l'instabilité de Britta, ses troubles alimentaires, sa crise au vu de tous sur la plage et la menace de se donner la mort.

En revanche Robin est jugé coupable de ma séquestration, mon viol et de tentative d'homicide sur ma personne. Il écope de quinze ans de réclusion criminelle. Les associations sont scandalisées, réclament la révision du verdict, encore une femme tombée sous la violence de son époux, une femme par jour en France meurt assassinée par son mari, c'est inadmissible, JUSTICE POUR BRITTA. Les journaux et magazines s'en mêlent, prennent parti. Les femmes font des selfies sur Instagram avec pour légende le nouveau hashtag tendance : #justiceforbritta. La Suède l'érige en martyr, couvre la presse nationale du portrait de cette égérie posthume.

Personne n'a vu Robin sortir de l'hôtel ce soir-là ; aurait-il pu vraiment rejoindre sa femme sans témoin oculaire, la pousser dans le vide et rentrer se saouler à l'hôtel ? L'a-t-il assassinée parce qu'il n'a pas supporté son message de rupture ? Pourquoi revenir sur le lieu de son crime le lendemain matin ?

Personne ne peut douter de ma version des faits : je provoque une discussion sur la déclaration faite sur la plage mais Robin est saoul, bouleversé par le message d'adieu de Britta, il réitère ses avances, sa déclaration, mais je le repousse : il ne supporte pas mon rejet, m'attache, me séquestre, abuse de moi. Il tente de m'étrangler et s'enfuit.

Aucun élément matériel ne parvient à trancher le scénario réel. C'est sa parole contre la mienne. Or qui croirait un homme qui prétend avoir été violé par une femme qu'il embrassait passionnément à la vue de tous quelques heures plus tôt ? Ça ne tient pas debout. Et les traces de strangulation sur ma gorge, elles, ont bien été relevées dans le rapport médical. Quand j'ai compris que Robin ne serait jamais à moi, ne me reviendrait jamais et qu'il venait de s'enfuir, je n'ai pas hésité. J'ai appelé la police, ai prétendu avoir été violée et étranglée. J'ai indiqué le lieu où Robin devait être parti sur-le-champ : la police l'a coffré alors qu'il découvrait le corps de sa colombe désarticulée. Je suis désolée Robin mais je t'avais prévenu : tu ne me causerais plus jamais de tort. Tu ne crois pas qu'en plus de tout le mal que tu m'as fait jusqu'ici, j'allais te laisser briser le restant de mes jours et que j'irais derrière les barreaux à ta place ? Non. Certes tu ne m'as pas violée puisque j'ai réellement cru que je te retrouvais enfin, physiquement, dans une étreinte ultime et merveilleuse… Tu m'as bien eue, mais il y a une intime conviction qui ne m'a pas menti durant cette décennie, c'est que nos vies étaient bel et bien liées pour toujours. Tu purges ta peine pour l'humiliation commise par deux fois. Deux fois, tu as renoncé à moi. Deux fois, tu ne m'as pas choisie. Tu n'as pas réparé l'affront, alors je l'ai fait moi-même.

Faute de preuve matérielle pour étayer la vérité, les jurés se sont basés sur nos profils psychologiques. Le penchant de l'alcool pour Robin l'a clairement desservi. C'est là qu'Elodie a fait basculer le procès à mon avantage. Si elle m'avait trahie, si elle avait révélé ces années de galère post-été 2009, mon abrutissement émotionnel, ma radicalisation envers tout et tout le monde, mon ego irrémédiablement bafoué, mon désir de revanche et mon acharnement à retrouver sa place, j'étais cuite.

Aujourd'hui encore je dors très mal. Je rêve que l'on trouve une preuve sur le lieu du crime, j'ai peur d'avoir laissé un indice, une trace de ma présence sur le terre-plein au-dessus du ravin. Pire, j'angoisse qu'un nouveau témoignage fasse basculer le cours des choses. L'avocat de Robin a interpellé Elodie publiquement via l'antenne télévision pour l'implorer de revenir sur son témoignage. Elle détient la clé, l'avocat de l'accusé en est persuadé et déclare que son client va faire appel. Je tremble. Elle seule connaît l'enquête que j'ai menée pour le retrouver, sait dans quel but véritable je suis partie en Corse. Depuis le procès, Elodie m'évite. Elle répond à peine à mes appels, refuse mes invitations. Elle prétend ne pas être fâchée mais avoir besoin de temps. Je pique des crises, je la culpabilise, je pleure, lui rappelle que j'ai été violée, abusée par un alcoolique violent. Je lui dis qu'elle avait raison, j'aurais dû l'écouter, ne jamais partir là-bas, maintenant je suis brisée, ma vie est fichue. Je vis dans la peur qu'elle prenne la parole et m'envoie derrière les barreaux.

En bas de chez moi, la couverture d'un magazine à scandale est reproduite sur le grand panneau publicitaire de l'abris-bus. Je sursaute, choquée de reconnaître mon visage barré de ce gros titre : VICTIME OU BOURREAU ?

Les théories du complot affleurent sur les pages Facebook dédiées à cette affaire qui fascine les foules. J'y apparais comme un monstre manipulateur qui tire les ficelles du procès. On y lit : « Impossible que l'ex petite-amie se soit retrouvée par hasard dans le même hôtel que lui, c'est une cinglée, je connais un mec qui est sorti avec elle c'est une dominatrice froide et odieuse, une vraie barjo ». « Avec ses airs de sainte elle se fait passer pour la victime mais je suis sûre qu'elle n'a jamais digéré de se faire larguer, quel genre de malade mentale idéalise un homme qu'elle connaît à peine au point de vouloir se venger dix ans plus tard ? Y a vraiment des gens dangereux, cette femme mérite la chaise électrique. LIBERTE POUR ROBIN ». « J'espère que sa meilleure amie dort mal. Elle connaît sûrement la vérité et laisse croupir un innocent en prison, elle devrait être poursuivie pour complicité. » Submergée d'émotion, je finis par faire ce que j'aurais dû faire il y a dix ans et qui m'aurait évité un lot de souffrances infinies : supprimer mon compte Facebook.

Je pousse la contre-attaque et publie un livre autobiographique. J'y raconte mon histoire d'amour avec Robin, romantique à souhait, vibrante de passion éphémère. Puis je décris mon parcours sentimental, familial et professionnel en me décrivant comme une personne discrète, introvertie mais empathique, altruiste et compréhensive. Bien entendu, je termine le récit sur ma version du crime que j'ai subi, l'enfer de la séquestration dans la chambre d'hôtel et la rage d'un homme qui ne supporte pas d'être repoussé. Le livre est un immense succès.

Une année s'est écoulée depuis le procès. J'ai reçu des menaces suite à la parution de mon livre mais aussi d'infinis témoignages de sympathie, de condoléances, de remerciements de femmes victimes de viol fières que je sois sortie du silence. J'ai présenté mon livre sur les plateaux de télévision, suis devenue la mascotte d'une association de femmes victimes d'agressions sexuelles.

Un jour que je suis au bureau, concentrée sur un dossier d'expulsion d'un locataire qui ne paye plus ses loyers et que Chantal me jette des regards soupçonneux (elle ne supporte pas de travailler aux côtés d'une personne mêlée à un pareil scandale), mon téléphone sonne. C'est un message Whatsapp d'un numéro que je n'ai pas dans mon répertoire. Je lis le contenu, ahurie :

« Salut Jeanne, c'est Théo. Je sais qu'on ne s'est jamais revus depuis notre rencontre à Londres. Ça doit te paraître vraiment flippant que je te contacte après quoi… douze ans ? ».

Je reste coi, je réfléchis : qui est Théo ?

« C'est Armand qui m'a communiqué ton numéro, Elodie le lui avait donné en cas d'urgence si elle n'était pas joignable. J'espère que ma démarche ne te brusque pas trop. Alors je me lance. Je t'ai vue à la télé, j'ai lu ton livre aussi. Et il faut que je te dise… »

J'attends la suite, nerveuse. Mais qu'est-ce qu'il me veut ce boulet ? De quel droit ressurgit-il dans ma vie sans préavis ?

« Tu es toujours aussi incroyable, intelligente et d'une beauté à couper le souffle. Ça va te paraître mièvre, stupidement romantique ou effrayant, mais depuis tout ce temps je ne t'ai jamais oubliée… J'ai toujours été persuadé que nos destins se recroiseraient. Je t'ai écrit plusieurs fois sur Messenger mais tu m'avais bloqué sans raison. »

J'hésite à répondre. Ce type est complètement cinglé ! Il m'a idéalisée depuis toutes ces années sans presque aucun élément rationnel sur ma personne ? Il n'a donc aucune dignité pour revenir par la petite fenêtre alors que je lui avais fermé ma porte à l'époque ? « Il paraît que tu vis à Bordeaux maintenant. Moi je suis toujours à Lille. Mais je vais venir passer un week-end bientôt vers chez toi. Est-ce qu'on pourrait prendre un café ? ».

Je commence un message, déterminée à couper court à cette obsession malsaine et injustifiée, on ne se connaît ni d'Eve ni d'Adam, ce dérapage à Londres est la honte de ma vie, jamais je ne te donnerais ta chance, cesse de rêver. Mais il est plus rapide :

« En fait, je ne te laisse pas le choix. Alors sois coopérative, ne m'oblige pas à mener ma petite enquête pour trouver ton adresse ».

Il termine avec un petit smiley qui fait un clin d'œil.